中国古代散文在法国的翻译与接受研究
（1919—2019）

Chinese Classical Prose in France:
Translation, Reception and Criticism (1919—2019)

唐 铎 著

中国社会科学出版社

图书在版编目(CIP)数据

中国古代散文在法国的翻译与接受研究:1919—2019/唐铎著.—北京:中国社会科学出版社,2023.8

ISBN 978-7-5227-2534-5

Ⅰ.①中… Ⅱ.①唐… Ⅲ.①古典散文—法语—翻译—研究—中国—1919-2019 Ⅳ.①I207.62②H325.9

中国国家版本馆 CIP 数据核字(2023)第 165872 号

出 版 人	赵剑英
责任编辑	刘志兵
责任校对	冯英爽
责任印制	李寡寡

出　　版	中国社会科学出版社
社　　址	北京鼓楼西大街甲 158 号
邮　　编	100720
网　　址	http://www.csspw.cn
发 行 部	010-84083685
门 市 部	010-84029450
经　　销	新华书店及其他书店
印　　刷	北京君升印刷有限公司
装　　订	廊坊市广阳区广增装订厂
版　　次	2023 年 8 月第 1 版
印　　次	2023 年 8 月第 1 次印刷
开　　本	710×1000　1/16
印　　张	18.5
插　　页	2
字　　数	258 千字
定　　价	98.00 元

凡购买中国社会科学出版社图书,如有质量问题请与本社营销中心联系调换
电话:010-84083683
版权所有　侵权必究

出 版 说 明

　　为进一步加大对哲学社会科学领域青年人才扶持力度，促进优秀青年学者更快更好成长，国家社科基金2019年起设立博士论文出版项目，重点资助学术基础扎实、具有创新意识和发展潜力的青年学者。每年评选一次。2021年经组织申报、专家评审、社会公示，评选出第三批博士论文项目。按照"统一标识、统一封面、统一版式、统一标准"的总体要求，现予出版，以飨读者。

全国哲学社会科学工作办公室
2022年

序　一

一

17世纪对于法国文化来说至关重要。一方面是法语确立、法国封建王权加强带来的民族—国家—语言—文化的统一，于是迎来了古典主义的辉煌时代；另一方面是法国迫不及待地加入发现新世界的队伍中，虽然向外输出的海上之路牢牢控制在西班牙和葡萄牙的手里，但是经过长期准备，顶着"国王数学家"头衔的耶稣会士还是来到了中国。于是，法国对中国的直接翻译开启了。

通常法语翻译史是从15世纪开篇的。这当然和漫长的汉语翻译史不可同日而语。原因却也很简单：因为法语是在15世纪方才得到确立。所以，法语翻译史在很长的时间里主要停留在对希腊、罗马或者圣经的翻译上。而文艺复兴对于法国来说，既是一次翻译的高潮，也是在模仿希腊、罗马之中建立属于自己的，同时也属于法语的文化。这样看来，17世纪才开始对中国的翻译也并不算晚。正是对欧洲以外的发现，成就了法国文化和文学"向外"的能力，也慢慢在世界文学体系渐至形成的基础上，牢牢地占据了比较中心的位置，稳定地将这幅带有层级的"世界文学共和国"地图维持到20世纪的初期。虽然中国在法国对欧洲之外的发现中，因为地处"远东"，只占很小的一部分，却是不可或缺的一部分。

只是我们会发现，法国对中国的翻译，开始时虽然不免借助文学的形式，焦点却不在文学。因而，中国在19世纪末文学翻译甫一揭开序幕，便迅速进入高潮的局面在法国并没有发生，尤其是就对中国文学作品的翻译而言。从 17 世纪到 19 世纪，倘若说"汉学"确实慢慢地在法国的学术体制里确立了自己的席位，"汉学"更是思想或者历史范畴的，以儒道为翻译的首要对象，兼或掺杂少量的唐宋诗词和元杂剧的翻译。这也就解释了为什么，唐铎在她的博士论文里着重研究的中国古代散文一直到 20 世纪才进入"法语翻译史"。

诚然，对于"古代散文"，乃至"散文"的定义有可能会引起歧义，中国和法国的界定也完全不同。或者说，尽管在不同的语境中，汉语中的"散文"可以被用来翻译法语中的"prose"或者"essai"等，反之亦然，但是，语义对等的状况并不存在。关于这一点，作者在第一部分第一章里有非常详尽的阐述。作者并没有给出自己的定义，只说明了自己分析和研究的"中国古代散文"的本子有哪些。明眼人应该都看得明白，不定义，并非出于疏忽，而是没有必要。因为往大了说，翻译的价值就在于这里：翻译并不仅仅是在目的语中引入了多少外来词，而是将指意的方式，甚至指意方式背后的逻辑也都通过目的语呈现在目的语读者的面前。这种逻辑未必会影响到目的语语言的逻辑，却拓展了目的语语言使用者的视野。我们每每理解到在自己的语言和文化中并不存在的"差异"，事实上就获得了相应的比较。往小了说，在这部博士论文里，需要定义的并非"中国古代散文"究竟是什么，而是法国对中国的翻译，除了可以勉强被归入哲学、历史和"宗教"的作品之外，还有哪些中国传统文学得到了翻译，如何被翻译，而译者是谁，读者又是谁，在他们的理解中，中国古代散文又可以得到怎么样的理解。

二

自新世纪以来，中国的翻译研究，尤其是翻译史研究的热点从外译中渐渐转向了中译外。这是一个颇有意思的现象。因为翻译研究通常把重心放在外语译成母语的作品上，尤其是文学翻译。这种转变当然和时代已经从比较的时代转向传播的时代相关。

因此，唐铎博士的论文选题也是有这样的背景，作者试图勾勒的是"就数量而言，在中国古代文学史上为最大宗"的散文在法国的翻译和接受。作者非常明确地写道："中国古代散文在20世纪作为文学类别进入法国读者的视野，实现了中国古代散文在法国译介的零的突破，然而百年间出版19部译本在数量上实属不多，显现出中国古代散文在法国依旧处在小众与边缘的事实与现状。"——这是作者通过研究得出的结论之一，不过也未尝不是作者选择做此项研究的动机。

我们或许比以往任何时候都更加深刻地意识到，中西文学和文化交流并不对等。数量上的不对等，接受上的不对等，当然也包括文化市场上的不对等。但是这种不对等是如何形成的呢？如果我们采信帕斯卡尔·卡萨诺瓦对于"文学资本"的定义，我们为什么没有把拥有"古老性"这一重要资本的中国古代散文推向世界文学的市场？作者也试图回答这个问题，她考察了中法文学交流语境下中国古代散文的翻译历史，也考察了在很大程度上决定译作命运的译者，尤其难能可贵的是，她还考察了翻译市场的决定性因素——出版社，考察了译作的接受渠道。作者的研究决不仅限于给出一张张的清单。例如对于中国古代散文在法国得到翻译的百年历史的勾勒，作者着重探讨的不是翻译出版的年份，而是"中国古代散文"的概念在法国的流变。事实上，作者的研究道出了翻译研究中一个非常关键的问题：如果我们把翻译置于文化交流的宏阔背景中，我们就会知道，"接受"本身就意味着历史。2019年的《法语翻译史》第四卷（20世纪）是将中国古代散文放在"纯文学"的类别里的，包括"传""记"（游记、轶事、随笔等）以及文论。这一分类的方法正是发展了一个世纪的结果。

译者同样是作者研究的重心。翻译环境对于翻译策略和译作结果的影响必须通过翻译主体方才得以实现。而我们所说的翻译环境，包括出发语语言、文学、文化和目的语语言、文学、文化的关系，也包括目的语文学对出发语文本的接受准备，包括目的语的文化市场所处的发展阶段等。译者主体以及相应的翻译策略，甚至在对原本的选择阶段就有所体现。随着在浩如烟海的中国古代散文中，选择什么样的作品和作者，其中固然有作者的个人趣味，但也与不同时代的不同翻译目的相关。由此才有马古烈的整体翻译，赫美丽的文类翻译和费杨的学术翻译。并且，三者之间形成的也是由译介到深入和专门的翻译历史，在时间上是不能颠倒的。

三

我们当然不能天真地认为，有了唐铎博士这样的研究，中西互译以及中西文化交流上的不对等就能够寻到相应的对策。尽管，在结论里，作者也给出了一些中国文化"走出去"的"建议"，包括充分考虑大众（读者）期待视野，通过学术交流稳固专业读者群以及以各种形式"介入"出版和传播市场，等等。这些"建议"中规中矩，却不足以撼动当下世界文学体系的层级关系，因而也不是作者研究的最终目的。事实上，通过唐铎博士的研究，我倒是觉得，我们或许可以从另一面来看待中西互译的不对等问题。

我们或许应该意识到，相较于目的语自身的文学，一种出发语、一种性质的文本的翻译必然只是沧海一粟。尤其在两个同样拥有"古老性"这种文学资本的语言和文化之间，闯入对方的语言和文化的"森林"（本雅明语）都是极为困难的事情。然而文学/文化根植于传统和向外拥抱异质的本质又使得"闯入"是必然的，哪怕来得很晚。我们更应该意识到的是，"闯入"的必然性不仅来自目的语的接受环境——是不是准备好了拥抱这一"异质"？——同样也取决于出发语的所谓"向外"的环境。

正是在这个意义上，作者选择1919年作为中国古代散文法国之旅的开端。这个选择令大家心存疑问：难道马古烈的《中国古文选》不是出版于1926年吗？1919年只是中国文学史上一个在今天看来带有断裂性质的年份：新文化运动带来的是现代汉语和用现代汉语写成的中国新文学，和法国有关吗？我们当然知道，现代汉语和中国的新文学绝不是在1919年的某一天突然来到的，它既与中华文明的现代化需求直接相关,也与始于 19 世纪末的文学翻译直接相关。但也正是在"翻译世界"的高潮中,长时期处在"内循环"状态的中国文化才有了"向外"的可能性。如果我们把 1926 年和 1919 年这两个年份看作一种象征和标记,我们就不会怀疑,1926 年只有基于 1919 年的发生才能成为一段翻译史的开端。

我想,这才是唐铎博士的研究给我们带来的最重要的启示:固然只是针对法国,固然只是针对中国古代散文。当中国古代散文在 1919 年画上句号,它却开启了在另一种语言里的另一段旅程。而且我们相信,这段旅程还在继续。

袁筱一

2022 年 8 月于上海

序　二

　　散文的概念中西历来均有争议，众说不一。金人王若虚早有妙语来解文章体裁的难题，曰"定体则无，大体须有"（《文辨》）。莫里哀讥讽资产阶层附庸风雅，借哲人之口，戏弄汝尔丹先生，教说"只要不是散文，那就是诗，只要不是诗，那就是散文"。学舌鹦鹉顿开茅塞，如获散文真谛，羞于终日习用而盲忽其理（《贵人迷》）。含糊与武断，并非昨日专利。19世纪以降，亚里士多德理论风行，叙事、抒情、戏剧三分天下，小说、诗歌、戏剧分类由此安身立命。中国五四以后，用排斥法将散文纳入四驾马车。但这一级分类，却无助于解决散文内部的次级甄别。仅举桐城派姚鼐，便有论辩、序跋、奏议、书说、赠序、诏令、传状、碑志、杂说、箴铭、颂赞、辞赋、哀奠的细分（《古文辞类纂》）。这样的分门别类按福柯的说法（《词与物》），很难以现代科学逻辑理喻。不说相互重叠，甚至韵散之分也未必彻底。其意义也许仅在提醒我们，先于诗词戏曲小说的文章，其渊源浩瀚，实难以归类。从先秦诸子、汉代史传、魏晋玄言、唐宋古文、晚明小品至桐城义法，其体式、风格、功能，龙生九子，同宗千面。

　　法国散文何不若此。几百年历史，可谓大家济济，各显神通。以文艺复兴为滥觞，蒙田的《随笔》，古典时期拉罗什福柯的《道德箴言录》，拉布吕耶尔的《品性论》，赛维涅夫人的《家书》，巴斯卡尔的《思想录》，启蒙时代卢梭的《独步者漫思》，伏尔泰的杂文，狄德罗的艺评，都不愧为留世名篇。19世纪夏多布里昂、司汤达、雨果、乔治·桑、巴尔扎克、左拉等虽以小说驰名于世，然而其游记、序跋、书信、评传各类散文，林林总总，同样脍炙人口。夭殇诗人阿罗瓦修斯·贝尔特朗（Aloysius Bertrand，1807—1841）和莫里斯·德·格兰（Maurice de Guerin，1810—1839）生前默默无闻，却为散文诗开了先河，继有集大成者波德莱尔、洛特雷阿蒙、兰波。进入20世纪，跨类写作蔚然成风。克洛代尔、瓦莱利、阿兰、纪德、马尔罗、格拉克、萨特、加缪、尤尔瑟纳尔、勒克莱齐奥，无不为散文增光添彩，留芳史册。

　　当然，文章的流传，非史家一言定尊，还取决于经典与读者的间离磨合。面对本土类界游移的散文，读者往往亲疏参半。何况与异域古代散文相逢，作若即若离状，更在所难免。出版业难说无所作为，尽力之处，有目共睹。伽利玛这样首屈一指的大型权威文学出版社，权衡有余，但仍不乏称道之举。旗下的"七星丛书"可视为文学地标，为中国文学正名，以小说名著为先，首选《水浒传》《西游记》《金瓶梅》《红楼梦》。不过，同享盛誉的"认识东方"丛书，除译有多种诗集，还相继推出戴名世的《南山集》，纪昀的《栾阳消夏录》，张岱的《陶庵梦忆》，以及《徐霞客游记》。后进的中小型专业书商虽无法比肩，但也颇有折中，做到雅俗不拒。毕基埃的书目里春宫侦探与山水园林秋色平分。出版界近年对散文的渐次出版，从一个侧面显露出散文的总体边缘和接受潜力之间的博弈演变。

　　中国古代文学在法国，诗歌小说研究居多，散文鲜有问津，虽然难以处女地冠之。车琳老师曾以魏晋、唐宋、明清为线，对此作过清晰完整的历时性勾勒。唐铎这本专著则另辟蹊径。中国古代散文从法国20世纪20年代至今的译介历程，在此未以中国文学史为坐标，而是将其锁定在接受视野的参照系中。全书调动了社会学、翻译学、接受美学等理论资源，论述纵横结合，梳理分析相得益彰，实证调查亦不失曲径探幽；从概念的澄清、翻译的剖析、批评的批评三个层次，展示了问题的多维与复杂。概念所要厘清的，正是界定的多元与困难,你我的契合与落差。接受在此已不是输出的矢量因果,而是比较接受的来回斡旋。马古烈、赫美丽、费飑的个案凸显了翻译主体,但属嵌入历史文化的个性,是高度语境化的主体。情趣修养、学术背景、出版策略成为一体考量。而"文体"(style)的讨论触及要害,打通了语言的内与外,彰显了翻译与文类的瓜葛。文类文体学的路径①汲取了巴赫金理论的营养,话语与文学,形式与内容融会贯通,表达样式(modes)的稳定性与文体的时间性杂交辩证,使得语言迻译更令人深思。唐铎旨宏阅微,在语言、言语、话语文体、文学体裁及个人风格之间穿梭求索,揭示出文体的动态性功能,提供了散文译介领域可贵的解码经验。

此项研究成果可嘉,然其意义还在于问题的深化及理论空间的拓展。就翻译而言,中西互译在"世界文学共和国"中的不平衡现象,旷日持久,其不正当早已成为众矢之的。难在非就事论事,而是批现状、思历史、观趋势,对问题能有立体处理。法兰西汉学体系开放兼容,对中国各类文学体裁均不乏兴趣,对古代散文的译介也有百年之久。学者侯思孟之嵇康,桀溺之王粲,彼埃·卡赛之杨秀楚,甚或圈外爱好者皮埃尔·布里埃尔(Pierre Brière)所译欧阳修,一一证明,静态量化还须伴以进衍观察。翻译的文化等级理论,以强势文化与弱势文化楚汉划界,以此解释归化和直译两大行为②。然而,《中国古文选》初印之时(1926),法兰西帝国盛年未衰,半封建半殖民地中国屡遭蹂躏,马古烈却力行直译甚至硬译,不屑法语典雅(Élégance du français),不畏笨拙(embarrassé),唯求读者能够体悟原作的精髓与风貌③。其实,译文的谨小慎微,满页的方括号及脚注,乃是初出茅庐的俄裔新秀挑战法国传统的刻意之举,学

---

① Dominique Combe, "Là où il y a style il y a genre", Langue Française, "La stylistique des genres", n°135, septembre 2002, pp. 33–49.

② Lawrence Venuti, The Translator's Invisibility: A History of Translation, Oxford: Routledge, 1995.

③ Georges Margouliès, Le Kou-Wen chinois, Paris: P. Geuthner, 1926, p. CI.

界元老的微词只能表明古文在选题和翻译策略上所引起的震动。译事与国力能否等量齐观，政治与文化、制度与主体、舆论与个性，其间的张力怎一个后殖民了得。归根结底，"异的检验"（l'épreuve de l'étranger）①，方是准绳，对他者的态度才是试金石。散文一词采用音译，究竟出于无奈，还是异风犹存？班文干将赋体与散文诗（poème en prose）相提并论，用随笔（essai）和叙事（récit）来命名唐宋古文②，遑论其他译者用山水游记、园林小品来呼应明清散文，这些是否必为舍远求近，或以近知远？难道不恰恰印证了"好客的语言"（langue hospitalière）③？翻译意味着留宿异乡来客。客人一旦入宿，产生的是主客相逢，熟悉的陌生感（unheimliche）安营扎寨，别地异风与入乡随俗势必一币两面。即便归化，也难以一概而论。还得区分目的是以己代人、胜人、克人，还是以优还优。良苦用心不宜漠视，效果意图亦不应混为一谈。蓝碁（Rainier Lanselle）有感于中国古代文学尤其是散文外传之难，为其强烈的异质性而叹喟。文言辞藻、仿古用典、文人礼尚，构成闭环式的语言文化壁障。遂认为阐释不能囿于解读，沦为句读圈注，最终还须化为翻译，转现为能与原作媲美的、名副其实的精湛译文。唯其如此，中国古代散文才可望融入普遍④。

　　阐释不是翻译的理由，正确的翻译不是翻译正确。冲突有之，误读难免，但何妨妙笔生花，不期开出艺苑奇葩。散文诗的始作俑者不正是翻译？浪漫前期，律诗散译，触发抒情与格律脱钩，诗韵之外发现诗性。散文诗由此萌发，不仅没有其无后乎，其繁荣还带出了诗性叙事的发达。翻译催生文类移位和移植。2003 年龚古尔奖

---

① Antoine Berman, *L'épreuve de l'étranger*, Paris: Gallimard, 1984.

② Jacques Pimpaneau, *Anthologie de la littérature chinoise classique*, Arles: Philippe Picquier, 2004.

③ Paul Ricoeur, *Sur la traduction*, Paris: Bayard, 2004.

④ Rainier Lanselle, "La part d'insaisissable. A propos de la place de la littérature chinoise classique en France", *Infini*, n° 90, printemps 2005, pp. 123–133.

得主巴斯卡·基亚（Pascal Quignard），深慕中国文化，恭笔试译《公孙龙子》，亲为《义山杂纂》法译重版作序，创作免称小说，以无法归类自诩。《简论》（*Petits traités*）便属碎言片语，洋洋八卷谈天说地，评世论道，信笔抒发，直以庄子、张潮为师作证。获奖的三部曲《最后的王国》首卷《游荡的影子》将韩愈的古文奉为圭臬，以遒劲悍练抵御萎靡颓唐①。欧盟文学奖荣膺者，身兼教授和作家的劳伦斯·普拉兹奈（Laurence Plazenet），其跨域小说《创伤与渴求》，以明末战乱为背景，铺演一场爱欲与出世之争。叙事状物间，回响着刘宗周、拉罗什富科、巴斯卡尔的警世箴言②。戏仿之作，莫过于《碎光—散文余篇》③。作者取名 Bai Chuan（百川，白传，摆船？）。生活点滴，所见所闻，日思夜梦，笔墨逸艳藻彩。化名华人，书题举标中国散文，行文字斟句酌，薄编妍华。由此可见，翻译内在的超文本性无羁于抽象规范，精短的文类形式无惧历史限定，使文学在语用交际上获得人类学意义。

张寅德

2022 年 7 月于巴黎

---

① Pascal Quignard, *Les ombres errantes*, Paris: Grasset, 2002, pp. 95–96.
② Laurence Plazenet, *La Blessure et la soif*, Paris: Gallimard, 2009; Entretien avec Laurence Plazenet, "La Chine dans *La Blessure et la soif* (2009) de Laurence Plazenet", *Fabula/Les colloques*, L'age classique dans les fictions du XXIe siècle, http://www.fabula.org/colloques/document6189.php.
③ Bai Chuan, *Eclat du fragment et autres sanwen*, Coaraze: L'Amourier, 2002.

摘 要

中国古代散文历史悠久、源远流长。在中国古代文学史上，散文相比诗歌、小说、戏剧等文体，不但数量多、内容广，而且影响至为深远，在三千多年的演进历程中产生了无数名篇佳作，描绘并勾勒出中国历史上万类纷呈的大千世界。与其悠久的历史相比，中国古代散文迟至20世纪才作为文学类别进入法国读者的视野。百余年间中国古代散文在法国的翻译、研究与接受相互融合、相互推动，不但在译介历程中显现出较为清晰的历史脉络与特征，而且形成一个有机整体，具备"史"的研究价值。

本书选取1919—2019年作为研究的历史阶段，以在法国被视为散文（prose）并归入文学类别的中国古代散文译本与著作作为研究对象和主体，将其置于以法语为载体的文化系统中，探究中国古代散文的范畴与文本在法国如何界定、选择、阐释、接受和传播，考察复杂译介现象之间的相互关系，分析并探讨它们呈现出的历史脉络、功能特征及其背后存在的运作机制。

本书除绪论和结论外，包括三部分内容。

绪论部分主要说明本书的选题背景、研究对象、国内外相关研究综述和研究方法。

第一部分为"历史流变：中国古代散文在法国"，分两章进行阐释。第一章"'中国古代散文'在法国的界定与范畴"，主要阐述"中国古代散文"概念的含混、模糊和在中国复杂的历史演变，以及其对法国学者在界定"中国古代散文"概念时产生的不利影响。第二章"中国古代散文在法国的翻译史",主要分三个历史阶段——翻译序幕的拉开、繁花似锦的翻译热潮、翻译传统的延续与创新,对中国古代散文在法国翻译的发展脉络进行详细的历时性描述,并呈现其阶段性发展特征与态势。

第二部分为"译者研究:中国古代散文法译的策略与选择",分三章进行个案研究,考察法国译者对中国古代散文有意识的接受与阐释方式,分析不同历史条件下他们的译本功能、译本地位以及翻译的原则、标准与倾向,并揭示他们不同的翻译观。具体而言,第三章以马古烈的《中国古文选》为切入点,分析马古烈的整体翻译观与其受历史语境制约的翻译折中选择;第四章以赫美丽所译的山水游记与清言小品类散文译本为研究对象,分析赫美丽的文类翻译观及其以市场为导向、以大众读者为目标群体的翻译策略;第五章以费扬所译《东坡赋》《东坡记》为例,分析费扬的学术翻译观及其以学术研究催生学术翻译、以学术翻译辅助学术研究的翻译工作模式。

第三部分为"接受研究:学者与大众视野中的中国古代散文",分两章进行探究。第六章"法国学者对中国古代散文的研究"从法国出版或发表的中国古代散文史、中国古代散文学术论文、中国古代散文译本书评三个方面分析法国学者对中国古代散文的研究现状,发现其具有偶然性和零散性。第七章"法国大众对中国古代散文的接受"分别从出版社、高等院校、书店三个渠道解读中国古代散文在法国大众中的接受现状,说明其尚处于初步、偶发的阶段。

结论部分回顾了本书各部分的要点,揭示了关于中国古代散文在法国的翻译与接受研究中涉及的翻译根本性问题,为中国文学"走出去"战略提供了几点借鉴性建议,同时也对今后的研究工作予以展望。

关键词:法国汉学;中国古代散文;译介

Abstract

Chinese classical prose exists as one of the major literature styles since the first recorded dynasty and it has been extended thousands of years in China. In the history of Chinese classical literature, prose is not only covering a wider range of contexts but also rising a higher impact compared to poems, novels, dramas, and other styles. However, Chinese classical prose has been introduced and anthologized into France as a literary category only starting from the 20th century. In this period, the translation, research, and reception of Chinese classical prose in France have been promoted and fused, besides of illustrating a clear historical context and characteristics in the process of translation and transmission, it also shows a "historical" research value.

Based on substantial and authentic first-hand references, this book attempts to diachronically survey the translation and reception of Chinese classical prose in French from 1919 to 2019. Considering French as a carrier in the cultural system, the core content of this book is presented as three parts. First to study how the categories and texts of Chinese classical prose are defined, selected, interpreted, accepted, and disseminated in France, then to analyze the historical context and eventually to explore the operating mechanism they present.

The book is outlined as follows:

The introduction mainly explains the background of the topic, the research objective, the literature review of related research in China and abroad, and also the research methods.

In the first core part of the body, "Historical Changes: Chinese Classical Prose in France", the discussion is explained into two chapters. The first chapter, "Definition and Category of 'Chinese Classical Prose' in France", expounds the ambiguity, vagueness and complex historical evolution of the concept "Chinese Classical Prose" in China, following the definition by French scholars and mainly its negative influence to the reception of Chinese classical prose in France. Chapter Two, "Translation History of Chinese Classical Prose in France", is divided into three stages: the translation prologue, the flourishing translation boom, the continuation and the innovation of translation tradition. Additionally, the development context of classical prose in French translation is discussed in detail diachronically, and its staged development characteristics and situation are presented.

In the second core part, "Translator Studies: Strategies in Translating Chinese Classical Prose", case studies are presented that taking Georges Margouliès, Martine Valette-Hémery, and Stéphane Feuillas as the most representative translators of Chinese classical prose since the 20th century, respectively. By analyzing their translation functions, translation status, translation strategies under different historical conditions, their perspectives on translation are revealed in this part. Specifically, the first chapter takes Georges Margouliès's "Le *Kou-wen* chinois" as the main entry point, and analyzes his translation compromises restricted by historical context. The second chapter examines landscape travel notes and aphoristic essay anthologies translated by Martine Valette-Hémery, then discusses her market-oriented and reader-oriented translation strategies. The third chapter uses "Un Ermite reclus dans l'alcool, et autres rhapsodies de Su Dongpo" and "Les Commemorations de Su Shi" as examples to explain Stéphane Feuillas's viewpoint of academic translation and its translation work mode in which academic research promotes academic translation and academic translation assists academic research.

In the third core part, "Reception Studies: Academic Researches and Public Perspectives on Chinese Classical Prose", two chapters are explored. The first chapter, "Academic Researches in France on Chinese Classical Prose", focuses on the French scholars' research about Chinese classical prose from the aspects of their historical writings, academic papers, and book reviews. The second chapter, "Public Perspectives in France on Chinese Classical Prose" covers the feedback of Chinese classical prose among the French public from three ways: publishing houses, universities' libraries, and bookstores.

Finally, the main points of each part are summarized, after that the main issues of translation critics on the translation and acceptance of Chinese classical prose in France are revealed. By attempting to make an overall study, it is expected that more illuminations would derive for the output of the research of Chinese classical prose patronized by domestic institutions.

Key words: French sinology; Chinese classical prose; translation and reception

目　　录

绪论 …………………………………………………………（1）

第一部分　历史流变:中国古代散文在法国

第一章　"中国古代散文"在法国的界定与范畴 …………（23）
　　第一节　"中国古代散文"概念在中国 ………………（23）
　　第二节　"中国古代散文"概念在法国 ………………（28）
　　第三节　"中国古代散文"概念在中国与法国的差异 ………（36）
　　第四节　"中国古代散文"概念"移植"法国后的影响 ………（46）

第二章　中国古代散文在法国的翻译史 …………………（50）
　　第一节　翻译序幕的拉开:1919—1949 年 ……………（51）
　　第二节　繁花似锦的翻译热潮:1950—1999 年 ………（55）
　　第三节　翻译传统的延续与创新:2000 年至今 ………（75）

第二部分　译者研究:中国古代散文法译的策略与选择

第三章　整体翻译:马古烈翻译研究 ……………………（87）
　　第一节　翻译对象的借鉴与选取 ……………………（87）
　　第二节　翻译方法的选择与效果 ……………………（101）

第三节　历史语境下的整体翻译观 ……………………………（111）

第四章　文类翻译:赫美丽翻译研究 ………………………………（116）
第一节　博士论文研究主题的继续 ……………………………（117）
第二节　山水游记与清言小品翻译 ……………………………（120）
第三节　侧重意译的翻译方法与得失 …………………………（135）
第四节　市场导向下的文类翻译观 ……………………………（147）

第五章　学术翻译:费扬翻译研究 …………………………………（154）
第一节　以研究为导向的翻译选择与行为 ……………………（155）
第二节　"赋"与"记"选文标准的确立 …………………………（159）
第三节　以专业读者为导向的经典翻译 ………………………（166）
第四节　研究导向下的学术翻译观 ……………………………（181）

第三部分　接受研究:学者与大众视野中的中国古代散文

第六章　法国学者对中国古代散文的研究 ………………………（187）
第一节　中国古代散文史 ………………………………………（187）
第二节　中国古代散文学术论文 ………………………………（197）
第三节　中国古代散文译本书评 ………………………………（206）

第七章　法国大众对中国古代散文的接受 ………………………（213）
第一节　出版社发行宣传对接受的推动 ………………………（213）
第二节　高等院校图书馆馆藏现状 ……………………………（220）
第三节　书店销售与读者反馈 …………………………………（224）

结论 …………………………………………………………………（228）

附录一　外文书籍与期刊译名列表 …………………………（238）

附录二　中国古代散文法译本出版信息汇总表 ……………（248）

参考文献 …………………………………………………………（250）

索引 ………………………………………………………………（264）

后记 ………………………………………………………………（268）

Contents

Introduction ·· (1)

Part I Historical Changes: Chinese Classical Prose in France

Chapter I Definition and Category of "Chinese Classical Prose" in France ·· (23)

1.1 Concept of "Chinese Classical Prose" in China ············ (23)

1.2 Concept of "Chinese Classical Prose" in France ············ (28)

1.3 Differences between the Concept of "Chinese Classical Prose" in China and France ································· (36)

1.4 Influence of the "Transplanted" Concept of "Chinese Classical Prose" in France ·· (46)

Chapter II Translation History of Chinese Classical Prose in France ·· (50)

2.1 Prelude of Translation: 1919 – 1949 ··························· (51)

2.2 Flourish of Translation: 1950 – 1999 ··························· (55)

2.3 Continuation and Innovation of Translation: From 2000 to Present ……………………………………………………… (75)

Part II Translator Studies: Strategies in Translating Chinese Classical Prose

Chapter III Translation as a Whole: Georges Margouliès's Translation Studies …………………………………… (87)

3.1 Selection of Translation Objects ……………………………… (87)

3.2 Selection and Effect of Translation Methods …………… (101)

3.3 Overall Translation View in a Historical Context ……… (111)

Chapter IV Genre Translation: Martine Vallette-Hémery's Translation Studies …………………………………… (116)

4.1 Continuation of the Research Theme of the Doctoral Dissertation …………………………………………………… (117)

4.2 Translation of Landscape Travel Notes and Aphoristic Essay Anthologies ……………………………………………… (120)

4.3 Selection and Effect of Translation Methods …………… (135)

4.4 Market-Oriented Genre Translation ……………………… (147)

Chapter V Academic Translation: Stéphane Feuillas's Translation Studies …………………………………… (154)

5.1 Selection of Translation Objects ……………………………… (155)

5.2 Translation of "Fu" and "Ji" ………………………………… (159)

5.3 Selection and Effect of Translation Methods …………… (166)

5.4 Research-Oriented Academic Translation ………………… (181)

Part III Reception Studies: Academic Researches and Public Perspectives on Chinese Classical Prose

Chapter VI Academic Researches in France on Chinese
             Classical Prose ·· (187)
  6.1 History of Chinese Classical Prose ···························· (187)
  6.2 Chinese Classical Prose Papers ································ (197)
  6.3 Book Reviews of Chinese Classical Prose ···················· (206)

Chapter VII Public Perspectives in France on Chinese Classical
              Prose ··· (213)
  7.1 Publishers' Insight and Strategy ······························ (213)
  7.2 Library Collections in Colleges and Universities ·········· (220)
  7.3 Bookstore Sales and Reader Feedback ······················ (224)

Conclusion ·· (228)

Appendix I List of Translated Titles of Foreign Books and
             Journals ·· (238)

Appendix II Table of Publication Information of Chinese
              Classical Prose in France ···························· (248)

Bibliography ·· (250)

Index ·· (264)

Acknowledgement ·· (268)

绪　　论

一　选题背景和缘由

中国古代散文历史悠久、源远流长，它是随着文字的产生而产生的。"据现在的考古发现，中国的文字记事大约是从商代开始，这时不仅有了甲骨刻辞，而且有了铜器铭文"[1]，与此同时也就有了散文。虽然当时散文内容简单，但有的已经叙事完整，语言生动，可以说这是中国散文的原始形态。在随后三千多年间，中国古代散文随着时代的发展经历了漫长的演进过程，产生了大量的散文作家与作品，取得了极为丰硕的成果。可以说，在中国古代文学史上，就数量而言，古代散文为最大宗。

与中国古代散文悠久的历史相比，中国古代散文进入法国汉学研究视野的时间要晚得多。汉学研究是东西方交流的产物，这一交流最初的桥梁是西方传教士，他们不远万里来到中国，因地制宜地传教宣道，他们广泛研究中国传统思想文化，试图在儒家经典中寻找上帝的影子。在这一过程中，他们逐渐了解、学习并掌握了中国古代文化典籍的内涵和思想精髓，同时开始着手翻译，译为西文后成为传教士学习汉语、了解中国的重要资料。第一批中国典籍由此流传至西方，其中包括西班牙传教士门多萨（Juan González de Mendoza，1545—1618）的《大中华帝国史》[2]、葡萄牙耶稣会士曾德昭

---

[1] 陈必祥：《古代散文文体概论》，河南人民出版社 1986 年版，第 5 页。

[2] Juan González de Mendoza, *Historia de las cosas más notables, ritos y costumbres del gran reyno de la China*, Roma: Grassi, 1586.

(Álvaro Semedo,1586—1658)的《中华帝国史》[1]、意大利耶稣会士卫匡国（Martino Martini,1614—1661）的《中国上古史》[2]、安文思（Gabriel de Magalhães,1609—1677）的《中国新纪闻》[3]及利玛窦（Matteo Ricci,1552—1610）[4]等人的著述，这些著作大都将中国视为一片遥远而安详的乐土，之后相继被译成法文，对法国知识界产生了极大的吸引力，催生了法国汉学的萌芽。1663年，在喜爱中国工艺的路易十四赞助下，法国建立了专门的神修院，招募并系统培训部分传教士，为派往中国做准备。"1685年，六个荣获'国王数学家'头衔的耶稣会士被选派中国，他们来到北京，从此揭开了法国汉学的序幕。这批传教士研习中国文化，和中国上流阶层交往，增广见闻，有的还长期在清廷为官任职，在较长时期的耳濡目染下，他们对中国文化的了解更为深入。"[5] 他们撰写的著作在向法国和西方介绍中国的同时，遂成为中西文化交流的桥梁，法国汉学正是经过他们的中介而兴建起来的。17—18世纪的法国耶稣会士以热情的笔调给法国和欧洲塑造了一个"理想的中国形象"，他们注重对四书五经、史传著作的译述和阐释，注重对中国哲学思想和深层文化的探求，致力于翻译以儒家思想为主体的中国传统文化论著，如《中国五经》[6]《大中国志》[7]《中国哲人孔子》[8]《中国哲学家孔

---

[1] Álvaro Semedo, *Imperio de la China*, Madrid: Impresso por Iuan Sanchez en Madrid, 1642.

[2] Martino Martini, *Sinicæ Historiæ Decas Prima*, Amsterdam: Apud Joannem Blaev, 1658.

[3] Gabriel de Magalhães, *Nouvelle Relation de la Chine*, Paris: Claude Barbin, 1688.

[4] 参见黄正谦《西学东渐之序章：明末清初耶稣会史新论》，香港：中华书局2010年版，第94—96页。

[5] 钱林森、齐红伟：《法国汉学之一瞥》（上），《古典文学知识》1997年第7期。

[6] Nicolas Trigaut, *Pentabiblion Sinense*, Hangzhou, 1626.

[7] Alvarez Semedo, *Histoire universelle de la Chine*, Lyon: chez Hierosme Prost, 1645.

[8] Philippe Couplet, Christian Herdtrich, Prospero Intorcetta et Francis Rougemont, *Confucius Sinarum Philosophus*, Paris: chez Daniel Horthemels, 1687.

子的道德箴言》①《中国六大经典》②《易经概说》③《中华帝国全志》④《中国纪年论》⑤《书经》⑥《大学》⑦《中庸》⑧⑨ 等一系列汉学典籍相继在法国出版，法国耶稣会士对中国传统文化的交流与传播可谓功不可没，同时也催生了19世纪法国"中国热"的出现。

"在'中国热'的历史浪潮中，中国古代诗词、戏剧和小说几乎同步进入法国人的视野。中国古代诗词向来被视为中国文学的精粹与瑰宝，自法国和欧洲来华耶稣教士将中国古代诗词引入法国后，法国汉学家、作家就对中国这一奇妙的文学品类情有独钟，一代又一代地译介、研究，三个多世纪以来未曾间断。"⑩ 特别是中国古代戏剧被译介到法国时，不仅引起法国作家与批评家的关注，而且以《赵氏孤儿》为素材创作的《中国孤儿》还经历了"小说与诗词未曾遭际的异国奇遇"⑪，担当起中法文化与文学交流的先锋角色。而中国古代小说的译介从最初的仅限于故事传奇、才子佳人类小说的翻译，逐渐发展为译介长篇名作、话本、中短篇白话小说、近代"谴责小说"、

---

① Simon Foucher, *La Morale de Confucius, Philosophe de la Chine*, Amsterdam: chez Pierre Savouret, 1688.

② François Noël, *Sinensi Imperii Libri Classici Sex*, Kamenicky: Joachim J., 1711.

③ Claude Visdelou, *Notice sur le Livre Chinois I-king*, Paris: chez N. M. Tilliard, 1728.

④ Jean-Baptiste Du Halde, *Description Geographique, Historique, Chronologique, Politique, et Physique de l'Empire de la Chine et de la Tartarie Chinoise*, Paris: chez P. G. Lemercier, 1735.

⑤ Antoine Gaubil, *Traité de la Chronologie Chinoise*, Peking, 1749.

⑥ Joseph De Guignes, *Le Chou-king Traduit et annoté*, Paris: Librairie Tilliard, 1770.

⑦ Guillaume Pauthier, *Traduction du Ta-hio*, La Revue Encyclopédique, tome LIV, avril-juin, 1832.

⑧ Charles de Harlez, *Traduction du Tchong-yong*, Bruxelles: Académie royale de Belgique, tome LIV, 1832.

⑨ 参见张涌、张德让《儒学与天主教会通过程中的儒家经典译介》，《深圳大学学报》（人文社会科学版）2011年第6期；华少庠《儒学典籍四书在欧洲的译介与研究》，四川大学出版社2016年版，第102—104页。

⑩ 钱林森：《法国汉学家论中国文学——古典诗词》，外语教学与研究出版社2007年版，第Ⅰ页。

⑪ 钱林森：《法国汉学家论中国文学——古典戏剧和小说》，外语教学与研究出版社2007年版，第Ⅳ页。

情色小说等多个文学类别,成为法国汉学家考察中国古代社会文化,了解中国古代风俗民情、民族才智、文化生活、文明形态的重要窗口。

与之相比,虽然《论语》《孟子》《中庸》《大学》《孙子》等诸子散文和《春秋》《国语》《左传》《战国策》《史记》等史传散文,自17世纪法国耶稣会士来华之时起即已陆续被译介到法国,但其翻译目的直至19世纪末仍停留在了解中国古代的伟大智慧与灿烂文明上,并且主要是作为传教士宣扬教义的参考资料,或作为专业汉学家研究中国古代哲学、历史思想的典籍文献来进行译介,其文学价值尚未被重视,出版的译本在法国也大多被归入哲学、历史、宗教这三大类中,尚未被归入文学门类。

迟至20世纪,中国古代散文作为"文学"类别方才进入法国读者的视野。在百余年的译介历程中,中国古代散文在法国的翻译、研究与接受均取得了明显的成绩。就翻译而言,自1926年第一部中国古代散文选集《中国古文选》[1]问世以来,已有《浮生六记》(里克曼版)[2]、《浮生六记》(和克吕版)[3] 以及《冒襄:影梅庵忆语》[4]《菜根谭》[5]《陶庵梦忆》[6]《幽梦影》[7]《东坡赋》[8]《荆园小语》[9]

---

[1] Georges Margouliès, *Le Kou-Wen chinois*, Paris: Librairie Orientaliste, 1926.

[2] Shen Fu, *Six récits au fil inconstant des jours*, trans. Pierre Ryckmans, Bruxelles: F. Larcier, 1966.

[3] Shen Fu, *Récits d'une vie fugitive: mémoires d'un lettré pauvre*, trans. Jacques Reclus, Paris: Gallimard, 1968.

[4] Mao Xiang, *Mao Xiang, La dame aux pruniers ombreux*, trans. Martine Vallette-Hémery, Arles: Philippe Picquier, 1992.

[5] Hong Yingming, *Propos sur la racine des légumes*, trans. Martine Vallette-Hémery, Paris: Zulma, 1994.

[6] Zhang Dai, *Souvenirs rêvés de Tao'an*, trans. Brigitte Teboul-Wang, Paris: Gallimard, 1995.

[7] Zhang Chao, *L'Ombre d'un rêve*, trans. Martine Vallette-Hémery, Paris: Zulma, 1997.

[8] Su Shi, *Un Ermite reclus dans l'alcool, et autres rhapsodies de Su Dongpo*, trans. Stéphane Feuillas, Paris: Caractères, 2003.

[9] Martine Vallette-Hémery (trans.), *Propos anodins du Jardin d'épines*, Paris: Caractères, 2008.

《东坡记》① 共 9 部全译本，《文选中的赋：研究与文本》②《袁宏道：云与石（散文）》③《风形：中国风景散文》④《徐霞客游记》⑤《南山集》⑥《中国古典散文选》⑦《自然天堂：中国园林散文》⑧《娑罗馆清言》⑨《苏东坡：关于自我》⑩ 9 部选译本，以及《中国古文选》1 部节译本出版；就评介与研究而言，出现了各类相关专著、博士论文、译序、书评、文学史与辞典词条等，取得了一定的研究成果。翻译与评介在百年间相互融合、相互推动，在译介历程中显现出较为清晰的历史分期与历史脉络，形成了一个有机的整体，也已具备了"史"的研究价值。本书的选题正是在这样一个背景下产生的。

二 国内外研究现状

近一个世纪以来，国内外对中国古代散文法文译介的研究体现

---

① Su Shi, *Les Commémorations de Su Shi*, trans. Stéphane Feuillas, Paris：Les Belles Lettres, 2010.

② Georges Margouliès, *Le «Fou» dans le Wen-siuan：étude et textes*, Paris：Librairie Orientaliste, 1926.

③ Yuan Hongdao, *Nuages et Pierres, de Yuan Hongdao*, trans. Martine Vallette-Hémery, Paris：Presses Universitaires de France, 1983.

④ Martine Vallette-Hémery (trans.), *Les Formes du vent：paysages chinois en prose*, Paris：Albin Michel, 1987.

⑤ Xu Xiake, *Randonnées aux sites sublimes*, trans. Jacques Dars, Paris：Gallimard, 1993.

⑥ Dai Mingshi, *Recueil de la montagne du Sud*, trans. Pierre-Henri Durand, Paris：Gallimard, 1998.

⑦ Jacques Pimpaneau (trans.), *Morceaux choisis de la prose classique chinoise*, Paris：You Feng, 1998.

⑧ Martine Vallette-Hémery (trans.), *Les Paradis naturels：jardins chinois en prose*, Arles：Editions Philippe Piquier, 2001.

⑨ Tu Long, *Propos détachés du pavillon du Sal*, trans. Martine Vallette-Hémery, Paris：Séquences, 2001.

⑩ Su Shi, *Su Dongpo：Sur moi-même*, trans. Jacques Pimpaneau, Arles：Philippe Picquier, 2003.

出跨学科的特征,翻译研究和汉学研究对此议题均有所涉猎,侧重点也不尽相同。

(一) 翻译研究领域

国内外翻译研究领域长期以来未对中国古代散文法译研究给予充分的重视,仅零星出现个别译本的介绍与评述,迟至21世纪方才出现具有学术性的研究成果。

1. 在法国,翻译研究领域对中国古代散文法译的研究主要体现在对译本的书评上。1927年艾米丽·加斯帕东(Emile Gaspardone,1895—1982)在《法国远东学院学刊》杂志上发表书评《〈中国古文选〉与〈文选中的赋〉》,对马古烈接连出版的两部中国古代散文选进行介绍,通过对马古烈翻译意图的阐释,比较两部译本在选文文类与翻译内容上的区别后,对马古烈的长篇序言以及翔实丰富的注释做出了高度评价。[1] 1993年赫美丽(Martine Vallette-Hémery,? —)在论文集《二十世纪远东文学》中发表了《现代文学初期对古代散文的继承》[2] 一文,从古代文学散文的文体范畴、文学特点、文学传统、文学地位、与古代诗歌的关系五个方面阐释中国古代散文对中国现代散文产生与发展的影响。1996年弗朗索瓦兹·萨邦(Françoise Sabban,? —)在《中国研究》杂志发表《陶庵梦忆》法译本书评《评论张岱的〈陶庵梦忆〉》[3],分析了《陶庵梦忆》的成书年代、文体分类和主题内容,探讨了法译本的翻译方法,肯定其文学价值、美学价值与历史文献价值。

2. 在中国,中国古代散文的法译研究出现较晚,仅仅在21世纪,随着中法文化交流的频繁与深入,中法学界对译本的出版、译者的访

---

[1] Emile Gaspardone, "Georges Margouliès: Le Kou-wen chinois et Le Fou dans le Wen-siuan", *Bulletin de l'Ecole française d'Extrême-Orient*, Tome 27, 1927, pp. 382 – 387.

[2] Martine Vallette-Hémery, *Littératures d'extrême-orient au XXe siècle*, Arles: Editions Philippe Picquier, 1993, pp. 21 – 30.

[3] Françoise Sabban, "Compte rendu: Zhang Dai, Souvenirs rêvés de Tao'an", *études chinoises*, Vol. XV, n°1 – 2, printemps-automne 1996, pp. 215 – 218.

谈和出版机构等方面的关注才逐渐出现,并成为一种新的翻译研究形式。2014年祝一舒在《翻译场中的出版者——毕基埃出版社与中国文学在法国的传播》一文中,展示了法国毕基埃出版社30多年来翻译出版的120多部中国文学作品,分析了出版业对文本的选择、对读者的培养以及出版策略和商业宣传的成功经验。作为出版成果中的一部分,作者仅在文中简要提及了毕基埃出版社出版的中国古代散文译本。[1] 2015年《史记》法文全译本在法国出版,在中法两国新闻界、汉学界的推动下,2015年至2016年间在中国掀起了一阵相关评介的热潮,出现了系列评论性文章,如:《〈史记〉法文版译者:司马迁是全世界第一位全面论史者》[2]《巴黎发行〈史记〉全套法文版,法国两位译者工作跨越百年》[3]《法国汉学家倾力译〈史记〉》[4]《〈史记〉辉映塞纳河畔》[5]《〈史记〉全套法文版问世》[6]《潘立辉眼中的〈史记〉》[7]等,并在《欧洲时报》《光明日报》《人民日报》《孔子学院》等报纸杂志相继发表,就《史记》法译史、翻译策略、翻译目的、读者定位、学界评论以及《史记》译本的史学价值与汉学价值等方面进行了介绍与分析,但其中均未涉及对《史记》作为中国古代散文接

---

[1] 祝一舒:《翻译场中的出版者——毕基埃出版社与中国文学在法国的传播》,《小说评论》2014年第2期。

[2] 董纯:《〈史记〉法文版译者:司马迁是全世界第一位全面论史者》,凤凰网,2015年11月6日,http://inews.ifeng.com/yidian/46131629/news.shtml?ch=ref_zbs_ydzx_news,2018年12月10日。

[3] 董纯:《巴黎发行〈史记〉全套法文版,法国两位译者工作跨越百年》,壹读,2015年7月31日,https://read01.com/oOPk0Q.html#.XkSQykdKjSE,2018年12月10日。

[4] 沈大力:《法国汉学家倾力译〈史记〉》,《光明日报》2015年8月15日第12版。

[5] 沈大力:《〈史记〉辉映塞纳河畔》,《人民日报》2015年8月9日第9版。

[6] 沈大力:《〈史记〉全套法文版问世》,孔子学院,2016年7月6日,http://www.cim.chinesecio.com/hbcms/f/article/info?id=fc59cde767c74aaab34fbe9c8d563d45,2018年12月10日。

[7] 《潘立辉眼中的〈史记〉》,孔子学院,2016年7月6日,http://www.cim.chinesecio.com/hbcms/f/article/info?id=ef9f78a9887645118ad1be8f96820e4e,2018年12月10日。

受的论述和研究。2016年受香港浸会大学饶宗颐国学院举办"辞赋诗学论坛"之邀,翻译《东坡记》与《东坡赋》的法国汉学家费扬(Stéphane Feuillas,1963—)接受中国文化院的专访,访问内容涉及其治学历程、治学心得、研究方向、对目前法国汉学总体趋势的把握、对自己译介著作的介绍以及对于汉学研究和青年学者的建议与期待等诸多方面。费扬在访谈中较为详细地介绍了翻译《东坡记》与《东坡赋》的前因后果,提到之所以选择它们,是与其正在进行的宋代士大夫研究息息相关。这篇专访是迄今为止唯一一篇由中国古代散文法译者谈及自身翻译背景、翻译策略、翻译目的以及译本评价的文章。① 值得注意的是,中国翻译研究领域自从21世纪开始关注中国古代散文的法译历程以来,首次出现了对中国古代散文法译的学术性研究论文。2004年孙晶发表论文《西方学者视野中的赋——从欧美学者对"赋"的翻译谈起》②,对辞赋这一中国文学中的传统体裁在欧美世界的翻译做了概述,文中以中西文类对比的视角为切入点,考察辞赋在欧美学者视野中的文体类别,指出以有韵无韵的二分法译介辞赋的优势和不足,肯定了以欧洲流行的三分法译介辞赋的做法,文中只简要提及法国汉学家吴德明(Yves Hervouet,1921—1999)曾翻译《汉代诗人司马相如》③一书。2014年康达维发表论文《欧美赋学研究概观》,对19世纪以来的欧美各国辞赋学研究做了综述,证明包括奥地利、德国、法国等国学者在内的欧洲学者早已有了关注《楚辞》研究的倾向,文中简要提及法国汉

---

① 李泊汀:《融通文哲,出入汉宋——专访法国汉学家费扬教授》,中国文化院,2017年3月3日,http://www.cefc-culture.co/en/2017/03/li-boting-from-philosophy-to-literature%E2%94%80-an-interview-with-french-sinology-professor-stephane-feuillas/,2018年12月12日。

② 孙晶:《西方学者视野中的赋——从欧美学者对"赋"的翻译谈起》,《东北师大学报》(哲学社会科学版)2004年第2期。

③ Yves Hervouet, *Un poète de cour sous les Han: Sseu-ma Siang-jou*, Paris: Presses Universitaires de France, 1964.

学家德理文的生平与《楚辞》翻译。① 2015 年车琳发表论文《浅述两汉魏晋南北朝散文在法国的译介》，这是国内首篇有关中国古代散文法译历史的学术研究性论文。她在文中以俄罗斯裔法国汉学家马古烈（Georges Margouliès，1902—1972）编撰的《中国文学史：散文卷》为主要文献，同时参考桀溺、班文干等当代汉学家的相关论述和译介成果，较为全面地考察了两汉魏晋南北朝散文在法国传播和研究的得失。② 2016 年车琳发表《唐宋散文在法国的翻译与研究》③一文，认为 20 世纪法国学者中对唐宋时期中国古代散文有所研究的是马古烈、徐仲年、班文干等人，他们不但选译唐宋散文名篇，而且在编写中国古代文学史时着重阐述古文运动对中国古代散文演进历程的影响，此外还对唐宋散文法译现状及其原因进行了分析。

（二）汉学研究领域

与翻译研究相比，汉学研究领域对中国古代散文法译的研究历史有较多的关注，研究成果也更为丰富。

1. 在法国，汉学领域对中国古文典籍在法国的研究已有相当悠久的历史，研究成果主要集中在基于古文典籍研读基础上的政治学、历史学、哲学、宗教学、社会学、语言学、民俗学研究。

早在 17 世纪初，蓝方济（Nicolas Lombard，？—？）神父的著述《大中华王国新见解》④ 于 1602 年出版，《中华王国、日本、莫卧尔王国新见解》⑤ 于 1604 年出版，随后金尼阁（Nicolas Trigault，1577—1629）神父根据利玛窦札记编写的《耶稣会士基督教远征中国史》⑥

---

① 康达维：《欧美赋学研究概观》，《文史哲》2014 年第 6 期。
② 车琳：《浅述两汉魏晋南北朝散文在法国的译介》，《国际汉学》2015 年第 3 期。
③ 车琳：《唐宋散文在法国的翻译与研究》，《北京大学学报》（哲学社会科学版）2016 年第 5 期。
④ Nicolas Lombard, *Nouveau avis du grand Royaume de la Chine*, Paris, 1602.
⑤ Nicolas Lombard, *Nouveaux avis du Royaume de la Chine, du Japon et de l'Etat du Roi de Mogor*, Paris, 1604.
⑥ Nicolas Trigault, *Histoire de l'expédition chréstienne au royaume de la Chine*, Lille: Imprimerie de Pierre de Hache, 1615.

于 1615 年出版。三部著作均对孔子及其思想展开论述，金尼阁的书中还简述了儒家典籍的内容并对儒学在中国所处的地位进行了分析，是首次向西方人揭示儒家经典四书五经的存在。1696 年，李明（Louis Le Comte，1655—1720）神父在其著作《中国现势新志》① 中详细探讨了有关中国宗教体系、政治体制和文化渊源的问题，并向西方读者描绘了儒家学派创始人孔子的智者形象。

到了 18 世纪，意大利来华传教士龙华民（Niccolo Longobardo，1559—1654）所著的《论中国宗教的若干问题》② 在他离世 50 年后得以出版，书中探讨中国宗教、儒家思想和理学思想的本源问题，思考中国人的信仰体系的本质，同时对中国文化做出了定性判断，该书在很长时间内框定了西方学者对中国宗教的认识方法和问题论域。1729 年，担任法国财政总监的西鲁埃特（Étienne de Silhouette，1709—1767）出版《中国政府及道德观》③ 一书，十分赞赏中国的政治体制和以儒家思想为主导的道德准则。1735 年由杜哈德（Du Halde，1674—1743）神父编纂的四卷本《中华帝国全志》④ 出版，该书篇幅达 2500 多页，其中第二卷中有关于四书五经的介绍，并附有《书经》和《诗经》选译片断，第三卷中有近 300 页的篇幅详细介绍中国的宗教、礼仪、哲学、民俗等方面。《中华帝国全志》是一部详解当时中国社会与文化的巨著，代表了当时来华耶稣会士汉学研究的最高成就，也是当时西方国家了解中国的重要途径。

20 世纪以来，许多汉学家以中国古代典籍为基础，尤其是以其

---

① Louis Le Comte, *Nouveaux Mémoires sur l'état présent de la Chine*, Paris: l'Imprimerie Royale, 1969.

② Niccolo Longobardo, *Traité sur quelques points de la religion des chinois*, Paris: chez Louis Querin, 1701.

③ Étienne de Sihouette, *Idée générale du gouvernement et de la morale des Chinois*, Paris: Imprimerie G.-F. Quillau, 1729.

④ Jean-Baptiste Du Halde, *Description Geographique, Historique, Chronologique, Politique, et Physique de l'Empire de la Chine et de la Tartarie Chinoise*, Paris: chez P. G. Lemercier, 1735.

中的先秦诸子散文和历史散文为基础,开展中国古代文字、艺术、文化、历史、哲学、宗教、民俗、政治等领域的学术研究。沙畹(Édouard Émmannuel Chavannes,1865—1918)于1895—1905年间陆续翻译出版中国古代史学巨著《史记》① 五卷本,以人文科学的新方法开辟了西方汉学的新途径。葛兰言(Marcel Granet,1884—1940)写出《中国古代歌谣与节日》②,运用社会学理论解析《诗经》中的中国古代社会和文化,成为法国汉学研究中的里程碑。马伯乐(Henri Maspéro,1883—1945)著有《古代中国》③,研究秦始皇统一六国前的早期中国史,以独到的眼光解析古代中国的政治制度、宗教信仰和思想流派。1982年出版的《中国和基督教》④ 是一部中国与基督教关系史研究著作,谢和耐(Jacques Gernet,1921—2018)从儒家伦理学的实践性谈起,进而触及它与社会政治紧密结合的特点,并探讨传教过程中的中西文化冲突,以此来研究中西文化的特质。程艾兰(Anne Cheng,1955—)于1985年出版《汉代儒教研究:一种经典诠释传统的形成》⑤,书中以语言学、政治学以及历史学的角度切入,分析汉代作为一个既接近古儒学的时代又处于佛教传入之前的朝代,如何诠释并形成儒学传统。

2. 在中国,汉学研究领域对中国古文典籍在法国的研究已有较为丰富的研究成果。

首先,有关法国汉学史的研究是中国对法国汉学研究的重点所在。目前出版的研究论著包括:《欧洲18世纪"中国热"》(许明龙,1999)、《中国与欧洲早期宗教和哲学交流史》(张西平,2001)、

---

① Édouard Émmannuel Chavannes, *Les Mémoires historiques de Se-ma Ts'ien traduits et annotés*, Paris:Librairie d'Amérique et d'Orient, 1895 - 1905.

② Marcel Granet, *Fêtes et chansons anciennes de la Chine*, Paris:Edition Ernest Leroux, 1911.

③ Henri Maspéro, *La Chine Antique*, Paris:Presses universitaires de France, 1955.

④ Jacques Gernet, *Chine et Christianisme*, Paris:Gallimard, 1982.

⑤ Anne Cheng, *Étude sur le confucianisme Han:l'élaboration d'une tradition exégétique sur les classiques*, Paris:Institut Hautes Etudes, 1985.

《法国汉学史》（许光华，2009）等，书中均详细论述法国汉学和欧洲汉学人文科学研究方法，并从语言、文字、历史、地理、哲学、宗教、文化等方面探究法国汉学对古代中国的探索与研究。此外，一系列学术论文相继发表，如：《法国汉学的历史概况》（［法］戴密微，《亚洲学报》1966年第11卷）、《汉学研究50年》（［法］苏远鸣，《亚细亚学报》第261卷，1973年）、《法国汉学的发展与中国文学在法国的传播》（钱林森，《社会科学战线》1989年第2期）、《汉学和西方汉学世界》（阎纯德，《中国文化研究》1993年第1期）、《法国汉学研究史（上、中、下）》（［法］戴密微著，秦时月译，《中国文化研究》1993年冬卷）、《西方早期汉学试析》（计翔翔，《浙江大学学报》2002年第1期）、《法国中国学研究的历史和现状》（曹景文、郝兰兰，《淮北煤炭师范学院学报》2005年第4期）、《法国汉学发展史概述》［张桂琴，《国际社会科学杂志》（中文版）2009年第2期］、《跨国度的文化契合——汉学研究与中法文化交流的对话》（［法］雷米·马修、徐志啸，《文艺研究》2013年第5期），等等，对法国汉学"草创期"、"发展期"和"现代期"以及汉学研究与汉学成就等方面进行了较为系统、全面的研究。

其次，有关明清之际法国耶稣会士在华的译介活动成为中国汉学研究界关注的热点。目前已出版《中国天主教史人物传》（方豪，1988）、《在华耶稣会士列传及书目》（［法］费赖之，1995）、《明清传教士与欧洲汉学》（张国光等，2001）、《耶稣会士中国书简集》（［法］杜赫德，2001）等著作，以及学术论文《法国耶稣会士的中国研究及对中西文化交流的影响》（何谐，《攀枝花学院学报》2007年第2期）、《明清耶稣会士中文典籍译介对中西文化交流的影响》（何谐，《攀枝花学院学报》2007年第2期）、《明清之际耶稣会士翻译活动、翻译观与翻译策略刍议》［王银泉，《南京农业大学学报》（社会科学版）2010年第3期］、《明清之际来华耶稣会士与儒家经典的译介》（张涌，《山西师大学报》2011年第2期）、《明清之际法国耶稣会士的汉学研究》（余泳芳，《法国研究》2012

年第2期)、《清朝来华耶稣会士卫方济及其儒学译述研究》(罗莹,《北京行政学院学报》2015年第1期)、《明清耶稣会士中文典籍译介对中西文化交流的影响》(高璐夷,《出版发行研究》2018年第3期)等。这些学术论文的研究主题主要涉及对16—18世纪法国耶稣会士译介中国典籍的历史与成果的梳理,以及对译介成果引领西方启蒙思潮、推动西方中国热的论证。此外,还论及中国典籍法译对西方汉学研究的奠基作用和对中西文化交流的积极影响。

再次,中国汉学研究对汉籍法译中的儒学典籍及其对法国儒学研究的影响给予了特别的关注。《法国对中国哲学史和儒教的研究》([法]汪德迈、[法]程艾兰,《世界汉学》1998年第1期)、《中法文化交流与儒学在法国的传播》(吴星杰,《沈阳师范大学学报》2007年第2期)、《儒家典籍"四书"在法国的译介与研究综述》(谢欣吟、成蕾,《华西语文学刊》2012年第2期)、《〈论语〉在法译介探微》(郝运丰、梁京涛,《佳木斯职业学院学报》2016年第4期)、《〈论语〉在法国的传播新探》(詹璐璐、王晓宁,《中国市场》2017年第15期)等论文从不同层面探讨法国来华耶稣会士在"西学东渐"和"中学西传"过程中的译介活动,通过对其不断靠拢、比附、融会、贯通和吸收儒家思想的分析,阐述儒家经典作为语言学习文本、作为抨击法国社会体系的利器和作为研究中国宗教哲学文化基石的实质性作用与影响。

最后,国内汉学研究对汉学家本身给予了较多关注。2004年朱利安(François Julien,1951—)受邀至台湾辅仁大学参加以他的研究为讨论主题的汉学会议,介绍新出版的《本质与裸体》①中译本的基本论点及思想步骤。朱利安在《文化研究》杂志对他的访谈中谈到自己的求学经历,尤其是他在香港任法国远东学院中国分部办公室主任之时,有机会在香港新亚书院学习古文,从而与中国古代

---

① François Julien, *De l'Essence ou du nu*, Paris: Seuil, 2004.

散文结缘的经历。① 2005年《法国汉学家戴廷杰访谈录》在《文学遗产》杂志发表，戴廷杰（Pierre-Henri Durand，1952—）在文中介绍了他所作的戴名世研究及其《戴名世年谱》在中国的出版情况，并对自己翻译《南山集》的前因后果做了详细的说明。② 2011年皮埃尔·卡赛（Pierre Kaser，? —）撰写《悼念谭霞客》③一文，对谭霞客一生中每一部译作、著作、参与的研究项目等学术成果逐一做了介绍，其中就包括他翻译的中国古代散文集《徐霞客游记》。2014年法国教育部汉语总督学白乐桑（Joël Bellassen，1950—）接受《光明日报》采访时，对中国现当代文学与古代文学在法国的翻译与接受做了总体评价。在古代文学法译方面，白乐桑特别提到文学类与哲学类的中国古典作品在法国有着悠久的译介历史与传统，译作成果十分丰富，如《道德经》《庄子》《古文观止》等书，说明法国对中国文化著作的喜好，并谈到持续翻译出版中国文学的毕基埃出版社与中国蓝等出版社的一些文化活动和情况。④

通过上述国内外翻译领域和汉学领域对中国古代散文法译的评论及研究，我们发现：一方面，国内外翻译研究领域对中国古代散文法译的关注点主要集中在译本介绍、译本评述、译本影响与出版机构评介等方面，评介成果大多限于对个别译本的书评和报纸杂志的介绍性文字，迄今为止仅有《浅述两汉魏晋南北朝散文在法国的译介》《唐宋散文在法国的翻译与研究》两篇论文真正涉及20世纪以来中国古代散文在法国译介的情况，尚未出现将译本置于历史语境之中解释相关翻译现象的研究，对译介历史的研究也尚未展开，

---

① ［法］朱利安：《François Jullien访谈》，林志明译，《文化研究》2005年第1期。
② 高黛英：《法国汉学家戴廷杰访谈录》，《文学遗产》2005年第5期。
③ Pierre Kaser, "Hommage à Jacques Dars", *Études Chinoises*, Vol. XXX, n°1–2, 2011, pp. 13–25.
④ 于小喆：《汉学给人感觉是形而上的好奇——访法国教育部汉语总督学白乐桑》，中国新闻网转载《光明日报》2014年1月14日，http://www.hanban.edu.cn/article/2014-01/14/content_521730_2.htm，2018年12月20日。

无论中国国内还是国外,翻译领域对中国古代散文法译的研究均处于初始阶段,而且目前所涉及论题十分狭窄。可以说,国内外对中国古代散文法译史的全面、系统的梳理与分析尚未开展。另一方面,与翻译研究尚处于初始阶段相比,国内外汉学研究对中国古代散文法译的研究视角较为单一,其关注的中国古代散文仅限于先秦诸子散文和秦汉史传散文,对魏晋以后的散文作品鲜有提及,关注的译介史则仅限于20世纪以前的传教士汉学研究阶段,且主要从历史学、哲学、政治学的视角切入译介史研究,目前中国国内尚未出现从文学角度研究中国古代散文法译的研究成果。尽管汉学研究领域已产生相对丰富的研究成果,特别是在法国汉学史、明清法国耶稣会士在华的译介活动、法国儒学研究、法国汉学家研究四方面产生了比较丰富的论著与学术研究成果。然而,不论翻译研究还是汉学研究,实际上对20世纪以来中国古代散文法译史的研究都处于零星的、几乎空白的状态。可以说,国内外对20世纪以来近百年中国古代散文法译研究史还未进行全面而系统的梳理与分析,更未有将译本置于历史文化语境之中对相关翻译现象的阐释性研究。

三 研究对象与研究意义

翻译研究是一种跨学科研究,涉及描述性翻译研究、翻译史研究、文化翻译研究、生态翻译学研究、翻译社会学研究、后殖民主义翻译研究、性别研究、伦理道德研究、口译笔译研究、影视翻译研究、科技翻译研究等诸多方面和领域,与比较文学、史学、语言学、文献学、哲学、符号语言学、词汇学、电子计算机科学等学科息息相关。本书的研究对象定位于对中国古代散文自在法国出现以来的百年翻译与接受史的研究,这里的百年即指1919年至2019年。之所以这样界定本书的研究对象和研究期限,主要有以下几个方面的原因和考量。

第一,本书所指的翻译包括摘译、节译和全译等所有翻译出版和公开发表的文字;本书所指的接受是指评介和研究,包括一般性的介绍和评论与学术性的解读和研究。这里接受也可以被认为是中国古代散文在法国除翻译之外的所有流传手段。这两大方面的内容均被纳入本研究考察的范围之内。

第二，选择1919年至2019年作为本研究的历史阶段，首先是由于1919年陈独秀在其主编的《新青年》刊载文章，提出文学革命的主张，提倡民主与科学、批判传统中国文化成为新文化运动之滥觞，1919年也成为中国文学史划分中国古代文学与中国现当代文学的分界点；其次是由于1926年第一部中国古代散文法译本在法国出版以来，中国古代散文法译的命运与中国新文化运动的命运休戚相关，在互相交流与促进的过程中形成了中国古代散文法译的独特风景。至于以2019年作为研究的结点，则是以笔者的博士毕业年限为基准，希望将博士论文定稿前国内外最新出现的所有相关研究均纳入本研究的视野之中，与此同时，这一年限恰好也构成了一个自然数字上的百年。

第三，选择法国而非法语世界的译介作为考察对象，是基于目前中国古代散文法译的现实情况，因为被归在"文学"大类之下的中国古代散文法译本绝大多数是由法国译者翻译，并由法国出版社出版。

第四，中国古代散文历经数千年的发展与演变，使其发展为一个庞杂的文体系统，其过于宽泛的范畴为翻译与研究带来了困难。为解决这一问题，本研究以法国的视角为出发点，换言之，是将在法国被当作散文的，并被归入在"文学"大类下的中国古代散文的译本与著作作为研究对象，从根本上规避了中国研究视角下古代散文范畴大而散的问题，做到较为精确地定位研究对象，从而为系统、全面但又不失具体地完成本论题的研究提供保障。

诚然，中国古代散文作为一个庞大且历经三千年演变的复杂文体系统，的确很难用一个概念进行圈定，尤其以现代文学观念套用古代文学体裁研究的过程中，难免会产生偏差。"中国古代散文"这一概念与范畴本身的不稳定性和中法两国对"中国古代散文"这一概念界定的差异性和模糊性，在很大程度上影响了中国古代散文在法国的翻译与接受，但这也正是本研究拟解决的关键问题所在。此外，对以下问题的回答同样具有重要的学术价值和研究意义：法国文学中没有与中国古代散文相对应的文体形式，概念接受的"错位"如何影响其翻译与评介？中国古代散文在以法语为载体的文化系统中，它的范畴与文本如何被选择？如何被接受？如何被阐释？作为一种在中国范畴不固定、在法国又无对应形式的文体，中国古代散文在法国是如何被看待的？它的流传与接受的历史、现状、机制如何？在百年的翻译与接受史中产生了哪些变化？存在什么问题？只有探究和回答这些问题，才能找到打开中国古代散文在法国翻译与接受的密匙。因此，本论题的研究不仅必要，而且也十分重要。对这些问题的探究与回答将弥补长久以来中国古代文学在法国的翻译与接受中一直缺少中国古代散文这一重要文体研究的缺憾。故而，本研究具有独特而不可替代的学术研究意义与历史文化价值。

四　研究方法

本书要对历经一个世纪的中国古代散文法文翻译与接受进行研究，不仅需要拉网式地查找和阅读相关翻译文本和文献研究资料，而且还需要分析其中所涉及的社会历史因素、译介行为、文本细节和文本关系，同时需要考察和研究其产生、运作和互动的机制，而绝不仅仅是译介事实的堆砌和罗列。那么，如何对庞杂而纷繁的翻译与接受现象进行有效的研究和总结，"系统"概念、比较文学、译介学和接受学相关理论的引入对本书的撰写具有重要的方法论意义。因此，本书主要采用以下几种研究方法：

第一，系统研究法。"系统"，即"一套相互关联的元素，它们正好拥有某些共同特点，这使得它们与不属于这一系统的其他元素区分开来"[①]。以色列文学和文化理论家伊塔玛·埃文－佐哈（Itam-

---

[①] André Lefevère, *Translation, Rewriting, and the Manipulation of Literary Fame*, London/New York: Routledge, 1992, p. 12.

ar Even-Zohar，1939— ）认为："将意义现象也即由符号所控制的各种人类交流模式（如文化、语言、文学、社会）看作一个系统，而不是不同元素的聚合体，这已经成为我们时代众多科学研究者的主导型观念。"① 他指出引入"系统"概念或许能够成为变革人类科学发展的全新契机，原因即在于"系统研究"能够使语言、文学、文化和社会科学研究中的众多要素摆脱被单独描述和分析的命运，转而成为功能主义研究之下动态系统中的有机组成部分，由此达到从研究物质实体向研究相互关系的学科研究转向。就翻译研究而言，倘若众多文学译介现象仅被视为孤立的物质实体，那么对其内部翻译机制和接受动因的探索将无从实现，只有将译介现象简化并分类纳入译本、译者、赞助人、异语和源语文化等多种系统之内，才能分析现象之间的相互关系，探讨不同层面的聚合的缘由和动因，发现纷繁译介现象背后的功能性特征和运作机制。因此，系统研究法的引入对中国古代散文法译这一跨文化的翻译与接受研究具有深刻的指导意义。

第二，译介学的研究方法。译介学是比较文学研究的重要组成部分，研究文学间跨文化交流中的翻译问题，并以"创造性叛逆"作为理论基础，认为"翻译总是一种创造性的叛逆"。② 文学翻译具有"创造性"的原因在于译作的产生过程即是原作在新的语言和文化系统重生的过程，而"叛逆性"则在于译作是译者的再创造，是一个相对独立的存在，再忠实的译作也不可能等同于原作。由此出发，译介学重新定义译者的主体性以及译作的文学史价值，认为："每一次翻译都是对原文的重写，变异和创新，翻译非但不是原文的附庸，相反原文依赖翻译而生。"③ 译介学不局限于翻译文本研究，

---

① Itamar Even-Zohar, "Polysystem Theory", *Poetics Today*, Vol. 1, No. 1/2, Special issue: Literature, Interpretation, Communication, 1979, p. 288.

② ［法］罗贝尔·埃斯卡尔皮：《文学社会学》，上海译文出版社1988年版，第137页。

③ 曹顺庆编：《比较文学概论》，中国人民大学出版社2011年版，第177页。

而是关注译作的发起者,注重译作在新的文化语境中的传播与接受,将其视为一种跨文化传递行为的最终结果。在对翻译文本进行研究时,译介学跳出语言技巧层面,而从广阔的文化层面上去审视翻译,关注文本在跨文化交际和传递中所涉及的一系列文化问题。

第三,接受学的研究方法。比较文学中的接受研究是"建立在接受美学基础上的一种新的比较文学变异学研究模式,主要研究一个国家的作家、作品被外国读者、社会接受变异的状况"[①]。接受学研究侧重从民族心理、文化传统、审美观念等深层次原因,对接受主体情感向度和价值判断进行观照。"接受学研究涉及对接受的历史语境、现实语境、文化语境以及心理原因的研究……以探明文学接受中产生各种不同反应的社会的、历史的、个人的、心理的原因。"[②]这一研究思路有助于我们理解中国古代散文法译史中各因素间的相互影响、相互融合的互动关系,也有助于探究中国古代散文法语译介史发展的深层次逻辑与原因。

第四,历史学的研究方法。研究中将引入历史因素的文学系统研究方法,将比较与综合研究相结合、历时性与共时性研究相结合。历史学研究注重对共时现象和历时现象的辨证考察,在研究共时现象时将其置于历史语境之中,综合考虑特定历史背景之下多重因素的相互作用,从而厘清特定时刻文学现象的运作机制;在研究历时现象时梳理文学现象发展历程,总结发展脉络的同时解读其深层动因。共时性研究和历时性研究的紧密结合构成了全面历时性描述的网状研究系统,而作为研究本体的中国古代散文法译史,面对的正是具体历史语境之下开放并流动的语言、文学、社会和文化系统。因此,历史要素对中国古代散文法译历程中译介现象的作用和影响正是本研究所关注的重点。

[①] 曹顺庆编:《比较文学概论》,中国人民大学出版社2011年版,第192页。
[②] 曹顺庆编:《比较文学概论》,中国人民大学出版社2011年版,第192页。

第一部分

历史流变：中国古代散文在法国

中国古代散文历经数千年的演变传承，已然发展为一个庞大而复杂的文体系统，其概念与范畴的界定问题一直是困扰中国学界的一大难题。随着中国古代散文 20 世纪以来在法国翻译与研究的展开，如何框定中国古代散文的概念与范畴成为法国译者与学者亟须解决的问题，这一问题的复杂性与困难性一方面对法国译者与学者提出了新的挑战，另一方面在界定过程中产生的差异性与模糊性也对中国古代散文在法国的译介效果产生了影响。此外，中国古代散文在法国的翻译已走过百年历程，百年间涌现出一批各具特色的译本，也催生出一批辛苦耕耘的译者，本部分将中国古代散文在法国百年间历史流变的进程划分为三大历史阶段，通过详细梳理各阶段翻译事实的历时性描述，展现中国古代散文法译史中各历史阶段的基本特点与总体态势。

第 一 章

"中国古代散文"在法国的界定与范畴

第一节 "中国古代散文"概念在中国

"散文"一词在中国出现甚早，首见于南宋王应麟《辞学指南》中。该书于"诰体"中列有"散文"和"四六"两种写作范例，并在说明"诏体"作法时，引吕东莱之言曰："诏书或用散文，或用四六，皆得。"① 但散文一词的定义是五四运动以后受西方文学分类观念影响确立的，此时的散文与诗歌、小说、戏剧并列，成为四大文学体裁之一。

中国古代散文的文体虽然由来甚早，但散文的概念却产生得很晚。从上古到清末，文学观念经历了一个逐渐明晰的过程。先秦时代开始出现"文""文学"的概念，指的并非文体，而是文采或典籍。"文章"一词到西汉才有了文体意义，专指诗赋等韵文，"文学"则指儒学及学术著作。东汉前期，王充著《论衡》，开始对"文章"分类，提出"五文说"，但是"文"或"文章"的概念仍然非常宽泛。到了魏晋，则有"文""笔"二分，有韵为"文"，无韵为"笔"。唐代以韩愈、柳宗元为代表的散文家提倡复兴"古文"，回归两汉以前质朴自然的书写方式，自此"古文"和"骈文"

---

① 吕武志：《唐末五代散文研究》，学生书局1989年版，第8—9页。

并置，成为古人创作所用的主要文体。"散文"这一说法到了清代逐渐广为人所用，罗惇融曾在《文学源流》中写道："周秦逮于汉初，骈散不分之代也；西汉衍于东汉，骈散角逐之代也；魏晋历六朝至唐，骈文极盛之代也；古文挺起于中唐，策论斐然于赵宋，散文兴而骈文蹶之代也；宋四六，骈文之余波也；元明二代，骈散并衰，而散文终胜于骈；明末迄于国朝，骈散并兴，而骈势差强于散。"①由此可见，在五四运动以前，中国古代"散文"是与韵文、骈文相对的文体概念。

中国古代散文的分类也经历了由简到繁，又由繁趋简的过程。中国古代最早为散文分类的是曹丕所著的《典论·论文》，除诗、赋外，他将散文分为三科六类，并概述了每类文体的特点和写作要求，虽然他的分类并不全面，却是中国历史上区分散文文类的首次尝试。继曹丕之后，晋代陆机在《文赋》中将散文分为八种文体："碑披文以相质，诔缠绵而凄怆。铭博约而温润，箴顿挫而清壮。颂优游以彬蔚，论精微而朗畅。奏平彻以闲雅，说炜晔而谲诳。"② 对碑、诔、铭、箴、颂、论、奏、说八种文体的写作内容和语言风格予以规范。真正开始对散文文体进行全面分类研究的当属刘勰的《文心雕龙》，该书是中国第一部系统文艺理论巨著，全书共50篇，其中25篇为文体论。刘勰将文体分为35类，包括：骚、诗、乐府、赋、颂、赞、祝、盟、铭、箴、诔、碑、哀、吊、杂文、谐隐、史、传、诸子、论、说、诏、策、檄、移、封、禅、章、表、奏、启、议、对、书、记，这其中绝大多数是散文文体。刘勰不但对每类文体的名称意义作出说明，而且阐述了各类文体的起源和演变，并对其中的代表作加以评论，同时结合时代变化论说文体演变，实则具备了分体文学史的性质。此后，萧统在其诗文总集《文选》中，将各类文章选编为30卷，分文体37目，其中七、诏、册、令、教、文、

---

① 陈必祥：《古代散文文体概论》，河南人民出版社1986年版，第2页。
② 张怀瑾：《文赋译注》，北京出版社1984年版，第8页。

表、上、书、启、弹事、笺、奏、记、书、檄、对问、设论、辞、序、颂、赞、符命、史论、史述、赞、连珠、箴、铭、诔、哀、碑文、墓志、行状、吊文、祭文都属于散文。《文选》对散文的分类比《文心雕龙》更为细致，在文体辨析上也颇为独到，《文选》作为中国现存最早的诗文总集在中国文学史上占有极为重要的地位，也成为后世文论文体分类的样板，不论宋代李昉的《文苑英华》、南宋吕祖谦的《宋文鉴》，还是元代苏天爵的《元文类》、明代程敏政的《明文衡》，基本都沿用了《文选》的文体分类标准。到了清代，桐城派古文家姚鼐选取先秦两汉至唐宋明清各类文章编成《古文辞类纂》，创造性地将原有散文文类合并缩减为论辩、序跋、奏议、书说、赠序、诏令、传状、碑志、杂记、箴铭、颂赞、辞赋、哀祭共13 类，该分类自乾嘉后二百余年间一直被奉为文类之准绳。正如陈必祥在《古代散文文体概论》中所言："中国古代散文文体分类肇始于汉魏，大盛于齐梁，繁衍于宋明，论定于晚清。梁以《文选》为规范，明以《文章辨体》、《文体明辨》为代表，清以《古文辞类纂》、《经史百家杂抄》为正宗。而有关各类文体的流变、特征的论述，均又以《文心雕龙》为鼻祖。"[①]

中国古代散文的概念、文类不但历经演变，它的范畴也庞大而复杂，具有广泛的包容性。具体而言，先秦时代从宽，历史著作、诸子著作等中的单篇文章都可以算作散文，后世则从严，主要是单篇的、不押韵的、单行散句为主的文章。"散文"作为一种独立的文体，其中的文学要素和非文学要素在内容上始终紧密交织，而且在体制、结构方式、语体风格等方面也千差万别。其广泛的包容性使得从先秦历史、诸子散文到秦汉以来的样式众多的杂体散文，几乎都被归入散文大类之中，无论是理论著作还是文学实践，中国古代文人往往把文学和非文学的文体混同而论，这一传统一直延续至今。也正因如此，中国古代散文作为一个历经数千年发展与演变，范畴

[①] 陈必祥：《古代散文文体概论》，河南人民出版社1986年版，第32页。

不断变化、庞大而复杂的文体系统，其过于宽泛的范畴为翻译与研究带来了困难。

20世纪以来，中国学者陆续出版多部散文史著作，直接或间接地对中国古代散文的范畴进行了界定。

1936年方孝岳的《中国散文概论》被编入《中国文学八论》，书中认为"散文这个称号，是相对骈文而称的。论其本体，即是不受一切句调声律之羁束而散行以达意的文章"。这里的"散文"还是指与骈文相对应的传统的散文概念。1937年，陈柱的散文研究专著《中国散文史》在商务印书馆出版，他的书名没有沿用传统上的"古文"一词，转而使用"散文"一词，陈柱在书中写道："现代所用散文之名大抵与韵文对立，其领域则凡有韵之诗赋词曲，与有声律之骈文，皆不得入内。"[①] 可以看到，这时的"散文"概念与"韵文"相对，将无声律的骈体文和散体文都归属于散文的范畴。因此《中国散文史》中的散文概念已从根本上区别于与唐宋后骈文概念并置的"散文"，指的是包括骈体和散体在内的古代文章的统称，这一变化使得"散文"一词的含义具备了现代意义。

经过长时间的沉寂之后，数本研究中国古代散文的专著在20世纪80年代相继出版，这其中郭预衡的《中国散文史》影响较大。1986年郭预衡的《中国散文史》（上册）由上海古籍出版社出版，中、下两册随后陆续出版。《中国散文史》每册约50万字，从史的角度总结散文发展的规律性问题，对不同时期、不同作家的散文艺术风格、流派的特征作了比较和对照。他在书中把传统意义上除诗歌、小说、戏曲外的所有文体均并入散文的范畴之内，此后中国新编写的散文史类著作基本沿用了《中国散文史》所框定的散文范畴。

1987年，台湾学者王更生从广义与狭义两方面明确定义了中国古代散文，他认为："广义上：凡不押韵、不重排偶，散体单行的文章，包括经、史、子与集部中的部分作品，概称为广义的散文；狭

[①] 陈柱：《中国散文史》，华东师范大学出版社2016年版，第7页。

义上：凡诗歌、戏剧、小说以外，而散体单行，符合文学特征的作品，统称为狭义的散文。"①

1994年由漆绪邦主编的《中国散文通史》由吉林教育出版社出版，该通史对散文范畴的界定较为宽泛。"我们不局限于所谓的'纯文学散文'的界说，而把说理、记事、记人、抒情、写景的文章都视作散文；我们也不囿于传统的'古文'观念，而把散行的、偶俪的文章都视作散文，同时把赋也视作散文了。当然，我们也没有把诗歌、小说、戏剧之外的所有书面文字都当作散文，历代大量的传注之文、译经之文、宋明道学语录等，我们就没有涉及。笔记谈丛，产生与汉、魏，唐宋以后数量极多，应该是我国散文的一个方面，但限于篇幅，我们也涉及不多。"②

2004年出版的《中国古代散文史》同样采用具有宽泛外延的散文含义，作者刘衍指出，广义上的散文"虽然品类甚杂，选文内容涉及历史、哲学、政治、军事和一切生活领域，文体涉及骈文、八股文，甚至也涉及散文化的辞赋"③。之所以选择广义散文的概念，是因为它为狭义散文的成长提供了土壤，提供了通向艺术领域的强大生命力，同时有利于系统考察散文产生、发展、演变的历史，全面反映中国古代散文的基本面貌。

通过对以上著作中散文范畴的比较分析可以发现：首先，学者们普遍认为中国古代散文的核心是指文章，大抵是无韵之文，它有别于古代的"散文"概念，是散体文与骈体文的总称（至于是包含所有骈体文还是仅指无声律的骈体文，学者间尚有不同意见）。其次，有的学者借用现代文学四大体裁的概念，认为中国古代散文是除诗歌、小说、戏剧之外的文章。但是，在押韵、声律以及中国古代散文的内容上，学者间仍存有较大分歧，比如，大家都同意不押

---

① 王更生：《简论我国散文的立体、命名与定义》，《孔孟月刊》1987年第11期。
② 漆绪邦主编：《中国散文通史》，首都师范大学出版社2014年版，第Ⅰ页。
③ 刘衍：《中国古代散文史》，高等教育出版社2004年版，第8页。

韵、不重排偶的文章是散文，但郭豫衡认为，除此之外有韵的赋也应属于散文的范畴；刘衍认为散文化的辞赋也是散文；漆绪邦则干脆将赋全部归入散文范畴中。最后，有人认为内容上不论是说理、记事、记人、抒情还是写景，不论是涉及历史、哲学、政治、军事，或经、史、子、集部的部分作品都可算作散文，但也有人认为，只有唐宋山水游记、明清小品才是真正的散文。

以上定义中仅王更生明确提出狭义散文的概念，并指出狭义散文的概念核心应该符合文学特征，其他学者均采用较为广义、宽泛的散文概念构建中国古代散文史，其目的在于系统地考察散文文体的演变历史。

然而，广义的散文定义自然有利于系统考察散文产生、发展、演变的历史，但也因其过于宽泛的范畴为翻译与研究带来了困难。虽然狭义的散文定义有利于框定文本的范畴，剔除散文范畴边界的不稳定性，却易失之过窄，也容易将属于古代散文范畴的文本排除在外。中国古代散文的定义分歧实际是对研究对象的分歧，在这个基本问题上分歧如此之大，必然影响到研究的方向与质量。然而，造成分歧的症结实际在于研究者总希望用某种固有的、既定的概念，去圈定中国古代散文的界限，但中国古代散文作为一个庞大、复杂、历经演变的文体系统却难以用一个概念圈定，尤其是用现代的文学观念套用古代文学体裁会产生较大偏差，解决此问题的途径，只能是跳出这些既定概念的圈子，转向对古代散文本体性质的研究与思考。

第二节 "中国古代散文"概念在法国

针对中国古代散文的界定与范畴问题，一批法国汉学家积极探索，他们或因撰写中国古代文学史而涉猎散文，或因研究中国古代文学而浅尝辄止，或为所译中国古代散文译本厘清边界、找准定位，踏入中国古代散文文体界定与文体范畴的研究领域，为此他们或深或浅地做出了有益的尝试。

一 "散文"（prose）概念在法国的历史演变

法语"prose"一词源自拉丁语"proversus"，该词由名词"versus"（诗）和前缀"pro-"（即在……之前）组成，是形容词，意为"转向前面的，向前行进的"。在历史变迁中，"proversus"根据通常的语音规则逐渐简化为"prorsus"或"prosus"。"prosus"的阴性词形是"prosa"，拉丁语中有短语"prosa oratio"，其字面意义是"直线式的言语"（discours en droite ligne），表示与"versus"（诗）相反，即：言语既不换行，也不局限于重复相同的韵律序列（discours qui ne revenait pas constamment à la ligne et qui ne se bornait pas à répéter les mêmes séquences rythmiques），这一短语进一步缩减，最终演变为现代法语中的名词"prose"。[①]

根据拉鲁斯法汉双语词典中对词条"prose"的解释，该阴性名词意指"口头或书面言语的通常形式，并不遵循适用于诗歌的韵律和音乐性规则"（Forme ordinaire du discours parlé ou écrit, qui n'est pas assujettie aux règles de rythme et de musicalité propres à la poésie）[②]，汉语译为"散文"，其反义词为"vers"（诗）。

法国哲学家阿兰（Alain，原名 Emile Auguste-Chartier，1868—1951）曾在《论美学》中写道："我们的任务是要说明散文如何通过它自身的动势，以它的方式规范想象。……散文的全集就是小说。"［Notre affaire est de montrer comment la prose, par son mouvement propre, discipline à sa minière l'imagination. (...) l'oeuvre complète de prose est le roman.］[③]

[①] "Prose", Lexique, 2020.01.23. http://www.ecoles.cfwb.be/ismchatelet/fralica/importskynet/refer/lexique/lexique.htm.

[②] "Prose", Larousse: des dictionnaires et une encyclopédie gratuit, 2020-01-02, https://www.larousse.fr/dictionnaires/francais/prose/64451?q=prose#63724.

[③] Emile Auguste-Chartier, *Système des beaux-arts*, Paris: Gallimard, 1948, p. 312.

萨特（Jean-Paul Sartre，1905—1980）也曾在《境遇（二）》中写道："直到今天，文艺评论家们指责一部散文作品缺乏诗意的情况也并不罕见。"（Il n'est pas rare, aujourd'hui encore, que des critiques reprochent à une oeuvre de prose de manquer de poésie.）①

此外，"prose"经常以短语"en prose"的形式出现，指"以 prose 的形式；以 prose 的形式书写"，如"écrire en prose""exprimer en prose""chanson en prose""comédie en prose""roman en prose"等。倘若"écrire en prose"和"exprimer en prose"可译为"以散文的形式书写"和"以散文的形式表达"，那么把"comédie en prose"和"roman en prose"译为"以散文形式书写的喜剧"和"以散文形式书写的小说"，似乎在汉语中存在歧义。若要明晰这一问题，则需重新回到"prose"原本的法语释义，而非单单将其汉语释义"散文"生搬硬套在句子之中。此外，"口头或书面言语的通常形式，并不遵循适用于诗歌的韵律和音乐性规则"这一释义中，最为关键的信息在于"forme"，即"prose"是一种书写的外在表现形式，它仿佛一个容器，容纳内容但不影响内容；其次，在"forme"这一外在表现形式的基础上，"prose"不受两个因素（韵律规则与音乐性规则）的制约，这两个因素最终都指向另一种书写形式"诗"，即"prose"是与"诗"相对的一种书写的外在形式。只有从其本意出发，我们才能理解为何会有"comédie en prose"和"roman en prose"这样的表达，因为"prose"是书写的外在形式，而书写本身可以是"comédie"（喜剧）、"roman"（小说）、"chanson"（歌曲）、"conte"（故事）、"discours"（演说）等各种内容，只要不遵循韵律规则和音乐性规则，形式和内容就可以在"prose"的文体中和谐共处。

正是从"prose"的本意出发，我们看到中国古代散文概念与"prose"概念的契合之处——"诗""文"相对的文学观念。在中国古代散文的语境中，与其将"prose"译为"散文"，不如将其理解

---

① Jean-Paul Sartre, *Situations II*, Paris: Gallimard, 1948, p. 238.

为"文"。"文"与"诗"相对，这是中国先秦时代既有的文学观念，"文"作为中国古代书写形式一分为二后的一支，将千百年来无数形态、无数文体、无数内容的书写凝结为一个"文"字。从这种意义上看，以"prose"一词作为"中国古代散文"的译名在法语和汉语语境中，不但完成了"诗"与"文"书写认知的完美统一，而且因"诗""文"二分的观念早在先秦已经形成，因此能将"prose"的时间坐标置于中国古代散文的历史源头，从而在根本上规避了历史流变中的"散文"一词指代的古代书写与现代概念融合困难、界限不明的问题。

二 "中国古代散文"概念在法国的界定与范畴

作为与中国古代诗歌同样具有悠久历史的文学体裁，中国古代散文随着中国古代文学在法国的译介逐渐进入法国学者的视野。他们或因撰写中国古代文学史而探究散文，或因汉学研究而接触散文，或因翻译中国古代散文译本而介绍散文，他们从不同侧面或深或浅地对中国古代散文概念的界定与范畴进行探索与研究，这其中汉学家马古烈、雷威安（André Lévy，1925—2017）、何碧玉（Isabelle Rabut，？—）、马如丹（François Martin，1948—2015）和戴廷杰所做的工作颇具代表性。

马古烈在《中国文学史：散文卷》中强调他的研究对象是艺术性散文（prose artistique），研究的是中国古代散文的文学风格、文学技巧与文学成就，包括"散文、书信、公文、散文诗以及具有重要的文体风格意义的历史、哲学作品等"[①]。

雷威安在《中国古代、古典文学》中从"文"与"质"的定义出发界定中国古代散文的概念。他认为："'文'的含义从'书写'逐渐变成'文学'，它的意思是'装饰、文雅'，与'质'的意义相

[①] Georges Margouliès, *Histoire de la Litterature Chinoise: prose*, Paris: Payot, 1949, p. 9.

反。'质'意指'本质、朴实',文与质是传统文学批评的两条相辅相成的主线。……而狭义的'文'即是指散文(prose),与追求'质朴简洁'的诗相反,必然是'华丽秀美'的。"①

何碧玉在《散文:试定义一种文学体裁》中认为"从词源学角度看,散文,即是与诗歌严格规范的语言相对的'分散的文学构成',是法语 prose 一词的简单说法。但是,汉语的散文一词还包含一种中国修辞学的对照:自由的散文 prose libre(散文)与骈文 prose parallèle(字面意思指两个并排马车式的文学构成),骈文是指多为四字句或六字句且有对仗的文章"②。她的界定强调散文"散"的特点,且散文文体与诗歌相对,同时中国古代的"散文"一词也与骈文意义相对,该词历经演变至五四运动后才有了文体学的含义,成为与诗歌、小说、戏剧并列的四大文学体裁之一。

马如丹在《中国文学词典》中为"古文"撰写词条。他认为古文(指古代或古老的散文,prose antique ou ancienne)一词存在多重语义:"可被用于表示汉代以前所有散文形式的书写;但最常见的情况是它既指自唐代古文运动(古文运动是近来的说法)以来的文本,也指在古代文本中那些祖先所写或被当作范本的文本,包括《左传》《国语》《史记》《韩非子》,等等,后者构成了'古文'(古代的),前者则在某种程度上作为一种'新古文'(néo-guwen)。"③ 此外,他强调古文与骈文(prose parallèle)相对,以骈文为参照分析古文的文体特点。他写道:"所有以散文(en prose)写成的汉语作品(长篇小说和故事因高雅文学的正统性被排除在外),包括散文(essais)、序言、诏书、演讲、王室传记、书信、碑志等,都属于古文

---

① André Lévy, *La littérature chinoise ancienne et classique*, Pairs: Presses Universitaires de France, 1991, p. 31.

② Isabelle Rabut, "Le Sanwen: essai de définition d'un genre littéraire", *Revue de littérature comparée*, No. 2, 1991, p. 153.

③ André Lévy, *Dictionnaire de Littérature Chinoise*, Pairs: Presses Universitaires de France, 1994, p. 101.

或骈文两种文体之其一。古文的定义首先可借助一种并不复杂的散文（une prose non sophistiquée），这种散文的理想范本存在于古代著作中，尤其不受对偶文体的限制：也就是说，句子都是独立的、长短不一的（另一名称为'散文'，sanwen，prose à phrases libres），而非两两相对并行或遵循固定的节律。"①

马古烈在《中国古文选》序言中不但解释了"古文"的含义，更提炼出古文作为文学体裁区别于其他文体的根本性特征。他写道："若逐字翻译'古文'一词，意为古代文体、古时风格的文体，但显然这种解释是不足以定义这一文体的。除此之外，经过二十一个世纪，这种文体的语言也在演进，文风和结构也改变了，汉代和明代对待同一主题时的方式是有很大的区别的。因此，翻译标题并不能给我们解释标题的含义，我们应该仔细阅读以'古文'为标题的众多文选，这样才能理解这一文体的归类，并探索如何与西方文学文类相类比。"②"自打初次接触古文起，我们就震惊于它所涉及的主题的多样性：历史片段、风景描写、递交给皇帝的行政文书、类似于我们称为讽喻性哲学散文诗的颂歌、历史或道德批评的论文，等等。我们发现文章的主题并非是成为古文的条件或是本质特点。那么，是哪些因素凝聚起这些多种多样的文章？客观上存在哪些痕迹或线索，让中国人不论拿起哪本书，都能立刻辨别出这个是'古文'片段，而那个不是？通过翻阅各种文选，我们发现文选中都没有太长的文章，大多数文章都局限在两三百个汉字以内，同时根据风格的不同，大致对应一百至七百个法语单词，甚至有些文章以简洁而著名，仅在百字以内。但是，如果情况是这样，为何以古文风格写成的大部头小说不能是古文？原因在于，在小说中，情节都是多重的，且被次要的插曲所拖累。我们可以说这样或那样的小说是

---

① André Lévy, *Dictionnaire de Littérature Chinoise*, Pairs：Presses Universitaires de France，1994，pp. 101 – 102.

② Georges Margouliès, *Le Kou-Wen chinois*, Paris：Librairie Orientaliste, 1926, p. I.

以古文的风格写成,但不能说它的主题或思想可看作是古文的样本。真正的古文通常是零散的片段并被特别地组合起来,作为摘录,我们只能看到那些从最早时代的经典作品中汲取的东西。《三国志》《战国策》《礼记》都是由零散的片段组成,或根据文体,或根据叙述的时代被编写在一起。没有任何古文的写作是为获得优美的描写乐趣,或是为讲述稀奇的故事为目的的,古文必须包含一个思想,而文中的主题只是用事实来为考察、说明、论证这一思想而服务。古文的思想可在文章开头就清晰提出,如苏轼的《晁错论》;也可以被持续延伸,内容逐渐丰富,并最终得以展现,如王守仁的《象祠记》;还可以最终构建某种道德,简述一个故事,比如柳宗元的《捕蛇者说》。最为常见的情况下,尤其在论辩和奏议中,思想是直接提出的。然而观点的呈现总是可见的,并且是作者着重投入的部分,有时甚至是作者的最终目的。如果某些著作中的某个段落,如一段独白、一段离题的话、一个完整的场景、增加的叙事等,可满足以下条件,那么也可被称作是'古文':(1)独立且意义独立完整;(2)情节的绝对统一,尽可能减少不必要的细节;(3)道德或哲学观点的展现"。[1]

戴廷杰在《南山集》序言中也认为有必要介绍西方读者尚不了解的中国古代散文并为其正名,他从历史演变、文体特点、文体分类三方面出发,试图厘清中国古代散文的文体边界。"人们说,古代散文(la grande prose classique)的名字扎根于四书五经之中,其中最早的、也是不朽的大师们包括左丘明(《春秋》的注解者)、司马迁(《史记》的作者)、班固(中国另一部史书《汉书》的作者)以及庄子(公元前4世纪伟大的道家哲学家),他们天才的古文书写影响了一批最具儒家风范的作者。汉朝之后出现了六朝(220—589)时期的矫饰之风,除陶渊明外,一些有名的作者比起古时简单朴素的风格,更喜欢骈文(la prose parallèle)精巧的结构。接着迎来了

---

[1] Georges Margouliès, *Le Kou-Wen chinois*, pp. II – IV.

复古的时代,这是韩愈、柳宗元、欧阳修、曾巩等被称为唐宋八大家的时代,他们抛弃了骈文的技法,宣扬回归古代的书写方式,他们将之称为古文(la prose ancienne)。这一时期也是儒家复古的时代,自从韩愈首先抨击佛家思想后,逐渐在宋代引发了新儒家的大变革,其中程氏兄弟和朱熹的思想为君主统治正统思想的到来做出了贡献。古文自那时起找到了自己的使命:通过严肃的研究和简朴、刚劲的书写为知识和道德服务。——道,即正道。"①"古文成形于儒家众学说之中,当文人不沉湎于诗歌或骈文中时,古文是文人极出色的语言。古文是种书面语,其中最为明显的特征之一是其极为出众的、博学多识的简练,这与口头用语明显不同,通过古文足以区分出谁是普通百姓,谁是知识分子。古文也是文人在科举考试中写论文时的用语,由于古文与时文(prose moderne)的区别仅存在于修饰语的反义中,二者的区别主要是在客体的区别上。用时文书写,是围绕一条古代经典的引用进行发挥,既要遵守文章结构和修辞的众多约束,也要强调句意的对偶与对仗。用古文书写,则仅仅是以从前圣贤的方式,根据他的灵感和快乐进行写作,文人的快乐——他的使命和存在的意义——是创作极为严肃的作品,传统的参考文献被分为四类,而娱乐性的文学仅占据隐蔽的一角。"②

通过对以上在法国出版的中国古代文学史、中国文学词典、中国古代散文译本以及相关学术论文中"中国古代散文"的界定和阐释,我们发现,法国汉学家同样意识到中国古代散文是一个庞大而复杂的系统。马古烈强调中国古代散文的艺术性且涵盖的内容、主题甚广,并认为对中国古代散文名称的界定并不能廓清其本质,进而提出构成中国古代散文的三要素:"独立且意义独立完整;情节的

---

① Pierre-Henri Durand, *Recueil de la montagne du Sud*, Paris: Gallimard, 1998, pp. 25 – 26.

② Pierre-Henri Durand, *Recueil de la montagne du Sud*, Paris: Gallimard, 1998, pp. 26 – 27.

绝对统一，尽可能减少不必要的细节；道德或哲学观点的展现。"雷威安从"文"的本意出发，指出散文是与诗歌相对的、狭义的"文"。何碧玉强调散文"散"的特点，且充分认识到散文概念的演变，指出现在所说的散文实际上是20世纪后出现的现代文体概念。马如丹认为"古文"一词实则包含多重语义，既可指汉代以前的古文，也可指唐代古文运动后的古文，又可指与骈文相对的文体，独立的、不对仗、长短不一的句子是其重要的特点。戴廷杰则通过对中国古代散文的历史演变、文体特点、文体分类的分析，厘清其文体边界，并指出其具有书面、简练、用典的特色。他们一方面认识到界定"中国古代散文"这一概念的困难与复杂，另一方面从不同角度切入，对"中国古代散文"的定义、历史、文体特点、文体分类做了大致的介绍，为法国读者勾勒出中国古代散文最初的基本形象。

第三节 "中国古代散文"概念在中国与法国的差异

如果说中国古代散文的概念和范畴在法国出版的中国古代文学史、中国文学词典和部分中国古代散文译本中达成了某种程度的共识，形成了中国古代散文在法国的最初形象，那么在具体的中国古代散文译介实践中，各个译本根据译本内容对中国古代散文范畴的理解和廓清则不尽相同，呈现出"管中窥豹"的特点。

文学的译介意味着不同民族、不同国家间的文学交流与文学关系，而不同民族、不同国家之间的文学要发生关系、达成接受并产生影响，就必须打破互相之间的语言壁垒，这其中翻译起到了至关重要的作用。作为翻译主体的译者在将文学作品"移植"到另一种语言环境中时，"为了使接受者能产生与原作同样的艺术效果，译者就必须在译语环境中找到能调动和激发接受者产生相同或相似联想的语言手段"①,这一点在法国译者试图厘清中国古代散文概念与范畴时显得尤为突出。在中国古代散文法译本中,每位译者的首要任务无一例外都是向法国读者介绍中国古代散文这一他们并不了解的外国文学文体,但与文学史中的编年梳理不同,译者需要在有限的篇幅内对译本涉及的内容进行简要介绍,让读者能够迅速对书中内容做一定位。然而,由于中国古代散文不仅内容千差万别,而且内部文体分类众多,这无疑给译者对其介绍和定位以及激发读者对这一文体产生联想增加了不小的难度。

一 中国古代散文与 relation de voyage

倘若中国古代散文内部的文类在法语语言与文学环境中存在相同的文类,那么对法国读者而言,理解并接受中国古代散文则最为容易,游记类译本即是这种情况。

游记类译本作为中国古代散文法译中的重要类别,在《袁宏道:云与石(散文)》②《风形:中国风景散文》③《徐霞客游记》④《自然天堂:中国园林散文》⑤ 中均包含译者对游记类散文的界定和阐述。

赫美丽在《风形:中国风景散文》序言中写道:"'风景'是一类艺术性散文(la prose dite artistique),在中国文学中占有重要位置。"⑥ "中国的风景散文通常被称为游记,即 'notes de voyage'(或是 'promenades',以便使读者联系到西方文学中的相似文体),

---

① 谢天振:《翻译研究新视野》,福建教育出版社 2015 年版,第 60 页。

② Yuan Hongdao, *Nuages et Pierres*, de Yuan Hongdao, trans. Martine Vallette-Hémery, Paris: Presses Universitaires de France, 1983.

③ Martine Vallette-Hémery (trans.), *Les Formes du vent: paysages chinois en prose*, Paris: Albin Michel, 1987.

④ Xu Xiake, *Randonnées aux sites sublimes*, trans. Jacques Dars, Paris: Gallimard, 1993.

⑤ Martine Vallette-Hémery (trans.), *Les Paradis naturels: jardins chinois en prose*, Arles: Editions Philippe Piquier, 2001.

⑥ Martine Vallette-Hémery (trans.), *Les Formes du vent: paysages chinois en prose*, Paris: Albin Michel, 2007, p. 13.

但我们也将它称为'风景'（paysages），这其中包含两个名称，第一个是山水，'山与水'，最初源于风景画，后来也指代文学中的风景，同时涵盖哲学与美学的视野。第二个是风景，'风、空气'和'景观、外观'，是人们凝视的、游览的风景，因人的动作与情感变得生机勃勃。"①"这些散文被收录在无数文集中，可能是名作家的文集，也可能是在默默无名的旅行者或官吏的描写中，或是刻在碑文中。文字的基调从旅行日记一直到散文诗。（Leur registre s'étend du journal de voyage au poème en prose.）"②

在《自然天堂：中国园林散文》中，赫美丽写道："在长江流域对风景的探索与山水田园诗的发展同时出现，而诗歌又影响着园林的艺术。一种新的文体诞生了——'园林游记'（la notice sur un jardin），是在唐代（618—906）出现的艺术性散文（pièce de prose artistique），后在宋（960—1279）、元（1279—1368）两代流传开来。"③

谭霞客在《徐霞客游记》封底的评价中写道："他的游记（carnets de voyage）是中国诗学散文中的杰作"④，同时他在序言中大致勾勒了游记类散文在中国文学史中的发展脉络："从中国文学史的角度看，这些文本源于'游记'〔youji ou relations de voyage（à caractère poétique）〕，这一在中国地位很高的文体问世相对较晚，是在南北朝时期，从公元5世纪开始。最初的文章可能是在汉代出现，如大历史家司马迁的某些文章，随后是北魏（386—534）郦道元的叙述；但该描述性文体杂糅于其他文体之中，并未成为独立自主的

---

① Martine Vallette-Hémery（trans.）, *Les Formes du vent：paysages chinois en prose*, Paris：Albin Michel, 2007, p. 11.

② Martine Vallette-Hémery（trans.）, *Les Formes du vent：paysages chinois en prose*, Paris：Albin Michel, 2007, p. 12.

③ Martine Vallette-Hémery（trans.）, *Les Paradis naturels：jardins chinois en prose*, Arles：Editions Philippe Piquier, 2001, p. 11.

④ Xu Xiake, *Randonnées aux sites sublimes*, trans. Jacques Dars, Paris：Gallimard, 1993, quatrième couverture.

存在。大诗人谢灵运（385—433 年，他也是一位伟大的不知疲倦的登山者）是第一位写出名山的专题性游览论文的人，即《游名山志》。此外，僧人慧远的短文《游石门诗并序》也很有名，我们将译文收录在附录中。经过数十年的传播以及佛教思想、山中隐修的影响，自然风景诗孕育出简短的文章，成为诗的散文变体，即山水小品。从唐代起，这一文体进入兴盛时期，许多人都参与其中，我们仅在此列举现在欧洲人普遍知道的名字，比如柳宗元、白居易、王维的散文诗，还有后来欧阳修和苏轼的散文诗。在差不多同一个时代，尤其得益于如范成大（《吴船录》）、陆游（《入蜀记》）等诗人的作品，旅行日记或者游记这一文体在文人间变得越来越流行，请原谅我使用'风尚'（mode）或'潮流'（vogue）这样的词语来形容这一难以估量或无法解释的文学、美学现象的突然出现。我们再说回徐霞客的作品，起码本书要出版的 17 篇都是这种处于两种文体交汇点的作品：旅行日记（journal de voyage）和散文化的风景诗（«poème-paysage» en prose），这正是它的原创性及其价值所在。"①

从上述三部译本的界定与阐释中可以看出，中国古代散文中的游记类散文可以直接与法语中的游记（relation de voyage，notes de voyage）、旅行日记（journal de voyage）、旅行笔记（carnet de voyage）相联。同时，游记作为一种文体自 1299 年《马可波罗游记》（*Le devisement du monde de Marco Polo*）问世以来即为法国读者所熟知，译者更辅以"艺术性散文"（pièce de prose artistique）、"诗学散文"（prose poétique）、"散文化的风景诗"（«poème-paysage» en prose）等描述，使得法国读者能够在法语已有"relation de voyage"的文类基础上，迅速对中国古代散文中的游记类散文进行标定和归类，最终形成基本一致的认知。

---

① Xu Xiake, *Randonnées aux sites sublimes*, trans. Jacques Dars, Paris：Gallimard, 1993，p. XXVI.

二　中国古代散文与 essai、nouvelle

相较中国古代散文中游记类散文与法国 relation de voyage 文体的完全契合，更为普遍的情形是中国古代散文中的文类在法语环境中无法找到与之完全吻合的文类，因而只能通过与法语中相似的、接近的文类进行类比，从而对其范畴进行标定。

（一）essai

essai 可被译为"随笔散文"，是由法国文艺复兴时期哲学家蒙田（Michel de Montaigne，1533—1592）开创的文学类型。他于1580年出版两卷本的《随笔集》①，书中以一种非正式的甚或个人化的方式论述某些特定的主题，内容涉及社会、政治、宗教、伦理和哲学等各个方面。由于 Essai 常常表现出诸多文学特性任意混合的特征，因此该文体迄今并无确切的定义，也难以纳入某一特定的文类框架之中。比利时学者马克·里（Marc Lits，1953—）曾在其著作《随笔散文》中试图厘清 essai 的轮廓，他认为这一文体总以散文的形式（en prose）进行书写，一篇随笔散文通常表现出五大要素中的一个或几个："主观性的表达""产生某种影响""引发观点的思辨""从多个视角切入主题"以及"探寻存在的问题"。②

马古烈在《中国古文选》中也将古文与 essai 类比，认为"若要找到欧洲文学中与古文对应的文体，我们可以从历史、哲学随笔（l'essai historique ou philosophique）（如托马斯·巴宾顿·麦考利的文体）到散文诗（poème en prose）（如王尔德的写法）中找到端倪。"③

赫美丽在《袁宏道：云与石（散文）》中因为找不到更为贴切的名词，因此"不得已"将小品文比作"自由式随笔（l'essai libre）"。她写道："袁宏道尤其以诗人的身份出名，但他得以在本世

---

① Michel de Montaigne, *Les Essais*, Bordeaux, 1580.
② Marc Lits, *L'Essai*, Paris: Séquences, 1995, p. 3.
③ Georges Margouliès, *Le Kou-Wen chinois*, p. IV.

纪初重新被发现则是由于他的散文（prose），本书的选文也基于这一观点之上。'随笔'（les essais）只是因缺少更为恰当的名称而起的名字，它指代简短的文本、文雅的散文式'片段'（«fragments» en prose élégante）、曾经大多属于叙述和长篇的论证。尽管古代的作家试图使所谓的自由式随笔（essais dits libres）更富诗意、更个人化，但到了明晚期才成为一种特殊的表达形式。袁宏道是促使这一新的自由式随笔（une nouvelle forme d'essai libre），即小品文（le *xiaopinwen* ou menus propres）诞生的主要倡导者之一。小品文涵盖所有笔调，从无聊的评语到深度的思考，尽管表面看来简单朴素，但它与极为精致的美学问题相联。"①

马古烈以欧洲历史、哲学随笔类比古文，看重的是 essai 中"引发观点的思辨"和"从多个视角切入主题"与经、史、子、集部优秀篇章中的历史、哲学价值内核的相契合。《中国古文选》中包括《礼记》《国语》《战国策》《史记》等著作在内的代表性篇目，上述著作不但集中体现了中国古代历史、哲学著作的文学价值，在法国也被归为历史、哲学类著作，其思辨的本质与 essai 不谋而合，因此译者在介绍中国古文时做出类比，便于法国读者理解。赫美丽以 essai 类比小品文，则是看重西方随笔与中国古代小品文、明清小品文、现代小品文之间一脉相承的关系。她认为，明清小品是中国古代小品文观念的成熟期和创作旺盛期的代表，其文学观念不但奠定了现代小品文的观念基础，而且创作风格也影响深远。20 世纪 20—30 年代，以林语堂、周作人为代表的一批现代作家对明清小品推崇备至，加之西方随笔在五四运动中被发现后得到了新文学作家和理论家的重视，在主题立意和表现手法上深刻地影响了现代小品文的写作，最终形成现代小品文夹叙夹议、速写抒情、幽默辛辣的杂感式笔调。essai 与明清小品之间以现代小品文为纽带，赫美丽从这一

---

① Yuan Hongdao, *Nuages et Pierres*, *de Yuan Hongdao*, trans. Martine Vallette-Hémery, Paris: Presses Universitaires de France, 1985, p. 9.

角度出发将袁宏道所写小品比作"essai libre"也不无道理。

（二）Nouvelle

在法国，文学性文类可分作五大类：叙事类（narratif）、诗类（poétique）、戏剧类（théatral）、论辩类（argumentatif）和书信类（épistolaire）。上文提及的 essai 属于论辩类，nouvelle（短篇小说）则与 roman（长篇小说）、conte（故事）同属于叙事类文体。

马古烈认为，中国的古文与欧洲的 nouvelle 颇具可比性。在他看来，古文与 nouvelle 在篇幅上大致相当，所写主题常常都是通过一个故事或情节引出主旨思想，他在《中国古文选》中写道："虽然短篇小说经常伴有说教的目的，但不属于古文的文体，因为中国的古文避免描写逸闻趣事或是故事插曲。如果不是历史事件带来的写作灵感，古文作者更乐意添加对话和思考，而不是动作描写。以《前赤壁赋》《后赤壁赋》《楚辞·渔父》为例，这些古文的主题若由欧洲作家来写，很可能会写成短篇小说。"[①] 马古烈也注意到古文与 nouvelle 在对待同样的主题时写作手法与侧重点存在差异："首先，中国作家避免讲述整个情节，而是限制在一个画面中，如果必须添加细节，则加上两三句简短的解释性话语作为介绍。接着，在叙述中，他们对自然描写着墨最多，描写自然的美和丰富即便不是最主要的内容，也至少比欧洲作家笔下的比重大得多，相比而言，欧洲作家更在意的是人物描写。"[②] "如果我们回到之前谈到的话题，即 nouvelle 与中国古文的区别，我们将发现这种差别可能比文学体裁方面的差别更为明显。这一差别尤其集中在文学艺术的总体观念以及中国作家与西方作家写作技法的区别上。欧洲作家，尤其是短篇小说家，他们关注的是真实的人物，是人物在一切行为中展现的生命，行为动作构成了作品的着眼点和目的，他们钟情于运动。中国作家，尤其是古文家，他们作品中的描述构建了作品的外部，即

---

① Georges Margouliès, *Le Kou-Wen chinois*, p. IV.
② Georges Margouliès, *Le Kou-Wen chinois*, p. IV.

不动的风景或时刻变动的观点,并被充满爱意地描写着,字斟句酌的程度与欧洲人所做的一样,但更常见的情况是他们和蔼殷勤地将画面展开在读者面前。哲学的思考构成了他们作品的内核,他们的思考通常非常抽象,且完全脱离时间、时代和人格。这种构思自然非常契合想象类或纯文学类的作品,但在历史论辩文中,人们通常倾向于笼统地概说,并用构成写作主题的单独事实进行佐证,就像是一个托词,作者在抽象中提出宽泛且绝对的思想。"①

马古烈不但将古文与历史、哲学随笔类比,而且对中国古文和nouvelle进行辨析。他发现中国古文与欧洲短篇小说的本质性差异在于"风景"与"人物"、"描写"与"动作"的区别,同时古文更以抽象性哲学思考为内核。马古烈通过类比古文和nouvelle,以西方文体为镜,实则是对古文文体的本质进行探究与阐发,进一步对古文进行框定。

赫美丽和马古烈两位译者在译本序言中将中国古代散文与西方的essai和nouvelle相联,通过类比、对比的方式指出二者的相同与相异之处。虽然essai的文体范畴比中国古代散文小得多,nouvelle更是属于与"散文"并列的"小说"大类,但这并不影响译者跨越东方与西方、跨越文学文类的界限发掘出二者之间的共通之处,并借由这微小的共通"调动和激发接受者产生相同或相似联想"②。

三 中国古代散文与 *fou*

中国的"赋"是"辞赋"文类中的一种,是与"辞"密切相关的文体。"赋"起源于《楚辞》,历经骚赋、汉赋、骈赋、律赋、文赋等多个阶段,这其中以汉赋最具影响力。"汉赋综合贾谊、淮南小山、枚乘等人的创作实践,同时广泛吸收、综合了《楚辞》、《诗经》和先秦散文中所惯用的'假设对问'、'恢廓声势'、'排比谐

---

① Georges Margouliès, *Le Kou-Wen chinois*, p. VI.
② 谢天振:《翻译研究新视野》,福建教育出版社2015年版,第60页。

隐'、'征材聚事'等一些文体特点和创作方法而发展起来的一种新文体。以后又由司马相如为代表，奠定了赋的格局，历代赋的体制虽有这样或那样的变化，但都离不开铺陈事物、主客问答、广采词藻、散韵相间等特征。"①

如同第一节中所言，中国学者对于赋是否属于散文范畴的意见并不统一，如郭豫衡认为有韵的赋应属于散文范畴，刘衍认为散文化的辞赋也是散文，漆绪邦认为所有赋都属于散文，等等，原因即在于赋是介于诗、文之间的边缘文体。文体间的界限从来不是绝对分明的，赋既然处在边缘的模糊地带，自然在文体归属的问题上常常令人感到莫衷一是，这种文类界限的模糊也给中国古代散文的法译者带来了困难。

马古烈在《中国古文选》序言中根据姚鼐所编《古文辞类纂》对古文文体的分类方法，依次对十三类古文进行了简要介绍，作为第十二类的"辞赋"无疑是个难点。马古烈认为在法语中无法找到与之对应或类似的文体，他写道："翻译'辞赋'二字是不可能的，因为它们表示的是多种多样的文学形式，而这些形式在欧洲文学中是不存在的。'赋'（fou）通常被翻译为'描写'（description），确实这个汉字有'讲述、陈述、描述'的意思，中国的注疏家们把赋解释为模仿古诗进行叙事。尽管如此，这一解释并不能很好地定义这一文体，因为不是所有叙事都是赋。赋的写作要求某种诗意的风格、特定的韵律，因而难以用几条规则框定这一文体，我们只能在它原本的语言中感受它的独特性。我们必须承认，一位古文家的某篇古文是以非常文雅的方式写成，而他的另一篇古文却不是如此，这使我们极难解释，也难以归纳文学语言的写作方式。"② 随后，马古烈通过对《黠鼠赋》《秋声赋》《前赤壁赋》《后赤壁赋》等代表性赋作的综合分析总结出赋体的特点，以此弥补赋体定义不清的缺陷。

---

① 陈必祥：《古代散文文体概论》，河南人民出版社1986年版，第243页。
② Georges Margouliès, *Le Kou-Wen chinois*, pp. XVI – XVII.

马古烈得出两点结论："'赋'是对事实的描写，有时会掺杂哲学性的思考；赋是纯粹的描写，不给读者传达任何评论。"① 但他随后意识到以上两点文体特点并非赋体所特有，不但与论辩、杂记有所重合，而且"以上特点同样适用于最后一类古文'哀祭'，在某种程度上也适用于颂赞文，它们都属于同一类，我们可称其为高雅文学"②。

马古烈在向读者介绍赋这一文体时遭遇了两方面的困难。第一，赋是中国古代文学中特有的一类文体，法国文学中并无与之类似或对应的文体，因此，马古烈必须在法国读者一无所知也无从联想的状态下，介绍这一全新的文体。第二，赋作为一种介于诗与文之间的文体，它是否属于中国古代散文，哪些部分可以被归入中国古代散文，一直以来都是困扰中国学者的一大难题，马古烈要将赋体译介到法国，就不得不面对这一在中国悬而未决的根本性问题，同时还得寻找方法在没有确切答案的状况下以简要的方式将赋体介绍给法国读者。面对无法与法语文体类比，赋体本身界限又存在模糊这两大难题，马古烈首先对"赋"的汉字含义进行解释，随后总结赋的文体特征，最后简述赋体散文的演变历史，试图从字义、特点、历史三个维度构建赋体在法国的最初形象。可以说，这一尝试颇具勇气，但收效甚微。这短短两页篇幅的介绍倘若单独来看，确实能让法国读者对这一东方古代文体有一初步的印象，但若依序通读马古烈对十三类古文的逐一介绍，则会发现马古烈的介绍无法为赋体勾勒出独立的、独特的文类界限，读者无法将赋体与中国古代散文中的其他文类区分开来。从这一角度来看，马古烈对赋体的界定是不甚成功的。

综上所述，与法国出版的中国古代文学史和中国文学词典一样，中国古代散文法译本同样面临如何为法国读者定义、界定、介绍何为中国古代散文的问题。在这一过程中，法国译者大多从译本内容涉及的中国古代散文文体出发，试图在法语文体中找到能使读者产生类比

---

① Georges Margouliès, *Le Kou-Wen chinois*, p. XVII.
② Georges Margouliès, *Le Kou-Wen chinois*, p. XVII.

与联想的参照。这其中，较为幸运的情况是译本文体在法语文体中恰好存在完全对应的文体，如山水游记与"relation de voyage"，使法国读者能通过对"relation de voyage"文体与内容的已有认知，轻松理解、标定中国古代散文中的山水游记类散文。实际上，更为普遍的情况是译本文体在法语文体中存在近似的、类似的或可类比的文体，如古文与"essai historique ou philosophique"思辨内核的相似性，明清小品与"essai libre"对中国现代小品文的共同影响，古文与"nouvelle"在篇幅、主题上的类似以及"风景"与"人物"、"描写"与"动作"的本质性差异，正是这些中法文体间某一成分、某一层面上的相似性与可比性架起连接法国读者与中国古代散文之间的桥梁。还有些情况是译本文体在法语文体中完全不存在，或无法产生任何类比与联想的，比如赋体，译者只能通过对赋体字义、特点、历史的介绍为法国读者勾勒出赋体的最初形象，但赋体文体界限模糊的问题在将赋体"移植"到法语语境的过程中依旧悬而未决，因此，使得赋体散文在法译之初即比其他文类多了一层困难。

总而言之，中国古代散文法译者在译本中对中国古代散文范畴的界定大多是出于为读者廓清译本内容的需要，因此通常较为简短，且仅对译本本身涉及的文体如游记、小品、赋、古文等进行界定。若单论某个译本，它所涉及的文类定义、范畴界定在某种程度上都是清晰且自洽的，但若将各个译本进行横向的考察，则会发现译本所述的文类历史交叠纵横，文类范畴与中国古代散文间的关系模糊不清，文类彼此间的相互影响难窥其踪，导致难以察觉这些译本共同属于中国古代散文这一庞大文体的结果，呈现出"管中窥豹"的特点。

第四节 "中国古代散文"概念"移植"法国后的影响

中国古代散文作为一个历经数千年发展与演变，文体多样而庞大，且范畴不断更新变化的繁复系统，中国学界迄今为止对其概念与范畴的界定问题仍未达成统一的、明确的认识，这也成为中国国内散文研究遇冷的重要原因。中国学者吕若涵曾写道："散文文类是不是真的不证自明？如果这样，文学研究界、理论界何以相对冷落散文？如果这样，百年来人们对散文这一文类的质疑为何不断产生？……在其他文类研究飞快发展的今天，散文文类研究的滞后对今日研究者的理论视野构成了挑战。"[①] 随着中国古代散文在法国译介历程的展开，其概念、范畴存在的复杂性、模糊性以及不稳定性的问题也随之进入法国译者和学者的视野，成为他们在译介之初即要解决的首要问题。百年间，他们将中国古代散文与"prose"相联，在文学史、文学词典以及译本的翻译实践中或直接面对，或巧妙规避，他们力图简要地、大致地为法国读者勾勒出中国古代散文的基本轮廓，并做出了有益的尝试。综观法国译者与学者在百年间对中国古代散文的界定与范畴所做的努力，可以发现以下几个特点。

其一，以"prose"指代"中国古代散文"成为法国学界的基本共识。"prose"与"vers"在法语语境中的相对关系与中国古代文学书写中"诗""文"相对的文学观念十分类同，文学演进与书写认知的统一为"中国古代散文"概念以"prose"之名"移植"到法国奠定了坚固的基石。同时由于"诗""文"二分的文学观念早在先秦即已形成，以此作为厘清"中国古代散文"范畴的首要线索，将"prose"与"文"相联，从而实现将"prose"的时间坐标置于中国古代散文发展的历史源头，从根本上规避了法国对历史流变中的"散文"一词指代的古代书写与现代概念融合困难、界限不明的问题。

其二，在法国出版的中国古代文学史、中国文学词典和部分中国古代散文译本中，法国学者与译者延续了中国学界对中国古代散

---

① 吕若涵、吕若淮：《文类研究：百年散文研究的新思路》，《福建师范大学学报》（哲学社会科学版）2008年第5期。

文历史的基本述说，他们从不同角度切入中国古代散文的界定问题，探究中国古代散文的定义、历史、书写主题、文体特点、文体分类等诸多问题，达成了一定程度的共识，形成了中国古代散文在法国的最初形象，但同时他们也像中国学者一样，意识到厘清中国古代散文这一庞大而复杂的文体系统的边界与范畴存在着巨大的困难。

其三，每一位中国古代散文法译本的译者都面临为法国读者介绍、框定这一东方陌生文学文体的问题，与文学史中的宏大视角和编年叙事不同，法国译者需要在有限的篇幅内对译本涉及的内容进行简要介绍，因此，他们在译本序言中大多仅就译本内容涉及的中国古代散文中的某一文体、某一时期、某一作家进行历史性的框定与评介。在这一过程中，译者通过寻找在法语环境中能调动和激发法国读者产生相同或相似联想的语言手段，寻找在法语文学中与中国古代散文某一文类吻合、类似、可类比的文类概念，以达到"移植"中国古代散文概念与范畴的目的。他们引入包括"relations de voyage""essai""nouvelle""poème en prose""prose ancienne""prose poétique chinoise"等在内的概念名词对所译文体的范畴进行框定，对于在法语环境中不存在的、不可类比的中国特有的古代文类，译者则通过对文类字义、特点、历史三个维度的阐述，尝试构建文体最初在法国的形象，比如"*fou*""*kou-wen*"等。虽然从特定文体、特定时期、特定作家入手界定中国古代散文的范畴对单个译本而言具有简便可行、条理清晰、易于理解的优势，但译本之间"各自为政"、避谈特定散文文体与中国古代散文整体的关系脉络，导致法国读者通过译本只能如同盲人摸象般探索中国古代散文这一整体。

然而，不可否认，中国学界庞大的研究队伍未能解决的问题，法国这支人数甚少的翻译、研究队伍更是无法凭一己之力寻得答案。因此，作为中国古代文学法译一部分的中国古代散文进入法国后，在最初的文体界定、范畴划定上即遭遇了中国古代诗歌、古代戏曲、古代小说译介中不曾遭遇的问题，这一问题更为中国古代散文在法国的译介与推广多添了一层阻碍。具体而言，中国古代散文范畴自身存在的含混性增加了法国译者在法语环境中为中国古代散文构建其文体框架的难度，其不稳定性"迫使"译者采取从特定文体、特定时期、特定作家入手界定中国古代散文范畴的方法，以维持译本框架内文体范畴的稳定性。这样一来，不可避免地导致译本之间涉及的文体范畴出现重叠、空缺、错位与模糊，也不可避免地导致无法构建起法语环境中的中国古代散文的有机整体。他们既要面临法国读者对这一东方文学文体一无所知的现状，又无力解决中国古代散文范畴界定的根本问题，因此译介工作只能在"夹缝中求生存"，故而，在法国散文译介的困难比小说、诗歌、戏曲的译介困难更甚。此外，倘若一位法国读者偶然间读到一部中国古代散文的译作并产生进一步阅读的兴趣，在法国书店或图书馆检索"prose classique chinoise"（中国古代散文）的相关内容，其检索结果仅能覆盖小部分的中国古代散文译作，与检索"littérature classique chinoise"（中国古代文学）、"grands romans chinois"（中国著名小说）等栏目能得到较为统一、覆盖较全的出版译作列表相比，尚存在较大差距。同时，中国古代散文文体界定、范畴划定在理论层面的困难，也切实给中国古代散文译本在法国的传播与推广带来了现实的不利影响。加拿大翻译家、批评家芭芭拉·格达德（Babara Godard，1942—2010）在谈及译者的译介工作时写道："面对新的读者群，译者不仅要把一种语言用另一种语言传达出来，而且要对一个完全崭新的文化及美学体系进行诠释。因此，翻译绝不是一维性的创作，而是两种体系的相互渗透。"[①] 就中国古代散文在法国翻译与接受的具体情况而言，其概念和范畴的界定问题无疑为诠释这一崭新的文化及美学体系的法国译者和学者多套了一副"枷锁"，使他们只能踏着沉重的脚步"戴着镣铐起舞"了。

---

① Babara Godard, "Language and Sexual Difference: The Case of Translation", *Atkinson Review of Canadian Studies*, Vol. 2, No. 1, Fall-Winter 1984, p. 13.

第 二 章

中国古代散文在法国的翻译史

与中国古代诗歌、小说在法国19世纪已取得了恢宏的翻译成果相比，中国古代散文在法国的译介开始得较晚，且成果较少，迟至20世纪才取得翻译上的突破。然而，中国古代散文在法国的翻译历程即便已走过百年，但不论国内还是国外，迄今尚未出现对中国古代散文法译史的系统梳理，其法译历程也不为人所知。本章将对20世纪以来中国古代散文法文翻译史进行详细的历时性描述，并大致梳理各个历史阶段中翻译现象的形成和发展的总体态势。

就中国古代散文在法国翻译史的历史分期来说，其划分直接关系到文学系统研究的方式与方法。实际上，关于如何对历时性文学现象进行历史分期的问题并无定论，历史长河只是被人为地、根据某些共同的特征进行了切分，以便描述性研究既能够有章法可循又具有可操作性。将一定的历史时期看作一个相对共时的研究平台，是因为在这一历史时期内出现的文学现象呈现出了某些共同的特点，正是这些共同的特点使得系统分析庞杂的文学现象成为可能，而将无数孤立现象纳入几个大的概念范畴之中，则能够实现对同一系统概念下的具体文学现象的描述与总结。本研究将20世纪以来的中国古代散文法译史分为三个历史阶段：1919年至1949年、1950年至1999年、2000年至今。这一划分主要是依据译者的身份、翻译的目的、翻译的方法、译本的形式等与翻译行为相关的基本系统概念在该历史阶段内所呈现出的相同特征与趋势，这样一来，中国古代散文法译史的阶段性研究就具有了可行性与可操作性。

第一节　翻译序幕的拉开：1919—1949 年

早在 17 世纪，《论语》《孟子》《中庸》《大学》《庄子》《孙子》等诸子散文和《春秋》《国语》《左传》《战国策》《史记》等史传散文即已被陆续译介到法国，但其翻译目的直至 19 世纪末仍停留在了解中国古代的伟大智慧与灿烂文明上，主要作为传教士宣扬教义的参考资料或专业汉学家研究中国古代哲学、历史思想的典籍文献来进行译介，其文学价值尚未被重视，出版的译本在法国也大多被归入哲学、历史、宗教三大类中[①]，还未被归入文学门类。1926 年，中国古代散文选集《中国古文选》（*Le Kou-Wen chinois, recueil de textes avec introduction et notes*）的问世，标志着中国古代散文开始作为"文学"类别进入法国读者的视野，译者马古烈也作为 20 世纪上半叶唯一一位在中国古代散文领域深耕细作的法国汉学家开启了他的译介之旅。

1926 年，时任法国巴黎东方图书馆馆长的马古烈编译了《中国

[①] 笔者注：20 世纪以来出版的诸子散文与史传散文法译本也较多归于哲学、历史两大门类之下。比如：《论语》（*Les Entretiens de Confucius*）1981 年版在 Seuil 出版社被列入"宗教与精神"（Religions/Spiritualités）门类之下的"智慧观点"丛书（Points Sagesses）；1987 年版在 Gallimard 出版社以及 1994 年版在 Flammarion 出版社都被列入"哲学"（Philosophie）门类；又如沙畹（Edouard Chavannes）译《史记》（*Les mémoires historiques de Se-Ma Ts'ien*）即开宗明义将其定位于"史书"（un livre d'histoire, une œuvre historique）之列；《左传》（*Tch'ouen Ts'iou et Tso Tchouan*）1951 年在 Les Belles Lettres 出版社发行时被列入"中国文本"丛书（Texte de la Chine），而在法国国家图书馆电子数据库（BNF data）它被列于"宗教"（Religion）门类之下，并说明是"五经之一"（Un des Cinq Classiques）。

古文选》，该书是法国第一本中国古代散文的法译本，也是迄今为止收录中国古代散文最多的法译本，书中译文以朝代为纲，从《春秋公羊传》开始到明代张溥的《五人墓碑记》为止，共编译散文 120 篇，基本涵盖了中国古代各时期代表性散文家的著名篇目，如《过秦论》《出师表》《兰亭集序》《桃花源记》《五柳先生传》《滕王阁序》《阿房宫赋》《师说》《祭鳄鱼文》《岳阳楼记》《朋党论》等。马古烈主要从《古文观止》《古文析义》《古文评注》三部中国古文经典文选中选取篇目进行翻译，文体划分主要遵循民国十二年（1923）上海广益书局出版的《评点笺注古文辞类纂》，并对选文的评语、圈点、简注多有保留。《中国古文选》由巴黎 Librairie Orientaliste 出版社出版，迄今为止仍是法国出版的翻译体量最大的中国古代散文选集。

马古烈于 1930 年 4 月受法国政府委派前往中国进行教育考察，曾与国学大师黄侃会面数次，这一珍贵的史料记载于黄侃的《寄勤闲室日记》之中：

> 1930 年 4 月 1 日记："法兰西人马古烈（宣波）来访未晤。"马古烈博士是法国著名汉学家伯希和的学生，时为巴黎大学中国文学教授，受法国政府委派前来中国考察教育。4 月 13 日日记云："大雨中以马车偕石禅、焯、田赴长洲何魁垣寓居，石禅等赴中山餐店，予独入。雨沾衣，泥湿履，又寒甚，殊以为苦。何魁垣所筵之宾为法人马古烈（有号宣波），马为伯希和弟子，年甫二十七，能通数国文字，于吾国学亦多有研讨，又前未至此土而汉语娴熟，亦难得也。予以明日往访彼于中央饭店，并约礼拜三游栖霞。归时雨不止。疲甚眠。"14 日 "雨中与旭初诣中央饭店访马古烈，谈甚久"。至 4 月 16 日出游之时，"晨起得马古烈昨夕书，言辞今日之游。……以马古烈称五时当来寓，遂急趁二时四十八分车还抵下关，呼汽车邀诸人来寓中。寻马古烈、丁肇青（雄东）至，马赠予以所译中国古文为法文

者一巨册，饮罢，谈至八时，诸人散去。"①

我们从中可以看出，时年仅有 27 岁的马古烈已经在法国大学任教，并且已获得教授的职位，他来中国并非个人原因，而是受国家政府层面的专门委派，可见他在法国汉语教育中的地位和重要性。马古烈不仅是法国著名汉学家伯希和（Paul Pelliot，1878—1945）的弟子，而且懂得多国语言，他未曾到过中国，但他的汉语却十分娴熟，而且对汉语还多有研究，那时他已经翻译出版了中国古文"一巨册"，并这次来访中国时专门赠送给了黄侃。"通数国文字，于吾国学亦多有研讨，又前未至此土而汉语娴熟，亦难得也"②，黄侃作为一名以深厚国学造诣享誉中国学界的学者，对马古烈的汉语水平和汉学研究水平都给予了高度评价。马古烈选择所译的"一巨册"《中国古文选》赠予黄侃，也从侧面反映出马古烈对这部译作的重视程度，以及他对译文水平的充分自信。从黄侃的《寄勤闲室日记》中还可以看出，马古烈对中国浓厚的兴趣，虽然当时天下着雨，道路泥泞，气候寒冷，但他数日连续游玩并与中国学者一起畅谈，不惧疲惫，兴致颇高。

1926 年，马古烈翻译的《〈文选〉中的赋》由巴黎 Librairie Orientaliste 出版社出版。该译本由前言、萧统《文选》序言译文、《文赋》《两都赋》《别赋三篇》的译文以及附录组成，共计 135 页。马古烈很早就表现出对赋体的兴趣，在出版《中国古文选》前已有计划另外出版《文选》中的辞赋部分，因此，在两部译著的前言部分表现出一脉相承的特点。《〈文选〉中的赋》对赋体的介绍也是基于《中国古文选》对中国古代散文历史传统的介绍之上。正如马古烈在序言中所言："在《中国古文选》中，我们已对各时代的文学选集

---

① 李倩、张西平主编：《从〈黄侃日记〉看黄侃先生与海外汉学界之交游》，《国际汉学》第 16 辑，大象出版社 2007 年版，第 80—81 页。

② 李倩、张西平主编：《从〈黄侃日记〉看黄侃先生与海外汉学界之交游》，《国际汉学》第 16 辑，大象出版社 2007 年版，第 80—81 页。

及其本质特征进行了梳理,我们已经研究了文体的出现、发展以及逐渐发生的变化。现在我们再来看看《文选》这本中国第一部文集是依据怎样的原则编辑成书的。"①

与《中国古文选》共计465页"一巨册"相比,《〈文选〉中的赋》只能算是"一小册",究其原因,主要在于该译本仅是马古烈涉足辞赋翻译的引子,他计划在这之后"翻译《文选》这本集子中的许多赋,并对《文选》中的赋做详细研究"②。为此,马古烈首先在正文中翻译萧统的《文选》序,"对这一文集进行整体考察",接着通过陆机的《文赋》"研究文学写作的理论方法",通过班固的《两都赋》"研究赋体的经典模式",最后加入江淹的《别赋》"作为《文选》成熟时代的赋作典型代表,并借助《别赋》对与之类似的古文进行比较"③。一篇序言加三篇赋作,环环相扣,极具代表性的篇章不仅向法国读者展示了赋体的开端、发展与成熟,而且介绍了赋体写作的理论与方法。马古烈以短短百页的篇幅为中国古代散文中赋体在法国的译介奠定了一个良好而扎实的基础。遗憾的是,这一开端并未如马古烈所愿,在未来引出更多的辞赋译作。马古烈未能按照原定计划继续出版辞赋译本的原因我们不得而知,而在他身后八十多年间也再无法国译者关注辞赋的翻译,直到21世纪之初法国汉学家费扬所译《东坡赋》④的出版,才再次打破中国古代散文中辞赋法译的僵局。

20世纪上半叶,马古烈可谓是以一己之力拉开了中国古代散文在法国翻译的大幕,并在"开幕"之初即站在译介的高峰之上。他于1926年出版的《中国古文选》不仅是第一部法国出版的中国古代散文法译本,也是迄今为止收录散文最多、时代跨度最长、涉及散

---

① Georges Margouliès, *Le Kou-Wen chinois*, Paris：Librairie Orientaliste, 1926, p. 3.
② Georges Margouliès, *Le Kou-Wen chinois*, Paris：Librairie Orientaliste, 1926, p. 3.
③ Georges Margouliès, *Le Kou-Wen chinois*, Paris：Librairie Orientaliste, 1926, p. 3.
④ Su Shi, *Un Ermite reclus dans l'alcool, et autres rhapsodies de Su Dongpo*, trans. Stéphane Feuillas, Paris：Caractères, 2003.

文家最多、内容与体量最丰富的法译中国古代散文选集，这部选集也成为法国学者研究中国古代散文被引用最多的文献。同年出版的《〈文选〉中的赋》承接《中国古文选》，马古烈基于已有对中国古代散文历史传统的理解，着力探索《文选》中的辞赋部分，虽然篇幅仅限于 1 篇序言加 3 篇赋文，却标志着赋体散文在法国译介的发端，起到了抛砖引玉的作用。德国汉学家顾彬（Wolfgang Kubin, 1945—）将马古烈称为"最早系统研究中国古代散文的法国汉学家"①。正是得益于马古烈孜孜不倦、经年累月的伏案翻译，中国古代散文这一古老的文体方才第一次系统、详尽地呈现于法国读者面前；也正因马古烈身处"前无古人"的译介空白之中，仅以一己之力在 20 世纪之初即完成《中国古文选》这一巨册，迄今为止仍无法国学人能望其项背，也使得他当之无愧地成为法国学者中对中国古代散文研究影响最为深远的权威汉学家。

第二节　繁花似锦的翻译热潮：1950—1999 年

中国古代散文进入 20 世纪下半叶后在法国出版的译本明显增多，共有 11 部译本出版，分别为：《浮生六记》（里克曼版，1966）、《浮生六记》（和克昌版，1968）、《袁宏道：云与石（散文）》（1983）、《风形：中国风景散文》（1987）、《冒襄：影梅庵忆语》（1992）、《徐霞客游记》（1993）、《菜根谭》（1994）、《陶庵梦忆》（1995）、《幽梦影》（1997）、《南山集》（1998）、《中国古典散文选》（1998）。在 50 年间，更多的法国译者参与到中国古代散文的法译进程之中，译本涉及的内容主题更加多样，出版形式更为丰富，中国古代散文在法国的翻译呈现出一派繁花似锦的景象。

---

①　[德]顾彬：《中国古典散文》，李双志译，华东师范大学出版社 2008 年版，第 2 页。

20世纪60年代，两位法国译者不约而同地把目光投向了一本在中国取得巨大成功的散文集——《浮生六记》，两人在彼此不知情的情况下各自独立完成了译作并先后出版，共同谱写出中国古代散文法译的新篇章，标志着20世纪下半叶中国古代散文在法国的译介进入了一个全新的阶段，掀起了新一波的翻译热潮。

1966年，时任香港中文大学新亚书院教师的比利时学者皮埃尔·里克曼（Pierre Ryckmans，1935—2014）在妻子的鼓励下完成了《浮生六记》的翻译，该书由布鲁塞尔 F. Larcier 出版社出版，并分别于1982年、1996年、2008年三次再版。该译本包含《闺房记乐》《闲情记趣》《坎坷记愁》《浪游记快》四卷，由于第五、第六卷被中国学界疑为伪作，所以里克曼并未翻译。据里克曼回忆："我的妻子建议我阅读沈复，并在我们新婚不久后给了我翻译此书的建议。我当时想带她来欧洲并和我的家人见面，所以我安排经香港坐荷兰货轮回安特卫普。我们整整一个月在海上航行，在槟城、亚丁、阿卡巴、的黎波里、热那亚和马赛中途停靠，若凑巧碰上码头工人罢工，停靠的时间就更长了。两次靠岸之间的空档和海上安静的时光正是工作的良机。……到下船时，翻译的初稿已经成型，在接下来几个月里我完成了翻译工作。"[①]

除了妻子的推荐外，里克曼选择翻译出版《浮生六记》法译本还包含多重因素的考量。首先，在中国文学中《浮生六记》的作者沈复虽然只是一个籍籍无名的文人，但他在《浮生六记》中朴实的自传式叙事却"创造了一部超乎寻常的新颖之作"[②]，这一新颖的体裁一经问世即大获成功，沈复更是凭借此书位列清代杰出文学家之中。其次，《浮生六记》不但新颖生动，而且描写了一个时至今日在中国的语言中也几乎从未涉及的主题——个人生活。婚姻中的爱情

---

① Shen Fu, *Six récits au fil inconstant des jours*, trans. Pierre Ryckmans, Paris: JC Lattès, 2009, pp. 261-262.

② Shen Fu, *Six récits au fil inconstant des jours*, quatrième couverture.

主题很少出现在中国古典文学的书写当中，里克曼认为《浮生六记》中沈复的妻子是"最迷人的中国女人形象"①，他还就这一热情且令人仰慕的中国女性形象与一些女权主义者展开讨论，"他们认为中国女性直到1949年后才被允许并得以展现自己的存在"②。再次，这本书让读者以直接、自然的方式进入中国传统生活的核心，特别是书中描述的精致生活的艺术和主人公面对逆境时的崇高勇气令人动容。作者带领读者进入"富有活力的社会复杂现实之中，欣赏沈复在其中无意识地表现出的高尚美德和他并未有意掩盖的缺点。读者只有在亲自阅读《浮生六记》后，方能体会到以往评判的随意和思维的局限"③。"他们懂得在无常的日月中发掘生活的勇气，并发现当下时刻的人生况味。"④ 最后，里克曼认为《浮生六记》在记述简朴、低微的个人经历中，成功地并最大限度地表现了共有的真实和中华文明的传统。也正因为此，这本书备受中国读者的喜爱，无数读者在其中找到了令人动容的形象，找到了他们自己个人经历的线索和影子。这一普遍性的价值使西方读者理解东方成为可能。"对西方读者而言，这本书并不无聊，相反，当平等地进入一个本以为遥远又陌生的国度时，他们会在沈复的见证下，惊奇地发现那些最动人也最熟悉的人类共通的语言。"⑤

里克曼在为2008年新版《浮生六记》特别添加的译者后记中，回忆了1966年初版发行时的小插曲。"翻译完成后，一位朋友将我的翻译传给艾田蒲（René Etiemble，1909—2002），艾田蒲当即向我提出希望在他组织编写的丛书中出版，且是由巴黎一家很大的出版社发行。当然，我高兴地接受了。艾田蒲是一位真正的人文主义者，他学识极为广博，思想开放又宽厚慷慨，但我猜他不太有处理行政

---

① Shen Fu, *Six récits au fil inconstant des jours*, p. 12.
② Shen Fu, *Six récits au fil inconstant des jours*, p. 12.
③ Shen Fu, *Six récits au fil inconstant des jours*, p. 11.
④ Shen Fu, *Six récits au fil inconstant des jours*, p. 13.
⑤ Shen Fu, *Six récits au fil inconstant des jours*, p. 13.

事务的天赋，因为在给我发出版合同时，他的一位助理发现几年前他已将同一本书的翻译合同签给了另外一个人！而这位译者有才能且极为诚实，虽然他还未着手这本书的翻译，但由于他有版权（若是我也会这么做），他决定继续保有自己的权利并完成翻译。他的译本后来也完成了，至于我的，若我没能在这灾难中为其找到出版机会，它肯定只能被堙没了。幸好我的兄弟是布鲁塞尔的编辑，他负责一家专门出版法律书籍的出版社，是他慷慨地接纳了我的译本，但只能让沈复位列于严肃的法律著作之中。"[1] 由此可见，里克曼的译本险些"堙没"在书海中，所幸得到兄弟相助，才能"辗转"在布鲁塞尔一家法律图书出版社出版。这一出版历程虽然曲折，但另一方面也为世人留下了两个均十分优秀的法译本，因此对读者而言，这"辗转曲折"又变成了"不幸中的万幸"。

1968 年，第二个《浮生六记》法译本由雅克·和克吕（Jacques Reclus，1894—1984）完成，收入"认识东方"丛书（Connaissance de l'Orient），编号第 25 种，由巴黎 Gallimard 出版社出版，并于 1977 年、1986 年、1990 年、1993 年四次再版。和克吕当时是巴黎高等研究实践学院（Ecole Pratique des Hautes Etudes）《汉学书目杂志》（*Bibliographical Review of Sinology*）的编辑，业余从事翻译工作，他的译本与里克曼版所译内容相同，均只收入前四卷，后两卷伪作未做翻译。法国知名汉学家保罗·戴密微（Paul Demiéville，1894—1979）为该译本作序，他评价和克吕的译文"一丝不苟地忠实于原文，我可以担保，他的理解与中文原文非常接近。他没有回避其中的任何难点，在必要时他都把探索推向极致。此外，原文有趣的风格得以重现，这点实在难能可贵"[2]。

和克吕译本虽比里克曼译本晚两年发行，但前者的翻译契机最

---

[1] Shen Fu, *Six récits au fil inconstant des jours*, p. 263.

[2] Shen Fu, *Récits d'une vie fugitive：mémoires d'un lettré pauvre*, trans. Jacques Reclus, Paris：Gallimard, 1968, p. 20.

早可追溯至 1924 年，这一年在北京教书的戴密微发现了《浮生六记》，这部记录古代文人家庭生活的小书第一次进入了法国汉学家的视野。1924 年，俞平伯评注的新版《浮生六记》装订本一经问世便在中国大获成功，戴密微在和克昌版《浮生六记》法译本的序言中写道："一年之内，俞平伯版的《浮生六记》便加印了三次，在我教书的大学，不论老师还是学生，所有人都非常喜爱这本书。"① "这一版一直保存在我的书房里，我不止一次地阅读，还做了许多批注。"② 因此，在"认识东方丛书"于 1956 年创立后，作为 20 世纪下半叶成就最高的法国汉学家，戴密微在丛书编委会议上推荐将《浮生六记》列入翻译名单，之后丛书委员会与译者和克昌签订翻译合同，完成的译本成为丛书中的第 25 部，也成为"认识东方"丛书收录的第一部中国古代散文作品。

戴密微赞赏《浮生六记》文风的流畅、自然，认为其中包含一种浑然天成的文雅。他写道："感谢老天，作者没有屈服于科举制度对文学的矫正。'所愧少年失学，稍识之无，不过记其实情实事而已，若必考订其文法，是责明于垢鉴矣。'这是沈复写在《浮生六记》卷首的话，正是得益于他的'少年失学'，无修饰地表达实情实事成为可能，这一敏锐的艺术触角决定了对所写事物的选择和对表达风格的掌控。"③ 他认为《浮生六记》对法国读者最大的价值仍然是书的主题——家庭生活，"更确切地说，是婚姻生活"④。《浮生六记》在中国取得的巨大成功主要是因为"这本书碰触到人们心中很敏感的部分"，"其中一大部分是关于夫妻间的爱情故事和如何对抗一个强制约束的社会体系中的礼教与独裁"⑤。而夫妻间的爱情主题在中国古代文学中几乎不曾提及，至多是在诗人笔下作为令人动

---

① Shen Fu, *Récits d'une vie fugitive：mémoires d'un lettré pauvre*, p. 7.
② Shen Fu, *Récits d'une vie fugitive：mémoires d'un lettré pauvre*, p. 7.
③ Shen Fu, *Récits d'une vie fugitive：mémoires d'un lettré pauvre*, p. 10.
④ Shen Fu, *Récits d'une vie fugitive：mémoires d'un lettré pauvre*, p. 8.
⑤ Shen Fu, *Récits d'une vie fugitive：mémoires d'un lettré pauvre*, p. 8.

容的意象出现，因此，沈复"随意的口吻、率性的言辞以及挑逗性的细节使得关于芸的回忆变得独一无二"①。

在戴密微看来，20世纪60年代的法国读者对中国的了解甚少，"我们几乎只知道中国的色情小说，如《肉蒲团》和《金瓶梅》"②，因此，有必要翻译其他主题的文学作品，但又不能是"矫揉造作或满是正统思想"③的，而《浮生六记》中夫妻爱情的主题不至于过于严肃，有利于尚不了解中国文学的法国读者进行阅读。此外，文集语言的自然和优雅也能开阔法国读者的视野，改变法国读者把中国文学与色情小说画等号的状况。同时，《浮生六记》在中国出版的一个多世纪间"一直是出版业最为成功的作品之一"④，因此，在法国译介中国文学作品初期，选择在本土市场已长期获得良好口碑的文本，无疑对出版商而言也是降低风险，提高销售预期的良好选择。和克昌版的《浮生六记》自1968年初版后，于1977年、1986年、1990年、1993年四次再版，而里克曼版也自1966年初版后，分别于1982年、1996年、2008年三次再版，《浮生六记》在法国前后共计9版，几乎每十年再版一次，是法国再版次数最多的中国古代散文作品，这一事实充分说明《浮生六记》在法国经久不衰的受欢迎程度。

在《〈文选〉中的赋》出版40年后，法国重新迎来了中国古代散文的法译本，巧合的是，两个《浮生六记》译本在两年间先后出版，既像一首在丰富和声的主旋律下的两支变奏曲，又像沉睡许久的种子般争先恐后地破土而出，20世纪下半叶中国古代散文在法国

---

① Shen Fu, *Récits d'une vie fugitive : mémoires d'un lettré pauvre*, p. 10.
② Shen Fu, *Récits d'une vie fugitive : mémoires d'un lettré pauvre*, quatrième couverture.
③ Shen Fu, *Récits d'une vie fugitive : mémoires d'un lettré pauvre*, quatrième couverture.
④ Shen Fu, *Récits d'une vie fugitive : mémoires d'un lettré pauvre*, quatrième couverture.

的翻译掀起了一波不小的浪潮。

1983年，巴黎第七大学中文系教师赫美丽在其博士论文《袁宏道（1568—1610）：文学理论与实践》[*Yuan Hongdao（1568 - 1610）：théorie et pratique littéraires*] 的基础上，整理出版了《袁宏道：云与石（散文）》，由此开启了中国古代山水游记类散文在法国的翻译历程。《袁宏道：云与石（散文）》一书共译有50余篇山水游记，上至北京的名寺古刹，下至江南的苏杭山水，兼顾中西部的名山险峰，可以说，几乎游记中最优秀的散文篇目都被一一选入，赫美丽在翻译时保留了原游记中的名称，如虎丘、满井、灵岩、光福、阳山、东洞庭、百花洲、六桥、孤山、飞来峰、烟霞石、兰亭、宋帝六陵、天目山、石台山等作为译本的目录，给读者以直观的地理风景画面。该书由巴黎POF出版社出版，1997年由阿尔勒的Philippe Picquier出版社再版。正如初版封底所言："袁宏道不知疲倦地走遍中国的大好河山，为我们带来了一幅充满感情与诗意的地理图卷。"① 赫美丽认为，袁宏道属于古代中国作家中最自然率真的那部分人，是浑然天成的天才。他既喜爱寺院生活，也对俗世充满感情；既有无视传统的激情，也有某种对传统的尊重。他的山水游记也如同他率真的品性那般生动、明快、无拘无束。法国读者虽然已经知道明代小说的辉煌成就，但他们"将在这里发现明代的另一番面貌，会惊讶于那不因循守旧的文字。这些散文，或者说是散文诗，一次次地表现出沉思的愉悦，以及作者对这一传统文体的革新"②。

1987年，《风形：中国风景散文》由赫美丽翻译，她为《风形：中国风景散文》一书选取了自魏晋到清代共26位散文家的49篇山水散文，包括《始得西山宴游记》《岳阳楼记》《小石城山记》《前赤壁赋》《后赤壁赋》《爽籁亭记》《记承天寺夜游》《湖心亭看雪》

---

① Yuan Hongdao, *Nuages et Pierres, de Yuan Hongdao*, trans. Martine Vallette-Hémery, Paris：Presses Universitaires de France, 1985, quatrième couverture.

② Yuan Hongdao, *Nuages et Pierres, de Yuan Hongdao*, Paris：Presses Universitaires de France, 1985, quatrième couverture.

等名篇。该书承接《袁宏道：云与石（散文）》的山水游记主题，成为中国古代山水游记类散文法译的第二部力作，由巴黎 Le Nyctalope 出版社出版，2007 年又由 Albin Michel 出版社再版。赫美丽除对柳宗元、苏轼、袁中道、王思任、张岱、袁枚等人的山水游记进行重点翻译外，其余作者均仅为一人一至两篇，其目的在于突出重点作家的同时，使法国读者对于不同时期的中国古代山水风景散文及其作家有更多的了解。《风形：中国风景散文》中所译篇目均由赫美丽本人从不同的文选中挑选而来，有游记也有散文诗，涉及体裁多样。赫美丽认为，山水风景这一主题是少有的在中国受到持续追捧的主题，"山水散文既是为了寻找更为强烈的生活，也是宁静、安详的显现，是远离'尘世'的逍遥，是在'另一个世界'的崇高和卓绝"①。"这些散文除了形式美之外，也非常精彩地表现出作者与自然相接触时体验到的惊险与快乐。"②

1992 年，《冒襄：影梅庵忆语》由赫美丽翻译，并由阿尔勒的 Philippe Picquier 出版社出版，书中除全文翻译《影梅庵忆语》外，还译有《董小宛传》和《冒襄生平年表》。赫美丽认为，《影梅庵忆语》这部 17 世纪中国的著名自传体笔记是一部日常生活的编年史，不论书写的是艰难的岁月还是幸福的时光，其中都展现了雅致的生活艺术与充满感怀气息的诗意氛围。赫美丽在序言中特别提到《影梅庵忆语》，认为"不论其精神还是形式，都是一部开先河之作"③。"作者冒襄书写的，是给董小宛的挽歌，形式不是诗歌也不是传记，虽然这是通常采用的文体，但他以非正式的散文形式进行书写，这样情感便可不受限制地、以文人的方式表达出来。因此，他是开创

---

① Martine Vallette-Hémery (trans.), *Les Formes du vent: paysages chinois en prose*, Paris: Albin Michel, 2007, p. 14.

② Martine Vallette-Hémery (trans.), *Les Formes du vent: paysages chinois en prose*, Paris: Albin Michel, 2007, p. 13.

③ Mao Xiang, *Mao Xiang, La dame aux pruniers ombreux*, trans. Martine Vallette-Hémery, Arles: Philippe Picquier, 1992, quatrième couverture.

者，也影响了19世纪初著名的自传体作品《浮生六记》。"① 赫美丽认为《影梅庵忆语》不但对《浮生六记》的书写产生了深刻而重要的影响，而且该书内容中所展现的精致的生活艺术、充满芬芳的诗意以及对故去之人的怀念之情，是吸引法国读者的主要因素。《浮生六记》法译本在出版近30年间已取得令人瞩目的成绩，因而从市场角度考量，利用《浮生六记》的读者基础和持续热销的市场来带动法国读者对《影梅庵忆语》的阅读兴趣，也不失为一种有效的推广策略。

1993年，法国国家科学研究院（CNRS）研究主任、远东地区研究专家、著名汉学家谭霞客（Jacques Dars, 1941—2010）翻译了《徐霞客游记》，由巴黎Gallimard出版社出版，该书被收入"认识东方"丛书，编号为第80种。

《徐霞客游记》是20世纪下半叶继《袁宏道：云与石（散文）》和《风形：中国风景散文》之后中国古代山水游记的又一部重要译本。谭霞客是法国最杰出的翻译家之一，他翻译的一百二十回本《水浒传》在法语世界赢得了一片"绝妙"的赞叹，谭霞客也因深得比较文学家、著名文学评论家艾田蒲的赏识，成为由联合国教科文组织主持、艾田蒲主编的"认识东方"丛书里"中国系列"的主编。② 谭霞客在翻译中追求译本与原作的语言风格相一致，对语言有极为细腻、敏感的体察。他在《徐霞客游记》中选择了17篇游记构成法译本的主要内容，并在每篇译文前配有介绍性长文，这17篇游记均是徐霞客在1633年之前写成，收入《名山游记》文集中，描写其在天台山、雁荡山、黄山、武夷山、庐山等名山大川的所见所闻，具有很高的文学价值。文本选择的背后隐含译者的文学鉴赏眼光，谭霞客在译本序言中写道："《名山游记》中的每一篇虽沿用日记的

---

① Mao Xiang, *Mao Xiang, La dame aux pruniers ombreux*, trans. Martine Vallette-Hémery, Arles: Philippe Picquier, 1992, p. 9.

② 参见Pierre Kaser, "Hommage à Jacques Dars", *études Chinoises*, Vol. XXX, n° 1–2, 2011, pp. 13–25。

形式，却仍然构成一个完整而独立的整体，这使得17篇与《徐霞客游记》中的其他篇章有了本质的不同。"① "《名山游记》的17篇仅约5万字，仅占《徐霞客游记》全书（共60万字）不到10%的比例。这17篇构成本书翻译的主体，它们描写的是中国的壮丽风景，是中国风景中最为卓越、崇高的名胜之地——山。它们提供的资料和信息对地理学、山理学、地质学、洞穴学、人种学、社会学等的研究具有极高的学术价值，是当今学者们的重要文献资料。相反，第二部分的文章则没有太高的文学价值，因而我认为在此当略过不提……"② 序言所说"第二部分"是指徐霞客于崇祯九年（1636年）直至崇祯十二年（1639年）的游览经历，他在四年间游览了云贵、湖广、江苏、浙江等江南大山巨川，写下了九卷本的游记。谭霞客之所以选择《名山游记》作为《徐霞客游记》法译本翻译对象的原因即在于这一部分有着第二部分难以媲美的文学价值。谭霞客认为，正是《徐霞客游记》中诗化的语言与表达使其位列中国古代散文的杰作之中，其中徐霞客游览名山大川的旅行游记可谓是其游记的精华部分。徐霞客看待世界的眼光与其诗化语言表达的乐趣使他的游记常常存在微妙的差别与变化，同时又给人一种与中国山水画相似的观感。与此同时，这位一生几乎从未停止过旅行的中国史上最伟大的旅行家极为详尽、忠实地记录了途经的地理环境与所见所闻，使《徐霞客游记》在文学贡献之余成为地理学家和考古学家不可多得的研究材料。对法国读者而言，《徐霞客游记》既可以作为中国文人写的旅游指南，又可以作为少有的风景诗集，此外，还可作为一份极富个人色彩的文献资料，书中展现的冒险与朝圣之旅实则是一次真正的心灵追寻之旅。

1994年，赫美丽全本翻译了明代的语录集《菜根谭》，由巴黎

---

① Xu Xiake, *Randonnées aux sites sublimes*, trans. Jacques Dars, Paris：Gallimard, 1993, p. XXIV.

② Xu Xiake, *Randonnées aux sites sublimes*, trans. Jacques Dars, Paris：Gallimard, 1993, p. XXIV.

Zulma 出版社出版。赫美丽把《菜根谭》称作一部"既著名又神秘的书"①,"著名"是因为它在中国广受欢迎,"神秘"则在于它可以通过多种方式进行解读。赫美丽之所以选择翻译《菜根谭》,主要是看中其中体现出的哲学价值和文学价值。首先,《菜根谭》展现了中国古代哲学的多重价值。她认为:"在三种思想(儒、释、道)的交汇处,《菜根谭》发展出一种源自明代晚期的哲学,即融入自然、充分的自由、生活的艺术以及对自我的掌控……这其中还掺杂着对社会的观察和神秘主义的沉思,世俗的演讲和宗教的话语,对人际关系的思考和内省,以及如同尊重内在情感般的对理性的尊重。"②其次,《菜根谭》"体现了中国文人艺术的精髓"③,其中极为文雅、讲究的书写是中国古典写作的传统之一,具有独特的文学价值和极高的艺术价值。《菜根谭》法译本是语录体散文首次作为文学作品在法国出版,语录体简洁、短小、排比、对仗的文体风格与已有中国古代散文法译本存在明显差别,从而开辟了中国古代散文法译的新风格和新风尚。赫美丽在译本序言中重点阐述了语录体散文的历史渊源与文体特点,她认为,片段式书写根植于中国文学传统之中,《论语》中孔子答弟子问便是这一形式的典型代表;此外,语义与句法的简练是中国古文的基本特点,常常通过运用图画、格言和暗喻达到言简意赅的效果,"一篇文章可轻易地分解为独立的片段,每个片段都有各自的含义,相互独立或连为整体。文人墨客的笔法是'未尽之言',与白话小说的'和盘托出'刚好相反,形成鲜明对比"④。《菜根谭》的文体形式也创造出独特的文学趣味:"《菜根

---

① Hong Yingming, *Propos sur la racine des légumes*, trans. Martine Vallette-Hémery, Paris: Zulma, 1994, quatrième couverture.

② Hong Yingming, *Propos sur la racine des légumes*, trans. Martine Vallette-Hémery, Paris: Zulma, 1994, quatrième couverture.

③ Hong Yingming, *Propos sur la racine des légumes*, trans. Martine Vallette-Hémery, Paris: Zulma, 1994, quatrième couverture.

④ Hong Yingming, *Propos sur la racine des légumes*, trans. Martine Vallette-Hémery, Paris: Zulma, 1994, p. 11.

谭》中的每一段都是这栋结构紧密的建筑中的一个原件,有着相同思想与信仰基础。这些碎片式的论点以其轻盈的步伐和去系统化的方式同样产生了丰富、珍贵的文人趣味,如同一个主题下的多重变奏曲。"[1] 最后,《菜根谭》简洁、片段式的语录体构建了充满丰富性、复杂性与模糊性的文本空间,为法国读者对中国古代散文的深入解读与思考提供了更为宽广的天地。因此,赫美丽仅仅在译本序言中大致介绍了文体风格、时代背景与作者身世,只是指出译本的第一部分描写的是"人与人之间的关系",第二部分描写的是"人对平静、安宁的追求"[2],且全书"不加注解","以免限制原文的含义","读者可以完全自由地阅读此书"[3]。《菜根谭》法译本由Zulma出版社于1995年再版,赫美丽在1997年和2001年翻译了两部清言语录集《幽梦影》和《娑罗馆清言》,似乎也可以从另一个侧面印证清言语录这一中国古代散文法译的"新面孔"已经收获了属于它的法国读者。

1995年,布丽吉特·德布勒-王(Brigitte Teboul-Wang,?—)翻译了《陶庵梦忆》,由巴黎Gallimard出版社出版,被收入"认识东方"丛书,编号为第88种。译者布丽吉特·德布勒-王的身份鲜有资料,只知她于1991年在巴黎第七大学完成博士论文《张岱的〈陶庵梦忆〉:一部中国诗学散文的杰作》[*Souvenirs rêvés de Tao'an, Zhang Dai (1597 – 1681): un chef-d'oeuvre de la prose poétique chinoise*],导师为桀溺(Jean-Pierre Diény,1927—2014)。得益于她的博士研究,布丽吉特·德布勒-王成为翻译《陶庵梦忆》的不二人选。布丽吉特·德布勒-王所译《陶庵梦忆》为全译本,全书分八

---

[1] Hong Yingming, *Propos sur la racine des légumes*, trans. Martine Vallette-Hémery, Paris: Zulma, 1994, p. 11.

[2] Hong Yingming, *Propos sur la racine des légumes*, trans. Martine Vallette-Hémery, Paris: Zulma, 1994, p. 11.

[3] Hong Yingming, *Propos sur la racine des légumes*, trans. Martine Vallette-Hémery, Paris: Zulma, 1994, p. 7.

卷，共收录小品文 123 则，"最后一篇《琅嬛福地》与书中第一篇《钟山》构成了闭合的圆环，张岱似乎在隐约地邀请我们对《陶庵梦忆》进行一次全新的'别样'解读，让我们明白曾经以为的回忆不过是大梦一场"①。《陶庵梦忆》是"认识东方"丛书收录的第三部中国古代散文集，Gallimard 出版社的官方网站为《陶庵梦忆》写了如下一段介绍语："这是一本非凡的书，作者是中国的一位大文人和爱美者，他知道权贵阶层生活中的一切奢华享受、娱乐和文雅考究，而他也在 17 世纪中叶明朝覆灭时失去了一切。由于内心痛苦，他通过描写曾经的生活，虚构了一种新的生活，并再现了生活中饶有兴味的精华部分。《陶庵梦忆》是独特祈求的总和，其中蕴含着无限的宝藏，如：爱花者每天与虫害的战斗；戏迷深夜心血来潮的一段表演；奢侈的爱好，如名妓相伴、饲养珍禽、泛舟西湖；五彩缤纷的灯笼和绚丽的烟火；鲜花装扮、歌声缭绕的作者书斋；以琴会友；非时令的令人惊讶的水果；超乎想象的美味菜肴；为泡茶而选水；菜谱中的秘方；螃蟹的烹调；收藏极珍贵的墨锭；耗资巨大的房屋建造；隐居山中；雕刻大师的生活变迁（虽然他的作品是无价之宝，但他却坚持过着贫苦的生活）；神奇的雪精……这幸福的清单可能会很长，它含量巨大，既多余又无可取代，既免费又无价。我们将在《陶庵梦忆》紧凑、雅致的篇章中探索一切，体味那如锦缎般华丽、精妙的生活艺术。"②

由此可见，明代江南民间的精致生活艺术是"认识东方"丛书选择翻译《陶庵梦忆》的首要原因，书中涉及如赏花、听戏、读书、遛鸟、泛舟、伴游、赏灯、弹琴、饮茶、美酒、佳肴等文雅生活的方方面面。作者张岱生于官宦之家，前半生享尽荣华，了解权贵阶层生活中的一切奢华享受、娱乐和文雅考究，却生逢乱世，甲申之

---

① Zhang Daı, *Souvenirs rêvés de Tao'an*, trans. Brigitte Teboul-Wang, Paris：Gallimard, 1995, p. 13.

② "Souvenir de Tao'an", Gallimard, 1995. 11. 14, http：//www. gallimard. fr/Catalogue/GALLIMARD/Connaissance-de-l-Orient/chinoise/Souvenirs-reves-de-Tao-an.

变以后参与到抗清斗争中，南明灭亡后的张岱祖业散尽，晚年穷困潦倒，避居山中，其曲折的身世更为《陶庵梦忆》平添了一抹悠远深邃的色彩。此外，明代是小品文的成熟期，也是创作的旺盛期，明人的小品文观念奠定了后代小品文观念的基础，其创作风格也深刻地影响着后人。张岱所处的明末清初正是小品文发展至顶峰之时，《陶庵梦忆》无疑是其中的代表作之一，书中记录了张岱从16岁到61岁的生活，书中丰富、复杂的写作风格也表明这本书是经过长期沉淀、饱满成熟的作品。译者布丽吉特·德布勒-王认为张岱的文笔不但"细致入微的准确简洁"[1]，而且写人写物的手法颇具现代性。在她看来，张岱通过语言唤醒了事物的意象，使意象围绕在动物与植物周围相互影响，围绕在有生命体和无生命体周围相互关联，"汉语语言能够表达世间万物相互关联的这一属性被张岱以令人惊叹的方式完美地运用"[2]。而张岱通过运用戏曲式、电影式的手法，如选择、放大、推近等，引入场外的、移动的作者张岱视角以及场内的、舞台上的主角张岱视角，并以场内视角与场外视角的彼此交互来抓住书写视野中隐藏的动线，这在明代小品文中极为难得。

1997年，赫美丽翻译的《幽梦影》在巴黎Zulma出版社出版。《幽梦影》是清初文人张潮的一部清言小品集，多为语录体，《幽梦影》法译本为全译本，完整翻译全篇共219则，该译本与1994年Zulma出版的《菜根谭》同属一个系列。赫美丽先后在同一丛书中翻译两部清言小品，不难看出其中包含相互承接、相互影响、互为凝聚的翻译出版逻辑。赫美丽认为，《菜根谭》写于1590年，而《幽梦影》写于1698年，时间虽相隔一个世纪，但"都是那个时代

---

[1] Zhang Dai, *Souvenirs rêvés de Tao'an*, trans. Brigitte Teboul-Wang, Paris: Gallimard, 1995, p. 11.

[2] Zhang Dai, *Souvenirs rêvés de Tao'an*, trans. Brigitte Teboul-Wang, Paris: Gallimard, 1995, p. 12.

清言中最著名的文集"①。她还认为，写作时间与历史语境的不同影响了两位散文家的立场与书写，洪自诚亲历清军入关和明代衰亡，生活历经坎坷曲折且生前文名不显，而张潮长于清初，离清军入关已过了数十年，对旧朝心存怀念的人越来越少，"文人们已接受新朝的官职，一种积极的心态压制了邪恶的势头"②。因此，《菜根谭》以处世思想为核心，糅合了儒家的中庸思想、道家的无为思想和佛家的出世思想，以"菜根"为书命名，表达人的才智和修养只有经过艰苦磨炼才能得到丰盈和提升；《幽梦影》虽也以处世之道为核心，但更倾向于表现避世的姿态和对世俗成功的蔑视，书中既有对现下生活艺术的表达，也有对重回过去时光的愿景。"这些语录有时是清晰明了的，但总体而言，它们比起论断更像是祈愿，比起真实更像是宽慰，它们属于田园诗的范畴。张潮的书写引起一种'谈话无限'的感觉，且常常表现得很有幽默感。"③尽管如此，二者从宏观角度上看仍属同类作品，尤其处世的艺术与生活的艺术都是二者探讨的重点。《菜根谭》与《幽梦影》均以经史子集为底，浸透了传统中国文人教养的生活观，其中通过儒释道三说混合所创造的思想空间与文段含义不完整所创造的思考空间，都为读者架起通往古代东方哲学与生活的桥梁，让读者发现生活中的平淡无奇经由作者的静观、内省完全可以转变为深邃的生命哲学，Zulma 出版社通过在同一丛书中发行《菜根谭》与《幽梦影》两个法译本，使两个译本达到互为对照、互为补充、相互承接，共同构成合力，取得了良好的效果，不但为法国读者提供了中国古代散文中清言小品的多种选择，也共同推动了清言小品这一中国古代散文法译的新文类在法国

---

① Zhang Chao, *L'Ombre d'un rêve*, trans. Martine Vallette-Hémery, Paris：Zulma, 1997, p. 8.
② Zhang Chao, *L'Ombre d'un rêve*, trans. Martine Vallette-Hémery, Paris：Zulma, 1997, p. 9.
③ Zhang Chao, *L'Ombre d'un rêve*, trans. Martine Vallette-Hémery, Paris：Zulma, 1997, p. 9.

的传播与接受。

1998年，时任法国国家科学研究院（CNRS）一级研究员的戴廷杰翻译了《南山集》，该书由巴黎Gallimard出版社出版，收入"认识东方"丛书，编号第98种。《南山集》译本中共翻译古文51篇，戴廷杰依据姚鼐《古文辞类纂》的文体分类将它们分为论辩、序跋、奏议、书说、赠序、诏令、传状、碑志、杂记、箴铭、颂赞、辞赋、哀祭等13类，以传统的方式忠实地依照戴名世原作版本进行编排和分类，大致反映古文的发展与变化，并在书前附上方苞、朱姝和尤韵娥三人为初版《南山集偶抄》所作序言的译文。戴廷杰秉承了"认识东方"丛书为译本做长篇前言的传统，在《南山集》法译本的长篇前言中详细介绍了中国古文的发展历程和《南山集》的编辑与成书过程、戴名世的生平以及南山案文字狱的始末，同时还对译文选择、翻译与困难做了说明。在他看来，因《南山集偶抄》而起的清代第一大文字狱以及戴名世遭受的悲剧性命运无疑是选择翻译《南山集》的首要原因。"文人戴名世（1653—1713）拥有无限才华，是清朝（1644—1911）最大的文字狱的受害者之一。《南山集偶抄》被新成立且多疑的执政政府认定为存在侮辱性的言论，因亵渎皇帝被判有罪。戴名世被斩首，原因在于他说得太多，批评得太多，尤其是会让人回忆起太多清代政权是如何建立在鲜血与征服之上的历史细节。他的作品被禁，直至清朝衰落方才再度传世，并在中国文学和历史中最终获得了应有的地位。这就是我们邀请您去探索这部《南山集》的作者悲剧性命运的缘由。"[①] 但是，戴廷杰认为《南山集》的魅力不止于此，《南山集》更重要的价值在于"向我们揭开了'古文'这一中国主要文学文体的面纱。所有文人都醉心于古文的写作，并把自己最得意的作品收录成集"[②]。"本书的目

---

① Dai Mingshi, *Recueil de la montagne du Sud*, trans. Pierre-Henri Durand, Paris: Gallimard, 1998, quatrième couverture.

② Dai Mingshi, *Recueil de la montagne du Sud*, trans. Pierre-Henri Durand, Paris: Gallimard, 1998, quatrième couverture.

的并非要为读者呈现一部戴名世作品的文集，而是为了满足读者的好奇心而提供一部中国古代散文选集。"① 考虑到法国读者对中国古代小说、诗歌和故事集已有了一定了解，但对中国古代散文尚处于较为陌生的阶段，因此，戴廷杰在选文过程中希望尽量展现《南山集偶抄》这一文人选集的不同侧面，"尽量使每种文体——书信、序跋、传状、碑志、杂记等——都能尽可能完整地展现出来，并在每种文体内部突出其多样性，故而选集中才会出现：一篇讲故事的书信，一篇讲文学的书信，一篇讲诗歌的序言，一篇讲散文的序言，一篇写给逝者的哀祭，一篇写给生者的颂赞，一篇致商人的墓志铭，一篇致官员的墓志铭……"② 同时，在文本内容上优先考虑较为活泼并具有普世性的文章，以便法国读者能在多样的题材中获得更多的趣味。这一点不难在他的译序中发现："我尽可能照顾到读者的美好意愿，因为深深地知道文中让作者极为得意的文学隐喻和深奥字句可能会让对此陌生的读者大为扫兴。如果说我为了展现一本文集的多样性而不得不舍弃一些枯燥或说教性的篇章，那么我的确是更多侧重优先收录那些表达笔法不那么庄重严肃、具有更多普世性价值的文本，因为你必须遵循作者对寓言和道德故事的倾向，对语言气势和语句活力的倾向，以及被作者视为写作艺术准则的简朴、自然的倾向。"③《南山集》是继《浮生六记》《陶庵梦忆》《徐霞客游记》后"认识东方"丛书收录的第四部中国古代散文作品集，作为中国古代文学在法国最具分量与权威的丛书，"认识东方"丛书在20世纪下半叶为法国读者献上了四部超高水准的中国古代散文译本，虽然数量不多，但与其他出版社热衷出版小册子与小开本不同，该

---

① Dai Mingshi, *Recueil de la montagne du Sud*, trans. Pierre-Henri Durand, Paris: Gallimard, 1998, p. 40.

② Dai Mingshi, *Recueil de la montagne du Sud*, trans. Pierre-Henri Durand, Paris: Gallimard, 1998, p. 40.

③ Dai Mingshi, *Recueil de la montagne du Sud*, trans. Pierre-Henri Durand, Paris: Gallimard, 1998, p. 41.

丛书一向因邀请业内顶尖的译者与学者完成的大部头译本而著称，而且"认识东方"丛书在译序、注释、说明、附录上颇费心思，被纳入"丛书"的是极具专业性、学术性与经典性的译本，中国古代散文在法国的翻译出版也正因有 Gallimard 出版社的加入，而被选入极具知名度的"认识东方"丛书品牌，从此才可谓是真正被法国学术界与翻译界认可、接纳，并在法国的中国图书中占有了重要的一席之地。

1998 年，《中国古典散文选》两卷本由巴黎东方语言学院中文系教授班文干（Jacques Pimpaneau，1934—）翻译，由巴黎 You Feng 出版社出版。《中国古典散文选》上册译有《左传》《论语》《孟子》《史记：管晏列传》《世说新语》《心经》等历史、哲学、宗教作品的选段，以及《种树郭橐驼传》《河间传》《捕蛇者说》三篇全文，下册译有《虬髯客传》《李氏山房藏书记》《留侯论》《秦士录》《画皮》《狱中杂记》《祭妹文》《阅微草堂笔记》诸篇。班文干出版《中国古典散文选》的主要目的是丰富法国汉语专业本科生的阅读材料："这本文选主要是面向汉语专业的本科生，也就是为那些已经对中国古代文学有一定认识的同学所准备。部分读者可能会对我所选散文篇目感到惊讶，因为有些更为著名的散文并未被收入此文选。这样做的原因在于它们很可能已在低年级的课程中解读过了，而此文选的目的在于为学生提供自学的新文本。"① 班文干还特别在序言中说明了阅读书中古文的四个步骤："（1）通读原文两到三遍，即便你觉得什么也没看懂；（2）试着一句句地理解文意，并且只查阅生词的意思，如果依旧不能理解，可以且仅可以参看译文；（3）再次通读原文两到三遍，可能的话请不要借助注释或译文；（4）若还是看不懂，也不必强求，请阅读下一篇。"② 从班文干的阅

---

① Jacques Pimpaneau (trans.), *Morceaux choisis de la prose classique chinoise*, Paris: You Feng, 1998, p.4.
② Jacques Pimpaneau (trans.), *Morceaux choisis de la prose classique chinoise*, Paris: You Feng, 1998, p.4.

读方法建议中可以看出，即便他在编撰这部散文集时充分考虑了法国学生的阅读能力和接受水平，也充分考虑了学生对中国古代散文已有的认识，但他还是预料到要想真正理解中国古代散文，对法国学生来说可能仍存在较大困难。尽管如此，《中国古典散文选》是法国迄今出版的中国古代散文译本中唯一一本专门面向法国中文系学生的、比较全面且适合学生阅读的课外读本。法国高等学府的中文院系虽然会在高年级教授古代散文，但所用教材多来自中国或由任课老师自己编选的读本，尚未有系统的中国古代散文教材出现，这也从侧面说明，即便是作为中国古代文学在法国的"接受大户"的法国中文系学生，他们对中国古代散文的学习与鉴赏也是极为有限的。因此，接受的有限性自然会影响到中国古代散文在法国的翻译与出版。

相比 20 世纪上半叶中国古代散文法译的一枝独秀，20 世纪下半叶的散文译本不论在内容上还是数量上都有了质的飞跃，迎来了爆发式的增长与发展。60 年代，里克曼、和克昌两位译者分别在同一时期独立完成了《浮生六记》的翻译工作，两个法译本先后出版，共同谱写出中国古代散文法译的新篇章；80 年代，赫美丽成为第一个把目光投向中国古代山水游记的法国译者，接连出版《袁宏道：云与石（散文）》《风形：中国风景散文》两部译作，着力展现中国古代别致、秀美的山水风景，以及古代文人游山玩水的闲情逸致与生活风尚；90 年代，《冒襄：影梅庵忆语》《徐霞客游记》《菜根谭》《陶庵梦忆》《幽梦影》《南山集》《中国古典散文选》七部译作接踵问世，除赫美丽外，谭霞客、布丽吉特·德布勒－王、戴廷杰、班文干四位学者加入了译者的队伍，无论是中国古代散文译本还是译者都呈现出快速增多的态势，中国古代散文在这十年间呈现出明显的翻译小高潮。

可以说，20 世纪下半叶的中国古代散文法译在诸多方面都取得了巨大的进步和令人瞩目的成就。第一，译本主题与内容较 20 世纪上半叶有了极大的拓展。除继承《中国古文选》选文传统的《南山集》《中国古典散文选》之外,针对某一主题的散文译本大量涌现并成为这一时期中国古代散文翻译的主流趋势:《袁宏道:云与石(散文)》《风形:中国风景散文》《徐霞客游记》关注中国古代的山水风景和古代文人追求融入自然、超然物外的精神追求;《浮生六记》《冒襄:影梅庵忆语》关注古人的家庭生活、婚姻生活以及日常生活的雅致和诗意;《菜根谭》《幽梦影》《陶庵梦忆》则关注精致的生活艺术、古代中国哲学思想以及文人的艺术精髓。由此可见,山水风景、婚姻生活、哲学思想和生活艺术成为 20 世纪下半叶中国古代散文法译重点关注的内容与主题。第二,从所译原文成书年代和文体来看,法国译者大多选择翻译明清两代的古代散文,原文文体涵盖自传体散文、山水游记散文、清言语录、笔记体散文、小品文。明清散文,尤其是小品文的翻译发展到了巅峰,不仅选文注重篇章短小精悍、言简意深,内容也从严肃的课题扩展为可小可大、无所不包的内容载体。译者在选择这类散文进行翻译时,首先在内容上要考虑具有普遍性,中国古人的生活哲学和生活艺术要对当代人有借鉴作用;其次在语言上不过于晦涩严肃,可读性较强;最后在篇幅上要短小,无需很长时间即可进行阅读,适合初涉该领域的法国读者。第三,从译者队伍看,参与翻译的译者人数不但明显增加,而且大多为专业汉学家和职业译者。里克曼长期在中国进行教学活动,和克吕是汉语专业译者,赫美丽、谭霞客、戴廷杰、班文干都是优秀的法国汉学家并在大学或研究机构从事中国古代文学的研究工作。此外,赫美丽与布丽吉特·德布勒-王博士期间的早期研究课题即与中国古代散文密切相关。由此可见,20 世纪下半叶从事中国古代散文法译的法国译者不但是对中国古文有着深刻理解的专业译者,更是长期从事中国古代文学研究工作的优秀汉学家,语言与文化的双重背景无疑有利于译者对翻译工作更为精准、深入的认识和把握,他们不但为法国读者带来了高质量的散文译本,更是在译本选题之初就有了更强、更准确的掌控力,可以说,是汉学家运用自身对中国古代散文的已有认识和研究,并以此为基础选择要出版的译本，从而把握并推动了中国古代散文在法国高质量的翻译与较高水准的接受。译者队伍的增加，特别是专业汉学家与职业译者比例的增多，为译本的高质量完成提供了良好的保障。第四，从出版与发行看，这五十年间 POF、Philippe Picquier、Albin Michel、Gallimard、Zulma、Youfeng 等近十家出版社参与了中国古代散文的出版与发行，出版方式不仅有单行本发行，更有权威出版社 Gallimard 的"认识东方"丛书的系列推广；出版形式既有作为入门性或消遣性读物的小开本、小册子，也有作为专业性或学术性阅读的大部头、经典译本。更多出版社的入局和多样的发行方式与出版形式的出现，说明中国古代散文在法国的翻译已进入一个有计划、有组织的译介阶段，也说明法国的出版社开始关注并有意识、有目的、有步骤地开始译介中国古代散文。此外，多个译本的再版甚至多次再版，也说明了出版社的眼光更加专业精深，法国读者的接受面在不断拓展，接受度也在不断提高。

第三节　翻译传统的延续与创新：2000 年至今

到了 21 世纪，赫美丽对中国古代散文翻译的热情不仅没有丝毫降低，反而笔耕不辍，保持并延续了对山水游记与清言小品类散文的翻译传统，取得了丰硕的成果，不仅使自己的翻译生涯迈入一个新的阶段，而且使得中国古代散文翻译传统在法国的译介得以延续和发展，她本人也幸运地成为架起 20 世纪至 21 世纪中国古代散文法译桥梁的文化使者。

2001 年，赫美丽翻译的《自然天堂：中国园林散文》由阿尔勒的 Philippe Piquier 出版社出版，书中选文延续了赫美丽对自然山水的关注，以描写园林景致的散文为切入点，翻译了包括《洛阳华林园》《西游园》《春夜宴桃李园序》《庐山草堂记》《沧浪亭》《真州东园记》《独乐园记》《梦溪记》《灵璧张氏园亭记》《独坐轩记》

《乐志园记》《愚公谷乘》《杜园记》《金粟园记》《梅花墅记》《帝京景物略》《偶园记》《适园记》《影园自记》《乌有园记》《快园记》《爱竹记》《随园记》《网师园记》在内的散文作品共38篇，选文时代上至魏晋南北朝，下至明清，几乎是一人、一文、一园，囊括了中国古代近1600年间园林游记散文的精华。在赫美丽看来，《自然天堂：中国园林散文》中所选的38个篇目均为描写中国古代庭园的佳作，不论是修园、入园、赏园，还是对花鸟鱼竹等景物的描写，都能让读者跟着作者的笔端，徜徉在中国园林之中，这是中国古代散文形象的最大魅力。中国古代园林的美学思想不但深深影响了18世纪西方的园林修建，而且与20世纪西方园林的修葺思路不谋而合。20世纪著名的景观设计师罗伯特·布勒-马尔克斯（Roberto Burle-Marx，1909—1994）认为"园林是人与自然间的本质联结，是内在微小世界与外部广博世界间的联结，它能恢复平衡，达到平静"[1]。而中国园林中蕴含对人与宇宙之和谐的向往，旨在于一封闭的空间与自然世界进行有益的接触，这是其精髓所在，与此同时，艺术在此重新创造了自然，并以一种"模仿自然的剧作艺术"方式存在，两种观点实则有异曲同工之妙。《自然天堂：中国园林散文》的封底写有这样一段话："让我们进入中国文人的园林之中，通过赫美丽所选的文集感受园林的精巧与多变的美丽。中国文人们想象园林，住在园林，游览园林，他们对园林的修葺则体现出他们生活的艺术以及对山水景观的见解。园林对他们而言，是一个可以消磨时间与躲避俗事的清净之地，是一个远离现实世界的理想天国。他们醉心于竹林或荷池，他们造石头堆成假山，用如诗般的语言修整、装点自然，在这些或私密或开放的愉悦空间中，他们将其命名为'愚公谷''梅花墅''适园''可楼'。通过阅读这些散文，我们将学会观看和理解中国园林，同时学会如何居住其中，体味他们

---

[1] Jacques Leenhardt, *Dans les jardins de Roberto Burle Marx*, Arles: Actes Sud, 1996, p. 2.

如何用心、用精神去表达。"① 由此可见，赫美丽翻译中国古代散文中的园林游记，不仅是由于她理解并认同东西方园林美学思想的应和与回响，也不仅是由于她知道园林主题一直是备受法国读者喜爱的阅读内容，而且还在于她发现园林是中国古代文人哲学思想的外在体现，是生活艺术美学的客观表达。正如同她在序言中所说："中国古代园林有某些永恒存在的特点：山与水的强烈对比，以小见大，自给自足，静修隐世以及雅致的娱乐。"②《自然天堂：中国园林散文》延续了20世纪下半叶中国古代散文中山水游记的翻译传统，也是赫美丽散文译本中的又一力作，该译本受到了法国读者的热诚欢迎，并于2009年再次出版。

除《自然天堂：中国园林散文》外，2001年赫美丽还翻译了《娑罗馆清言》，由Séquences出版社出版。《娑罗馆清言》是明代散文家屠隆晚年所作的清言小品集，全书共有近二百条短小精练的清言，以佛教思想阐释人生哲理，包含对出世生活的热爱，对自然景物的留恋以及对世俗名利的摒弃。赫美丽所译《娑罗馆清言》共一百则，她认为，屠隆是明代晚期一位才华横溢的戏曲家和杰出的散文家，他所处的时代政府专制，文人常常遭到迫害，包括他在内的许多文人都流露出出世归隐的态度，而《娑罗馆清言》成书于屠隆晚年，充分显露出作者对京城世俗生活的厌倦和对自然风光的强烈眷恋之情。赫美丽还认为："屠隆所作清言虽是从通俗文集、警句格言或谚语中汲取灵感，却给予他的作品一种文雅和文人式的精巧，这如同在同一主题下的多种变奏曲，在屠隆笔下，自然的意义为清言注入了一股特别的魅力。"③ 赫美丽在序言中特别提及《娑罗馆清

---

① Martine Vallette-Hémery (trans.), *Les Paradis naturels: jardins chinois en prose*, Arles: Editions Philippe Piquier, 2001, quatrième couverture.

② Martine Vallette-Hémery (trans.), *Les Paradis naturels: jardins chinois en prose*, Arles: Editions Philippe Piquier, 2001, p. 11.

③ Tu Long, *Propos détachés du pavillon du Sal*, trans. Martine Vallette-Hémery, Paris: Séquences, 2001, p. 11.

言》中运用典故及其翻译的问题,她认为,屠隆的清言用典丰富且常有隐喻,因此在翻译时需要直译与意译相结合,文中解释与脚注说明相结合,才能既让读者理解清言简短形式下的丰富内涵,又能保持与原文近似的工整形式。赫美丽仅选取原文中的一百则清言构成法译本,主要原因是基于对法国读者接受程度的考量,她希望提供一个充满哲理却并不晦涩的译本,同时又尽可能保留原文隐晦又多意的风格:"本书所选清言剔除了过多用典或是有过多文学、历史隐喻的文字,以及过于术语化的佛教用词。我们留下了中文字'道',指道德或形而上学的'道路',该字在所有思想流派中均有使用,也使读者能领会原文中的一点模糊和隐晦。"①

2008年,赫美丽翻译了《荆园小语》,由巴黎 Caractères 出版社出版,收入其"经典"丛书(Majeurs),与费扬的《东坡赋》同属一个丛书系列。《荆园小语》是一本明清时期的清言杂锦,赫美丽的法译本是一个仅90页篇幅的小册子,书名虽为"荆园小语",其实除《荆园小语》外,还收录有"其他杂言",其中《荆园小语》为第一部分,共60页,"其他杂言"为第二部分,共30页,主要选取傅山、金圣叹、王世祯、石成金、卢存心等人的清言杂谈三至五则而汇编成册。赫美丽为《荆园小语》法译本挑选的作者均身处明清王朝交替之际,她认为,这些文人不论是在新王朝任职还是隐居避世,都意识到前朝视野与思想的衰落,因此所作清言的视角更具批判性和个体性,故而"我"的运用更为频繁,作品中的引用或隐喻变少,书写更为灵活,往往跳脱出韵律和对仗,为清言原有的优雅氛围添上了"引人入胜的模糊和含混"②。赫美丽还认为,这本文集说明17世纪中国散文主题与形式皆较为自由,不论是申涵光的《荆园小语》,还是其他文人的清言杂谈都有悠久的文化传统,既是伦理

---

① Tu Long, *Propos détachés du pavillon du Sal*, trans. Martine Vallette-Hémery, Paris: Séquences, 2001, p. 12.

② Martine Vallette-Hémery (trans.), *Propos anodins du Jardin d'épines*, Paris: Caractères, 2008, p. 13.

道德的表达，又是美学情感的抒发，充满了智者对人生的细心体会，所点拨之处都是容易被人忽略却又不可忽视的细节，读者可从书中汲取佛教思想、诸说混合的哲学以及当时极为讲究的生活艺术。书中语录文辞细腻，发人深思，是人生处世的哲学与方法的经典汇集，文字多为生活记事与情绪杂记，均为独抒己见，词句言简意赅，却往往能一语道破世间玄机。赫美丽认为，这本小册子兼备哲理性、艺术性、趣味性与可读性，因而，可能会受到法国读者的喜爱。

进入 21 世纪后中国古代散文在法国的翻译延续了历代散文选、山水游记与清言语录的翻译传统，同时全面开启了苏轼专题散文的译介工作，苏轼成为新世纪以来中国古代散文法译的一个新的热点和亮点。

2003 年，时任巴黎第七大学讲师的费扬翻译了《东坡赋》，由巴黎 Caractères 出版社出版，收入其"经典"丛书（Majeurs）。费扬主要从事宋代文学与哲学、宋代士人群体、《易经》注疏、中国思想史等方面的研究，是法国公认的苏轼研究专家。《东坡赋》是费扬翻译的一部重要著作，也是翻译的第一部苏轼散文译本，书中按成文先后译有《滟滪堆赋》《屈原庙赋》《昆阳城赋》《前赤壁赋》《后赤壁赋》《洞庭春色赋》《黠鼠赋》等 26 篇，囊括了苏轼的所有赋作，是苏轼赋作首次以单行本方式在法国出版。费扬曾在一次访谈中提到自己从"赋"这一文体着手翻译苏轼作品的缘由："我一开始是翻译了他的'赋'，后来才翻译的'记'。当时，我是想要从一种特殊的文体开始，苏轼只有二十五六篇'赋'，数量不多，但从他年轻时候到生命末期的作品都有，可以见出他鲜明的个人特点，从中甚至能够勾勒出一部东坡传记。对于他的'记'来说，也有类似的情况。这样，我们可以看到他在用同一种文本形式时，写作手法和内容发生的变化，对于我来说，以文体为角度研究苏轼，是一种为他写传记的新方法。"[①]

---

① 李泊汀：《融通文哲，出入汉宋——专访法国汉学家费扬教授》，中国文化院 2017 年 3 月 3 日，http：//www.cefc-culture.co/en/2017/03/li-boting-from-philosophy-to-literature%E2%94%80an-interview-with-french-sinology-professor-stephane-feuillas/，2018 年 12 月 12 日。

在费扬看来，选择最先翻译苏轼的赋作有多重原因。首先，苏轼是拥有多重身份的文学家，他丰富的经历最终都化为珍贵的书写流传于世，他在文学与艺术上所达到的深度与广度少有人能与之匹敌。也正因为此，费扬在译本封底短短的三段文字中，用整段的篇幅着重说明苏轼的多重身份，以佐证其文学成就的丰富性："他是画家、诗人、书法家、思想家、高级官员、词作者、皇帝的老师、学者、经典注疏家、省长；也是一位优秀且充满好奇心的厨师，一段时间内的民族志学者，一位两次遭遇贬谪的酿酒师。"[①] 费扬还在序言中进一步说明："一张关于他的公职与任务的并不全面的列表足以说明他多么忠实地实践了自己的计划：画家、诗人、书法家、思想家、政客，他还阶段性地做过各省的高级官员、法官、词人、皇帝的监护人、解读经典的学者、图书管理员、省长、半吊子工程师、民族志学者、草药商、酿酒师，虽两次遭贬谪但都得到赦免回朝。他所有的不同身份都获得了共同的经验，意味着相同的承诺与实践，尽管其中掺杂着失望与气馁，无视统治集团，但用他的话说，这一切统统被他的'诗腹'所'消化'。"[②] 从序言中不难看出，费扬对苏轼这些身份、经历与动荡同其最终化为 2400 余首诗、2000 余页散文、800 余首词流传于世的关联，也能感受到费扬对苏轼丰富经历、广博才华、宽阔胸襟、豪迈气度、坚韧毅力的敬重与钦佩。其次，费扬选择翻译苏轼的另一个原因在于，苏轼一生共作 26 篇赋，它们都是沿着他人生经历的时间路径完成的，而且也反映出他文学风格在时间上的变化。这些赋作伴随了他的整个文人生涯，最初的赋写于他年少时，大约在 20 岁，写于他进京赴任途经长江时，最后的赋则写于他被流放至海南岛时。苏轼的所有赋作都是他人生重要时刻和众多思想转折时期的写照。这样，费扬为读者在苏轼共计 2000 余

[①] Su Shi, *Un Ermite reclus dans l'alcool, et autres rhapsodies de Su Dongpo*, trans. Stéphane Feuillas, Paris：Caractères, 2003, quatrième couverture.

[②] Su Shi, *Un Ermite reclus dans l'alcool, et autres rhapsodies de Su Dongpo*, trans. Stéphane Feuillas, Paris：Caractères, 2003, p. 13.

页的散文作品中，理出了一条难得而清晰的时间线。苏轼的赋作不仅篇幅有限，还在文体上自成一体，且能囊括苏轼人生的各个重要阶段，因此，将其作为理解苏轼散文的最初切入点再合适不过。最后，苏轼的赋作不仅在沿袭辞赋传统的基础上努力创新，写作主题涉及"政客、转变的艺术，对自我毁灭和廉洁的完整思考，对超然世外的追求，歌颂人海中不为人所知的圣贤之士、酒食之乐、可笑的炼丹术、朋友间的愉快时光"①，而且行文中时时流露出宋代文人的珍贵品质，"自然率直、有影响力、克己与良知、距离与幽默、自尊以及谈话的精妙艺术"②。可以看出，费扬在解释选择翻译苏轼的原因同时，也强调了解苏轼经历的丰富性、思想的深刻性、兴趣的广泛性、文章的趣味性、写作的艺术性等，以及对读者阅读和人生体验所具有的全方位的价值。

除了《东坡赋》之外，2003 年还有一部苏轼诗文选问世，即《苏东坡：关于自我》，译者为班文干，该书由阿尔勒的 Philippe Piquier 出版社出版，并收入其"毕基埃口袋书"（Picquier Poche）系列。班文干认为，苏轼作为一位集诗人、散文家、画家、书法家、音律大家于一身的传奇人物，是宋代文人中的典范，因此《苏东坡：关于自我》分别从"关于自我，散文""关于自我，诗歌""关于艺术""关于人物""关于政治观点"五个方面对苏轼的思想和人生进行介绍。其中在"关于自我，散文"一章翻译了《凌虚台记》《喜雨亭记》《超然台记》《放鹤亭记》《答秦太虚书》《答李端叔书》（节选）、《书〈东皋子〉传后》《前赤壁赋》《后赤壁赋》《记承天寺夜游》《记游松风亭》《游白水书付过》《书上元夜游》共计 13 篇散文名作。译本以苏轼文学成就与其仕途沉浮的关系为切入点，说明虽然苏轼的理想是学以致用，以自己的才干和能力影响国家的命

---

① Su Shi, *Un Ermite reclus dans l'alcool, et autres rhapsodies de Su Dongpo*, trans. Stéphane Feuillas, Paris: Caractères, 2003, p. 36.

② Su Shi, *Un Ermite reclus dans l'alcool, et autres rhapsodies de Su Dongpo*, trans. Stéphane Feuillas, Paris: Caractères, 2003, p. 12.

运,但现实与此相反,苏轼一生几乎从未获得理想中的高光时刻,而他之所以能位列中国最有影响力的文学人物之中,也是源于其数次遭遇贬官流放的经历,可以说官场的失利造就了苏轼文学上的成功。"令人钦佩的是苏东坡从这显而易见的失败中萃取出生活的艺术,并通过诗歌、散文、信件加以表达。他在不幸的遭遇中获得这种智慧,并非刻意为之的结果。"①《苏东坡:关于自我》中收录的是苏轼最为著名的文本,译者班文干希望通过这些与他的政治人生紧密相联的文字,理解苏轼在逆境中获得的生活艺术与智慧,从而认识这位拥有多重身份、才华横溢的伟大作家。

费扬在翻译《东坡赋》后,又于 2010 年完成《东坡记》② 的翻译,并由巴黎 Les Belles Lettres 出版社出版,收入"汉文法译书库"(La Bibliothèque chinoise)。这部《东坡记》译本为汉法对照本,其中翻译了苏轼的全部记体散文,共计 61 篇。费扬认为《东坡记》是在苏轼全部文学创作中哲学性最强的部分,同时表明苏轼对于政治的态度,而且文中包含苏轼的许多新想法,苏轼在这种特殊的中国古代文学体裁中,既尊重官方命题文学的局限,又在主题上最大限度地拓展自己创作的可能,融入对自然风物的描绘和对世道人生的冥思,充分展现了他的文学才华。《东坡记》除长篇序言外,每篇"记"前均附有简短文字介绍,译文注释也翔实丰富,是学术性很强的一部译作,也是一部难得的大部头高质量译本。

21 世纪以来,中国古代散文法译在短短十年中在延续翻译传统的基础上积极开拓,成绩卓著,翻译新领域与新主题的出现标志着中国古代散文在法国的译介开启了稳中求进的新篇章,显示出中国古代散文在法国的翻译与接受的勃勃生机。

一方面,山水游记和清言语录的翻译传统在赫美丽的主导下得

---

① Su Shi, *Su Dongpo: Sur moi-même*, trans. Jacques Pimpaneau, Arles: Philippe Picquier, 2003, p. 25.

② Su Shi, *Les Commémorations de Su Shi*, trans. Stéphane Feuillas, Paris: Les Belles Lettres, 2010.

到延续，赫译《自然天堂：中国园林散文》《娑罗馆清言》《荆园小语》相继出版。《自然天堂：中国园林散文》承接《袁宏道：云与石（散文）》和《风形：中国风景散文》，以中国古代园林为切入点，展现古代园林的景观风致与设计美学、古代文人的艺术生活以及园林山水所蕴含的哲学思想；《娑罗馆清言》《荆园小语》两部译作承接《菜根谭》《幽梦影》，《娑罗馆清言》以文雅的语言和精巧的书写展现古文之美，通过佛教思想阐释人生哲理；《荆园小语》则以更具个体性和批判性的表达，抒发对伦理道德、美学情感、佛教思想和生活艺术的思考。赫美丽的这三部新译作是对她本人20世纪下半叶翻译探索与实践的延展。赫美丽在三十年的翻译生涯中共翻译8部中国古代散文作品，占中国古代散文法译本总数的42%，在她的推动下，山水游记与清言小品的翻译从无到有，从有到多，可以说，这两类散文能够成为20世纪下半叶中国古代散文法译的主流，并在21世纪仍占有一席之地，赫美丽可谓功不可没。

另一方面，以费扬、班文干为代表的法国汉学家分主题、分文体地对苏轼的散文进行译介，出版了《东坡赋》《苏东坡：关于自我》《东坡记》三部译作，不但使苏轼成为唐宋八大家中在法国流传度最广的文人，也使苏轼散文译介成为进入21世纪以来中国古代散文法译的新热点和新亮点。费扬的《东坡赋》翻译了苏轼一生创作的所有赋，这不仅是法国第一部苏轼散文的单行本，也是自马古烈所译《〈文选〉中的赋》后，时隔80余年辞赋类古代散文译本在法国的再次出版。《苏东坡：关于自我》以苏轼的仕途坎坷与文学成就间的关系为主线，选译苏轼代表性的诗文篇章，展现苏轼多重身份下的无限才华与思想。《东坡记》则是费扬继《东坡赋》后再次发力，以"记"的文体为切入点，展现苏轼作品中哲学性最强的部分，同时揭开苏轼对自然风物的描绘和对世道人生的思考。值得注意的是，最早费扬本人仅为苏轼研究专家，之后才开始从事具体的翻译工作，可谓其苏轼研究在先，苏轼翻译在后，而且费扬翻译苏轼散文的部分原因也在于其汉学研究的需要，而他的译本出版后又推动了他汉学研究的进程，可谓是"译""研"互为因果、相互推动的一个典范实例。而在费扬与班文干的推动下，苏轼散文译本占据了21世纪以来中国古代散文法译的半壁江山，中国古代散文在法国的翻译也逐渐开始了由散文选集的翻译到作家专题翻译的转向，并且体现出由面到点不断向纵深发展的态势。

第二部分

译者研究：中国古代散文法译的策略与选择

中国古代散文翻译历程在法国已走过一个世纪。在百年间，法国翻译工作者首先要面对法国读者尚不了解中国古代文体这一现状，同时还要对中国古代散文在三千多年发展史中积累的无数散文篇章进行甄选。本部分将以马古烈、赫美丽、费扬三位20世纪以来最具代表性的中国古代散文法译者为研究对象，阐述法国译者在历史语境中对翻译文本的选择和对翻译策略的运用，研究法国译者对中国古代散文有意识的接受与阐释方式，并深入分析不同历史条件下译本功能、译本地位以及翻译的原则、标准与倾向。

第 三 章

整体翻译:马古烈翻译研究

马古烈(Georges Margouliès,1902—1972)是俄罗斯裔法国汉学家。他师从法国著名汉学家伯希和攻读巴黎大学文学博士学位,毕业后任巴黎东方语言学院(l'école des langues orientales)中国文学教授。马古烈精通多国语言,在中国古代散文方面著述颇丰,他的《中国文学史:散文卷》(1949)是欧洲第一部中国散文史,也是法国目前出版的唯一一部中国古代散文史;此外,他还著有《〈文选〉中的赋》(1925)、《中国艺术散文的演变》[1]、《中国文学史:诗歌卷》[2] 等书。作为20世纪上半叶唯一一位在中国古代散文领域深耕细作的法国汉学家,马古烈有《中国古文选》和《〈文选〉中的赋》两部中国古代散文译本问世。

第一节 翻译对象的借鉴与选取

马古烈于1926年出版的《中国古文选》(*Le Kou-wen chinois: recueil de textes avec introduction*)是法国迄今为止翻译体量最大的一

---

[1] Georges Margouliès, *Evolution de la prose artistique chinoise*, Munich: Encyclopadie Verlag, 1929.

[2] Georges Margouliès, *Histoire de la Littérature chinoise: poésie*, Paris: Payot, 1951.

部中国古代散文选集。书中译文以朝代为纲,从《春秋公羊传》开始到明代张溥的《五人墓碑记》为止,共编译散文 120 篇,基本涵盖了中国古代各时期代表性散文家的著名篇目,如《过秦论》《出师表》《兰亭集序》《桃花源记》《五柳先生传》《滕王阁序》《阿房宫赋》《师说》《祭鳄鱼文》《岳阳楼记》《朋党论》,等等。

一 拉丁语、英语、德语译本的参考

马古烈对于翻译对象的选择充分借鉴了《中国文化教程》①《古文选珍》②《中国文学史》③ 三部欧洲著名中国古文著作的译介经验与成果。他在《中国古文选》的序言中写道:"书中一部分是根据晁德莅编写的《中国文化教程》第四卷中的拉丁译文译出,另有一部分是根据翟理斯所写《古文选珍》中的英语译文译出。此外我们还借鉴了顾路柏的译本,本书所借鉴的十篇古文大部分被收录于我的著作《中国文学史》之中。以上三部著作基本是关注这一文体的主要欧洲著作。"④

为了便于更加清楚地了解和研究马古烈《中国古文选》中每篇参考译文的资料来源,特列表如下,具体内容见表 1(参考译文为散文片段,以"选译"标注;译文是对古文原文的概述或摘要,以"摘要"标注):

表 1 　　　　　《中国古文选》参考译文资料来源

散文作者/史书选集	散文题名	马古烈自译	Cursus Litteraturae Sinicae	Gems of Chinese Literature	Geschichte der Chinesichen Literatur	Textes Historiques	其他
公羊高	宋人及楚人平		√				

---

① Angelo Zottoli, *Cursus Litteratuae Sinicae*, Shanghai: Tou-se-we, 1879.
② Herbert Allen Giles, *Gems of Chinese Literature*, Shanghai: Belly and Walsh limited, 1883.
③ Wilhelm Grube, *Geschichte der Chinesichen Literatur*, Munchen: C. H. Beck, 1902.
④ Georges Margouliès, *Le Kou-Wen chinois*, Paris: Librairie Orientaliste, 1926, p. C.

续表

散文作者/史书选集	散文题名	马古烈自译	*Cursus Litteraturae Sinicae*	*Gems of Chinese Literature*	*Geschichte der Chinesichen Literatur*	*Textes Historiques*	其他
谷梁赤	虞师晋师灭夏阳		√				
礼记	晋献公杀世子申生		√		√选译		
	苛政猛于虎			√			
国语	叔向贺贫		√				
	王孙圉论楚宝		√				
	襄王拒晋文公请隧		√				
战国策	苏秦以连横说秦		√				
	司马错论伐蜀		√				
	邹忌讽齐王纳谏		√				
	齐宣王见颜斶		√				
	赵威后问齐使		√				
	有献不死之药于荆王者			√			
	庄辛谓楚襄王		√		√选译		
	信陵君杀晋鄙		√			√选译	
	秦王使人谓安陵君		√				
	昌国君乐毅		√				
	公输般为楚设机	√					
屈原	卜居		√	√		√	
	渔父		√	√选译	√	√	
	宋玉答楚王问		√	√选译			

续表

散文作者/史书选集	散文题名	马古烈自译	*Cursus Litteraturae Sinicae*	*Gems of Chinese Literature*	*Geschichte der Chinesichen Literatur*	*Textes Historiques*	其他
李 斯	谏逐客书		√	√选译	√	√选译	《中华帝国全志》，杜哈德，t. II, p. 383
	论督责书		√	√			
	言赵高书					√摘要	
文 帝	史记·匈奴列传			√			
	景帝令二千石修职诏		√				《中华帝国全志》，杜哈德，t. II, p. 307
	武帝求茂才异等诏		√	√			
贾 谊	过秦论		√				《司马迁的史记》，沙畹，t. II, pp. 225–231
	论基贮疏					√摘要	《中华帝国全志》，杜哈德，t. II, p. 427
	吊屈原赋						《司马迁〈史记·屈原贾生列传第二十四〉译文与注释》，邦纳，p. 23
晁 错	论贵粟疏		√	√选译		√	
司马相如	谏猎疏		√	√		√摘要	
司马迁	管晏列传		√		√选译		《文体与中文典型指南》，莫安仁，pp. 117–127
	屈原列传		√		√选译		
	游侠列传序	√					
李 陵	答苏武书		√	√	√		
杨 恽	报孙会宗书		√			√选译	
班 昭	为兄上书	√					
王 粲	登楼赋		√				

第三章　整体翻译：马古烈翻译研究　　91

续表

散文作者/史书选集	散文题名	马古烈自译	*Cursus Litteraturae Sinicae*	*Gems of Chinese Literature*	*Geschichte der Chinesichen Literatur*	*Textes Historiques*	其他
诸葛亮	前出师表		√				
	后出师表		√				
李　密	陈情表		√		√		
刘　伶	酒德颂			√			
王羲之	兰亭集序		√		√		
陶渊明	归去来兮辞		√	√	√		
	桃花源记			√	√		
	五柳先生传	√					
孔稚珪	北山移文	√					
魏　征	谏太宗十思疏						《中华帝国全志》，杜哈德，t. II, p. 506
骆宾王	代李敬业讨武曌檄		√				
王　勃	滕王阁序		√	√			
李　白	与韩荆州书		√				
	春夜宴诸徒弟桃花园序		√				
李　华	吊古战场文		√	√选译	√摘要		
刘禹锡	陋室铭		√	√			
白居易	醉吟先生传	√					
杜　牧	阿房宫赋		√				
韩　愈	原道		√	√选译	√选译	√选译	
	原毁	√					
	获麟解		√	√			
	杂说一	√					
	杂说四				√选译		
	师说	√					
	进学解	√					
	圬者王承福传	√					

续表

散文作者/史书选集	散文题名	马古烈自译	*Cursus Litteraturae Sinicae*	*Gems of Chinese Literature*	*Geschichte der Chinesichen Literatur*	*Textes Historiques*	其他
韩愈	谏迎佛骨表			√选译	√	√	《中华帝国全志》，杜哈德，t. II，p. 525
	后十九日复上宰相书	√					
	与孟东野书	√					
	送孟东野序		√		√选译		
	送李愿归盘谷序		√				
	祭十二郎文		√	√选译	√		
	柳子厚墓志铭			√			
	祭鳄鱼文		√	√			《文体与中文典型指南》，莫安仁，p. 112
柳宗元	驳复仇议			√			
	桐叶封弟辨		√				
	捕蛇者说		√	√选译			
	愚溪诗序	√					
	小石城山记			√			
王禹偁	待漏院记		√				
	黄冈竹楼记		√				
李格非	洛阳名园记	√					
范仲淹	岳阳楼记		√				
司马光	谏院题名记		√	√			
欧阳修	朋党论		√	√		√选译	《中华帝国全志》，杜哈德，t. II，p. 559
	纵囚论		√	√			
	五代史伶官传序			√			
	相州昼锦堂记		√				

续表

散文作者/史书选集	散文题名	马古烈自译	*Cursus Litteraturae Sinicae*	*Gems of Chinese Literature*	*Geschichte der Chinesichen Literatur*	*Textes Historiques*	其他
欧阳修	丰乐亭记		√				
	醉翁亭记		√	√	√		
	秋声赋		√	√			
	祭石曼卿文			√			
苏洵	管仲论	√					
	六国论	√					
苏轼	刑赏忠厚之至论	√					
	贾谊论	√					
	晁错论	√					
	喜雨亭记		√	√选译			
	凌虚台记		√	√			
	石钟山记			√			
	潮州韩文公庙碑			√			《文体与中文典型指南》，莫安仁，pp. 132–140
	前赤壁赋		√	√	√		
	后赤壁赋		√	√	√		
	黠鼠赋			√			
苏辙	六国论	√					
曾巩	寄欧阳舍人书		√				
	读孟尝君传		√	√			
王安石	同学一首别子固	√					
	祭欧阳文忠公文	√					
周敦颐	爱莲说			√			
文天祥	正气歌			√摘要			
宋濂	阅江楼记		√				
刘基	司马季主论卜			√摘要			

94　第二部分　译者研究：中国古代散文法译的策略与选择

续表

散文作者/史书选集	散文题名	马古烈自译	Cursus Litteraturae Sinicae	Gems of Chinese Literature	Geschichte der Chinesichen Literatur	Textes Historiques	其他
方孝孺	深虑论		√	√选译			
商　辂	茅焦论	√					
王守仁	尊经阁记	√					
	瘗旅文		√				
唐顺之	信陵君救赵论	√					
张　贞	明史209"臣夫继盛误闻市井之言，尚狃书生之见"			√			
许　獬	古砚说			√			
张　溥	五人墓碑记	√					

据表1所示，《中国古文选》中马古烈共编译中国古代散文120篇，其中马古烈自行从古汉语原文译为法语的有27篇，其余93篇法语译文中有29篇单独参考《中国文化教程》中的拉丁语译文，17篇单独参考《古文选珍》中的英语译文，1篇单独参考《中国文学史》德语译文，另有46篇马古烈选择同时参考上述三部译著中的两部或三部。除上述三部译本是其主要参考译著外，马古烈参考的译著还包括：法国耶稣会士戴遂良（Léon Wieger，1856—1933）所著法汉对照本《历史文献：儒释道》①、法国耶稣会士杜哈德编著的《中华帝国全志》（卷二）、法国汉学家沙畹的译著《史记》卷二、英国传教士莫安仁（Evan Morgan，1860—1941）的《文体与中文典型指南》② 以及德国学者西奥多·邦纳（Theodor Bönner，？—？）的《司马迁〈史记·屈原贾生列传第二十四〉译文

---

① Léon Wieger, *Textes Historiques*: *Confucianisme*, *Taoisme*, *Buddhisme*, Xian: Imprimerie de la Mission catholique, 1930.

② Evan Morgan, *A Guide to Wenli Styles and Chinese Ideal*, Shanghai: Christian Literature Society for China, 1912.

与注释》①。马古烈在《中国古文选》序言中所写的一句看似平淡的"以上三部基本是关注这一文体的主要欧洲著作"②,实则极具分量。

马古烈参考最多的是拉丁语译著《中国文化教程》。该书作者晁德莅（Angelo Zottoli,1826—1902）是意大利耶稣会士,他于1848年来华,1852年至1866年间担任圣依纳爵公学（即徐汇公学）教务长,正是在这一时期,他用拉丁文编译了五卷本《中国文化教程》,并于1879年至1883年间出版。《中国文化教程》的编写工作属于"江南科学计划"的一部分,该计划由当时在徐家汇的新耶稣会士主导,目的是编写一套涵盖中国的天文气象、自然科学、社会民情等方面的丛书,晁德莅负责汉语教学的部分,后成书为五卷本的《中国文化教程》。这部教程为五年学制而写,从第一年至第五年依次设入门班、初级班、中级班、高级班和修辞班,所学内容从白话文、俗语、小说、四书五经到《左传》、散文、诗歌、辞赋,等等,前三年注重为学生打好古文基础,理解儒家典籍和中国文学文化传统,后两年则注重提升语言综合运用能力,提高学生的文学素养。《中国文化教程》作为培养神职后备人员和在华欧洲人的汉语教材,不但在选文上注重遵循中国古文传统,选择的多为名作佳篇,而且在教学理念上倡导循序渐进,既科学又系统。也正因如此,《中国文化教程》成为19世纪欧洲颇具影响力的中文—拉丁文两种语言的对照教材,也成为马古烈在翻译《中国古文选》时参考最多的文本材料。

马古烈参考的另一部重要欧洲汉学译著是英文译著《古文选珍》,它的作者翟理斯（Herbert Allen Giles,1845—1935）是英国驻华外交官、汉学家,在剑桥大学中文系任教达35年之久,研究领域为中国语言、文化、文学研究。《古文选珍》出版于1883年,是翟理斯的第七部中国语言和文学译本,在这之前已有《两首中国诗》

---

① Theodor Bönner, *Übersetzung des Zweiten Teiles der 24. Biographie Seu-Mà Ts'ien's (Kià-I) Mit Kommentar*, Berlin: Friedrich Wilhelms Universitat, 1908.

② Georges Margouliès, *Le Kou-Wen chinois*, p. C.

《三字经》《女千字文》《佛国记》《聊斋志异》等译作出版，翟理斯为《古文选珍》选取了中国古代各个朝代中著名散文家的代表性作品，选取其中的部分片段进行翻译，以这种方式第一次向英国读者呈现了中国古代散文的基本面貌。远东报纸《先锋》（Pioneer）在评论文章中写道："英语读者苦苦搜寻，却都无法找到关于中国总体文学的只言片语，最近出版的《古文选珍》正好弥补了这一缺憾。"① 因此，《古文选珍》作为首个整体介绍中国古文的英语译本具有里程碑的意义，成为马古烈编译《中国古文选》时重点参考的对象。

马古烈参考的第三部欧洲汉学著作是由德国著名汉学家顾路柏（Wilhelm Grube，1855—1908）所写的《中国文学史》。顾路柏生于俄罗斯圣彼得堡，后在莱比锡修读哲学和语言学，后师从德国汉学大师嘎伯冷兹（Georg von der Gabelentz，1840—1893），因其对中国古代哲学典籍的翻译和研究被授予博士学位和教授资格。1883年，顾路柏在嘎伯冷兹的推荐下前往柏林民俗博物馆工作，成为德国博物馆业中的首位东亚研究专家。从1885年夏天起，顾路柏任柏林大学兼职教授，一方面加强博物馆和汉学系之间的合作，一方面开展东亚语言系列讲座，并教授汉语、满语、蒙古语，开设民俗学等课程。顾路柏的研究方向众多，但他在汉学研究中的主要成就集中于中国文化和文学研究，译有《封神演义》等文学作品，著有《北京民俗学》②《中国的宗教礼俗》③《中国文学史》等书。他撰写的《中国文学史》是德国第一部全面论述中国古代文学史的大部头著作（约470页），也是德国第一部由汉学专家写成的中国文学史。该书共分十章，除导言外，书中内容涉及孔子、老子、道家及其古代文学巨著，也涉及汉代、唐代、宋代的文学以及宋元时期的戏剧与明

---

① 《翟理斯》，华人百科，2016年1月1日，https://www.itsfun.com.tw/%E7%BF%9F%E7%90%86%E6%80%9D/wiki-0038975-6075855，2019年10月12日。

② Wilhelm Grube, *Pekinger Volkskunde*, Berlin: W. Spemann, 1901.

③ Wilhelm Grube, *Religion und Kultus der Chinesischen*, Leipzig: R. Haupt, 1910.

清时期的小说；书中引用了中国文学的大量译文，材料十分翔实丰富，正是得益于这部论著的出版，德国读者得以接触并了解中国文学的发展脉络。

　　通过对上述三部欧洲关于中国古文著作的介绍，我们发现，晁德莅长期在中国传教，不但办学为教廷培养神职后备人员以及在华人才，而且为来华传教士和在华储备传教人员提供教育与培训，他精通古文，编撰的《中国文化教程》被在华传教士广泛使用，拥有很高的知名度，被认为是学习汉语和了解中国文化的必备教材。英国的翟理斯多年在剑桥大学任教，是研究先秦经典的专家，在语言教材、翻译、工具书、杂论四类著书中均有建树，终身为推广中国的语言与文化而努力，在欧洲汉学界享有极高的声誉。德国的顾路柏创建东亚文化博物馆，推广女真文化，在中国文化、民俗方面著述颇丰，他对中国文化涉猎较广，特别是对中国民俗的研究细致深入，且具有较强的针对性。他们三人中的两位是在汉学界工作多年的专家学者，另一位是在传教前沿的负责人，他们都在中国文学与文化的翻译和研究中取得了显著成就，对中国文学与文化在欧洲的传播具有重要影响。就三部古文著作本身的价值而言，《中国文化教程》成为19世纪欧洲颇具影响力的中文—拉丁文对照教材，《古文珍选》填补了中国文学总览的空白，《中国文学史》则顺应德国的汉学热潮，以通俗易懂的方式呈现给更多的读者。三部著作在对中国古代散文理解的深度和广度上均取得了前所未有的突破性进展，是中国古代散文欧洲学术性译本的开先河之作，具有里程碑式的意义，也代表了当时欧洲对中国古代散文翻译的最高水平。可见，选择这三部译著作为主要参考译本的马古烈具有精深而独到的学术眼光，这三部已有译著不仅对马古烈《中国古文选》的选文具有直接的参照意义，而且在对已有英语、拉丁语、德语译文与注释的互相对照过程中给予马古烈法语翻译最直接、最有效的具体帮助与参考。

二 中国古文编写传统的选文标准与思路

马古烈在编撰翻译《中国古文选》之初即需要确立选文的标准与思路。他认为应当选择翻译在中国广为流传、家喻户晓的经典必读范文,同时应兼顾到不同文体和内容,还要适当考虑法国读者容易理解的带有解释性文字的篇目。他在译本序言中写道:"本书中的古文均出自中国古代最为著名的古文选集——《古文观止》《古文析义》与《古文评注》,必要时将它们进行比对后才开始翻译。"①

《古文观止》是清人吴楚材、吴调侯于康熙三十三年(1694)选定的古代散文选本,是私塾学子研习古文的入门教科书,凡是对古文有研究者必读,可与《唐诗三百首》相媲美,自刊行以来经久不衰、流传甚广。《古文观止》收录自东周到明代的文章222篇,共分12卷,内容以散体文为主,兼取骈体文。《古文析义》成书时间早于《古文观止》,于康熙二十一年至二十六年(1682—1687)面世,该书分为初编和二编,由林云铭编著,收录自周代至明代的古文。其中初编234篇,内含144篇与《古文观止》选文一致;二编330篇,内含49篇与《古文观止》一致,由此可见《古文析义》与《古文观止》间的继承与延续关系。《古文评注》由过珙编著,基本上因袭《古文观止》,从《古文观止》中选编而后加以评注,对左传、公穀、庄檀等文言文进行了重新标点、注释。在《中国古文选》附录三中,马古烈还详细列举了他所参考的中国文献,包括《古文析义》《古文渊鉴》《古文观止》《聚秀堂古文》《古文启蒙初编》《古文雅正》《古文释义》《古文辞类篹》等古文选集,并对每部选集的成书、内容、选文倾向、评注释义等做了介绍。

此外,马古烈基于《古文观止》《古文析义》《古文评注》确立了《中国古文选》的翻译篇目列表之后,又根据自己对古文的理解与判断添加27篇古文,添加先秦的1篇,汉代的3篇,魏晋的2篇,唐

---

① Georges Margouliès, *Le Kou-Wen chinois*, p. C.

代的9篇，宋代的9篇，明代的3篇，其中，唐代9篇古文中7篇为韩愈的散文，宋代的9篇中6篇为三苏的散文，他特别将《古文观止》中未出现的苏洵、苏辙二人的散文作品纳入自己的编选篇目中。

马古烈在制定选文标准和选择要翻译的散文篇目时，不但参考了《古文观止》《古文析义》《古文评注》，而且他认为三部文选在其法译本选文过程中，各自发挥着不同的作用：

> 《古文析义》是我参考最多的文本，这部文集给予高雅文学极大的关注……其中的注释很不充分，但每篇古文后的小记不失为很好的材料。[1]
>
> 《古文观止》的注释比《古文析义》的更好，当一篇散文在两部文集中都有出现时，我们通常倾向于首选《古文观止》中的注释。《古文观止》的内容在相当程度上与《古文析义》相同，但前者篇幅更小，且不包含《古文析义》中属于完全诗意的篇章。[2]
>
> 《古文评注》可能在所有我们提及的古文选中，是注释部分最好的，其中的评点对我们而言有很大的帮助。[3]

由此可见，马古烈对选文标准和所参考古文选有相当清晰的认识：第一，《古文析义》所含散文最多，因此作为选文的基础参考也最多，也可以最大限度地保证选文质量的高水准，以及文体和内容的多样性与丰富性；第二，《古文观止》虽篇幅较短，但注释部分比《古文析义》丰富，且所含篇章与《古文析义》多有重叠，因此可以作为选文的佐证依据，且在有相同文章时优先参考注释更多的《古文观止》，以便于法国读者的理解；第三，《古文评注》的散文

---

[1] Georges Margouliès, *Le Kou-Wen chinois*, p. CXI.
[2] Georges Margouliès, *Le Kou-Wen chinois*, p. CXII.
[3] Georges Margouliès, *Le Kou-Wen chinois*, p. CXIII.

承袭于《古文观止》，且着重注释和评论，其中的批评性解释能够作为更加深入理解中国古代散文的依据，同时也可以成为《中国古文选》译文中注释的重要依据。此外，马古烈自选古文 27 篇加入选文篇目之列，并将苏洵、苏辙二人的散文作品放入其中，这一做法不仅极大地突出了唐宋八大家在中国古代散文中的地位，也体现了马古烈本人独到的学术眼光与他的个人偏好，尤其反映出他对韩愈、苏轼二人散文的情有独钟，这与马古烈一直以来对二人的高度赞赏与评价相一致。马古烈自认为"已查阅了当时在巴黎能发现的所有文选"[①]，并在深入理解的基础上取长补短，集各文选之所长，构建了《中国古文选》的翻译目录与选文内容，可谓是煞费苦心。

至此，我们对马古烈翻译《中国古文选》采取的选文标准有了清晰的认识。首先，马古烈根据《古文观止》《古文析义》《古文评注》的选文标准，并以其汉学家的眼光有意识地增加唐、宋散文的翻译篇目；其次，马古烈在此基础上，参考《中国文化教程》《古文珍选》《中国文学史》三部欧洲不同语言的译著译文，为他中国古代散文的法语翻译和编选提供了切实的帮助。从马古烈的这一选文标准的研究中，可以发现四个明显的特点：其一，《中国古文选》法译本并非承袭欧洲古文译本的已有内容，相反，马古烈遵循的是中国古代文学传统学术路径，选择翻译的是古文历经千年的历程后沿袭而来的精华；其二，在中国古文传统的基础上，在翻译散文的具体方法上参考欧洲极具分量的拉丁语、英语、德语三部译本，由此既提高了翻译中国古代散文的效率，又为译文与注释的理解提供了双重参照与保障；其三，马古烈在中国古文传统规范的基础上"有意识"地添加了 27 篇中国古代散文，并根据古汉语原文直接译为法语，充分体现了马古烈的学术眼光与学术抱负，亦说明他的中国古代散文法译本并非"拿来主义"的产物，其中凝结了马古烈作为译者与汉学家的双重思考与心血；其四，正是由于译者在选文标

---

① Georges Margouliès, *Le Kou-Wen chinois*, p. CXVI.

准、译文参考、个人翻译篇目增添三方面做出的不懈努力,作为中国古代散文首个法译本的《中国古文选》一经问世便跻身于欧洲古代散文权威译本之列,成为法国中国古代散文研究不可多得的重要译本,在此后长达一个多世纪的时间里,再无其他法译本能在体量上与之争锋。

第二节 翻译方法的选择与效果

马古烈的译文有强烈的个人风格,确切地说,是逐字逐句地翻译,力求在字词含义上完全还原古文原文的翻译方法。我们首先选取《中国古文选》中《洛阳名园记》《愚溪诗序》《春夜宴从弟桃花园序》三篇译文来考察马古烈逐字直译的翻译方法和特点,分析他是如何在字词含义上力求还原古文原文的,并通过不同文本的对比分析来探究他所采用的翻译方法,随后对个中原因进行分析。

一 字字对应的直译方法

马古烈译文最为突出的特点首先是逐字逐词直译,并且力求译文的字句顺序与原文保持一致。我们选取《春夜宴从弟桃花园序》[1]作为示例,为了更好地说明马古烈这一翻译方法,我们将后来法国汉学家赫美丽2001年再次翻译的这一篇目放置在一起进行比较。

原文:

春夜宴从弟桃花园序

夫天地者,万物之逆旅也;光阴者,百代之过客也。而浮生若梦,为欢几何?古人秉烛夜游,良有以也。况阳春召我以烟景,大

---

[1] 《春夜宴从弟桃花园序》原文参见(清)吴楚材、吴调侯《古文观止》,中华书局2011年版,第516—517页。马古烈译文参见 Georges Margouliès, *Le Kou-Wen chinois*, pp. 159-160。赫美丽译文参见 Martine Vallette-Hémery (trans.), *Les Paradis naturels: jardins chinois en prose*, Arles: Editions Philippe Piquier, 2001, pp. 24-25。

块假我以文章。会桃花之芳园,序天伦之乐事。群季俊秀,皆为惠连;吾人咏歌,独惭康乐。幽赏未已,高谈转清。开琼筵以坐花,飞羽觞而醉月。不有佳咏,何伸雅怀? 如诗不成,罚依金谷酒数。

马古烈译文:

NOTICE DU FESTIN FAIT PAR UNE NUIT DE PRINTEMPS
AU JARDIN DES PêCHERS ET DES CERISIERS

Le ciel et la terre, ce sont les demeures momentanées des dix mille choses. La lumière et l'ombre [le temps], ce sont des hôtes passagers des cent époques et notre vie flottante est comme un rêve. Combien de temps avons-nous pour le plaisir? Si les anciens voyageaient la nuit, tenant des torches allumées, c'est certainement à cause de cela.

Combien plus [maintenant] que le chaud printemps nous attire par son aspect et le ciel et la terre nous prêtent leur beauté; nous sommes réunis dans un jardin parfumé de péchers et de cerisiers et nous accomplissons l'oeuvre joyeuse de la fraternité.

Mes cadets sont des lettrés de talent, ils sont tous des [Sie] Houei-lien. Moi, je chante des chansons et seul honte devant [le marquis] de K'ang-lo [ne pouvant être comparé]. La réjouissance poétique n'est pas encore terminée, la conversation élevée devient de plus en plus pure. On déroule de belles nattes pour s'asseoir parmi les fleurs, on fait voler les coupes comme des plumes et on s'enivre sous la lune.

[Mais] s'il n'y a pas de belle composition, comment peut-on exprimer tous ces beaux sentiments? [On fait un concours poétique et si] le poème n'est pas écrit, on punit d'après le nombre [de coupes] à boire de [la réunion] de la Vallée d'Or.

赫美丽译文:

BANQUET D'UNE NUIT DE PRINTEMPS AU JARDIN
DES PECHERS ET POIRIERS

Le monde est une auberge pour les dix mille créatures, le temps un voyageur qui erre d'age en age. Notre mouvante vie passe comme un rêve, que peut y durer le plaisir? Ils le savaient fort bien, les anciens qui s'amusaient la nuit à la lueur des bougies.

　　Le printemps nous convie sous son radieux éclat, la terre nous offre ses motifs d'inspiration. Réunis entre frères dans ce jardin parfumé par les pêchers et les poiriers en fleurs, nous savourons l'affection qui nous lie. Si mes jeunes frères sont aussi doués que Huilian, mes propres poèmes, hélas, n'égalent pas ceux de son aîné Kangle. Notre émerveillement en cette retraite est infini, nos propos élevés reflètent nos cœurs purifiés. Nous déployons des nattes sur le sol pour nous asseoir au milieu des fleurs. Nos coupes volent comme si elles avaient des ailes et nous enivrent sous la lune. Comment épancher la noblesse de nos sentiments sinon dans de beaux poèmes? Ceux qui n'en achèvent pas sont condamnés, comme dans le Jardin du Val d'Or, à vider trois coupes de vin.

　　原文首句："夫天地者，万物之逆旅也；光阴者，百代之过客也。"马古烈在译文中以"Le ciel et la terre"对应"天地"、"dix mille choses"对应"万物"、"la lumière et l'ombre"对应"光阴"、"hôtes passagers"对应"过客"、"cent époques"对应"百代"，不仅是词语对应，更是做到逐字对应、逐句翻译；相比而言，赫美丽译本使用"le monde"（世界）、"dix mille créatures"（万物）、"le temps"（时间）、"un voyageur"（旅人）、"d'age en age"（一代代），用词达意，但并不追求字与字之间的一一对应关系。又如："浮生若梦"，马、赫二人虽都为直译，但马古烈译文"notre vie（生）、flottante（浮）、est comme（若）、un rêve（梦）"以字面意思逐字译出，赫美丽的"Notre mouvante vie passe comme un rêve"（我们飘荡的人生过得就像一场梦）则并未强调"漂浮"这一字面意义，而是代以"mouvant"（动荡、飘荡）译出。再如："不有佳咏，何伸雅怀？"马译："s'il n'y a pas（不以）de belle（佳）composition（咏），comment（何）peut-on exprimer（伸）tous ces beaux（雅）sentiments

(怀)?"赫译:"Comment épancher la noblesse de nos sentiments sinon dans de beaux poèmes?(倘若不在优美的诗歌中,又如何倾诉高尚的感觉)"可以看出,赫并未如原文一般分为上下两句,且调换了原文两句的顺序,"何伸雅怀"在前,"不有佳咏"在后。马古烈译文逐字对应、逐词对应,且基本依照字面意思进行翻译的方法是他译文最为突出的特点。此外,他还有意保留原文的语句顺序,使译文中各句的顺序与原文保持一致,可谓是在字、词、句、段四个层面都做到一一对应。

二 以括注内容补足语义成分

由于汉语句短,较少使用复合结构,而法语句长且从句较多,因此,在逐字翻译时常常会出现译文不符合法语语法或缺少句中必要成分的现象。为解决这一问题,译者通过在译文中添加括号,将所缺成分放置其中给予补充,这样即凸显了对原文的对应,将原文对应字与译者所加字区分开,又使句子符合法语语法结构。

原文①:

洛阳名园记

洛阳处天下之中,挟崤渑之阻,当秦陇之襟喉,而赵魏之走集,盖四方必争之地也。天下当无事则已,有事,则洛阳先受兵。予故尝曰:"洛阳之盛衰,天下治乱之候也。"

方唐贞观、开元之间,公卿贵戚开馆列第于东都者,号千有余邸。及其乱离,继以五季之酷,其池塘竹树,兵车蹂践,废而为丘墟。高亭大榭,烟火焚燎,化而为灰烬,与唐俱灭而共亡,无余处矣。予故尝曰:"园囿之废兴,洛阳盛衰之候也。"

且天下之治乱,候于洛阳之盛衰而知;洛阳之盛衰,候于园囿

---

① 《洛阳名园记》原文参见(清)吴楚材、吴调侯《古文观止》,中华书局 2011 年版,第 699—701 页。马古烈译文参见 Georges Margouliès, *Le Kou-Wen chinois*, pp. 237 - 238。

之废兴而得。则《名园记》之作,予岂徒然哉?

呜呼!公卿大夫方进于朝,放乎一己之私以自为,而忘天下之治忽,欲退享此乐,得乎?唐之末路是已。

马古烈译文:

POSTFACE DE LA NOTICE DECRIVANT LES JARDINS CELEBRES DE LO-YANG

Lo-yang est situé au milieu de l'empire. Il est resserré entre les limites des passes Hiao et Min, il se trouve au poiut stratégique〔du passage〕de Ts'in à Long et au carrefour de Tchao et de Wei, par conséquent, c'est un endroit pour〔la possession duquel〕lutteront certainement〔les gens〕de tous les quatre〔coins du monde〕. A l'époque où l'empire est tranquille, cela est bien; dès qu'il y a des troubles, c'est Lo-yang qui est toujours le premier à recevoir les armes. c'est pourquoi je disais souvent: La prospérité ou le déclin de Lo-yang marque le bon gouvernement ou le trouble dans l'empire.

Pendant les années Tchen-kouan et K'ai-yuan des T'ang on dit qu'il y avait plus de mille installations officielles de grands dignitaires, ministres, nobles, membres de la famille impériale, qui y ont ouvert des lieux de présence et se sont installés dans la Capitale de l'Est.

Mais arrivés aux troubles suivis des cruautés〔commises〕par les cinq petites dynasties, ses étangs et ses marais, ses bambous et ses arbres furent piétinés et écrasés par les chars de guerre, furent détruits et formèrent des monceaux de ruine, ses hauts pavillons et ses grandes terrasses furent brûlés et saccagés par le feu et se transformèrent en cendres. Tout périt avec les T'ang et disparut ensemble sans qu'il n'en reste rien. c'est pourquoi je disais souvent: l'établissement ou l'abolition des parcs et des jardins marque la prospérité ou le déclin de Lo-yang.

Que si le bon gouvernement ou les troubles de l'empire sont marqués par la prospérité ou le déclin de Lo-yang et que nous savons que la prospérité ou le declin de Lo-yang sont marqués par rétablissement ou l'abolition des jardins, cela obtenu, comment alors, en composant la notice des jardins célèbres, aurais-je fait une œuvre innutile?

Hélas! Les grands dignitaires, ministres ou hauts fonctionnaires, au moment d'entrer à la cour s'abandonnent à leurs intérêts particuliers, agissent pour eux et oublient le gouvernement de l'empire; si soudain ils désirent se retirer pour jouir [de leur bien], le pourront-ils? La dernière étape des T'ang, c'était bien cela.

首段中"盖四方必争之地也"一句，马古烈译为"par conséquent, c'est un endroit pour [la possession duquel] lutteront certainement [les gens] de tous les quatre [coins du monde]"（因此，这是[世界的]四个[角落]的[人们]为了[将其占有]而必然争夺的一个地方）。在处理时，译者首先以关系代词引导的从句引出目的"占有"，再补充"必争"的主语是"人们"，同时解释"四方"为"世界的四个角落"，通过将原文的简单句扩充为主从复合句的方式，在其中添加语法、意义上需要补充的部分。再如《春夜宴从弟桃花园序》中"光阴者，百代之过客也"与"如诗不成，罚依金谷酒数"两句，第一句译者直译"光阴"为"La lumière et l'ombre"，但若只翻译字面含义，法国读者并不能领会光阴代指时间之意，因此采取括号中添加引申意义的做法，点明光阴即指时间。第二句涉及的问题是主语省略与典故的运用。译文"[On fait un concours poétique et si] le poème n'est pas écrit, on punit d'après le nombre [de coupes] à boire de [la réunion] de la Vallée d'Or"（[大家比赛作诗，如果]诗没作成，就按照金谷[聚会]的[酒杯]数罚喝酒）中，"诗"的主语是夜宴的兄弟，且作诗有切磋赏玩之意，这在原文中并未道明，因此译者添加"大家比赛作诗"这一前提。"罚依金谷酒数"一句含有典故，"金谷酒数"是指若宴会中的某人写不出诗来，就要按照古代金谷园的规矩罚酒三觞，金谷园是晋代石崇于金谷涧（在今河南洛阳西北）中所筑的园林，常在此宴请宾客。其《金谷诗序》："遂各赋诗，以叙中怀，或不能者，罚酒三斗。"后泛指宴会上罚酒三杯的常例。为解释这一典故，马古烈在翻译时仅在译文中补充了"酒杯数"，将"金谷"的典故放在脚注中："La réunion organisée par Che Tch'ong dans la vallée Kin. A cette réunion ceux qui n'arrivaient pas à composer leur poésie devaient comme punition vider trois coupes de vin."（聚会由石崇组织，设在金谷。在聚会中，那些未能作出诗的人需要喝掉三杯酒，以示惩罚。）这样既保证了句子结构的语法、语义完整，同时对篇幅较长的解释用脚注，也保证了译文主体内容的完整和主体结构的简练。

三 用词简单直白

马古烈不但追求译文与原文字字对应，而且在选择词汇与句法时，采取简化的方式，以使译文浅显易懂，但同时也造成译文过于直白、不够文雅的缺点。再以《春夜宴从弟桃花园序》为例，仍然选取马古烈与赫美丽的译文进行比较，便能看出他们在用词与句式上的区别：

原文：夫天地者，万物之逆旅也；光阴者，百代之过客也。

马古烈译：Le ciel et la terre, ce sont les demeures momentanées des dix mille choses. La lumière et l'ombre [le temps], ce sont des hôtes passagers.

赫美丽译：Le monde est une auberge pour les dix mille créatures, le temps un voyageur qui erre d'age en age.

"万物"一词，马古烈用"choses"（事物），而赫美丽用"créatures"（造物）；"过客"一词，马古烈用"hôtes passagers"（经过的客人），这一在法文中颇为奇怪的组合，赫美丽则仅用"voyageur"（旅人）一词，且省略句中谓语；在句法上，马古烈两句均用主系表结构的简单句，而赫美丽第一句为主系表简单句，第二句为省略主句谓语的宾语从句复合句，且使用动词"errer"（漂泊），使得整个句子在结构上富于变化，用词也更为高雅。

又如：

原文：不有佳咏，何伸雅怀？

马古烈译：［Mais］s'il n'y a pas de belle composition, comment peut-on exprimer tous ces beaux sentiments?

赫美丽译：Comment épancher la noblesse de nos sentiments sinon dans de beaux poèmes?

马译中的"il n'y a pas"（没有）、"belle"（美）、"peut-on"（我能）比起赫译的"épancher"（倾诉）、"noblesse"（高尚）、"sinon"（倘若）则显得更为直白、口语化。

再如：

原文：幽赏未已，高谈转清。

马古烈译：La réjouissance poétique n'est pas encore terminée, la conversation élevée devient de plus en plus pure.

赫美丽译：Notre émerveillement en cette retraite est infini, nos propos élevés reflètent nos cœurs purifiés.

马译中"n'est pas encore terminée"（还没有结束）的含义，赫译用"infini"（无止境）这一具有否定含义的形容词对应，更具有简洁性和书面性。而相较赫译以动词"purifier"（使纯净）的被动态修饰名词"cœurs"（心灵），马译中以"de plus en plus pure"（越来越）这一程度副词短语修饰形容词"pure"（纯净），虽保留了原文含义，但所用短语和词组较为直白。

四 译文冗长生涩

尽管逐字对应、逐句对照的直译法简洁、直白，但会造成译文冗长的问题。

原文[①]：

[①] 《愚溪诗序》原文参见（清）吴楚材、吴调侯《古文观止》，中华书局 2011 年版，第 670—674 页。马古烈译文参见 Georges Margouliès, *Le Kou-Wen chinois*, pp. 227-228。

《愚溪诗序》(第一段)

灌水之阳有溪焉,东流入于潇水。或曰:冉氏尝居也,故姓是溪为冉溪。或曰:可以染也,名之以其能,故谓之染溪。予以愚触罪,谪潇水上。爱是溪,入二三里,得其尤绝者家焉。古有愚公谷,今余家是溪,而名莫能定,土之居者,犹龂龂然,不可以不更也,故更之为愚溪。

马古烈译文:

Au sud du fleuve Kouan il y a un ruisseau. Il coule vers l'Est et s'unit à la rivière Siao. Quelques-uns disent: La famille Jan y a habité autrefois. Voilà pourquoi ils ont donné leur nom de famille au ruisseau et l'ont nommé le ruisseau Jan. D'autres disent: il peut teindre. On l'a nommé d'après cette capacité, c'est pourquoi on l'appelle le ruisseau Jan, qui teint [ce sont deux homonymes en chinois]. Moi, par ma stupidité j'ai encouru un chatiment et je fus exilé sur les bords de la Siao. J'ai aimé ce ruisseau, j'ai avancé de deux ou trois li, j'ai trouvé un endroit encore plus beau et j'y fixai ma demeure. Autrefois il y avait une vallée du vieillard stupide. Maintenant je me suis installé près de ce ruisseau et je n'ai pu lui fixer de nom. Ceux qui habitent la région discutent eux aussi et ne sont pas d'accord. Je n'ai pas pu ne pas le changer et alors j'ai changé son nom en celui de ruisseau stupide.

经与原文比较发现,仅"爱是溪,入二三里,得其尤绝者家焉"一句,马古烈以"J'ai aimé ce ruisseau, j'ai avancé de deux ou trois li, j'ai trouvé un endroit encore plus beau et j'y fixai ma demeure"(意为:我喜欢这条小溪,我前进了两三里,我发现了一个更美的地方,于是我在此处建造了我的住所)四个并列句译出,且主语均为"je"(我),这一翻译方式在表达上并不属于法语的常规用法,给人以重复、累赘之感。此外"古有愚公谷,今余家是溪,而名莫能定,土之居者,犹龂龂然,不可以不更也,故更之为愚溪"一句,马古烈译文将之拆分为四句:"Autrefois il y avait une vallée du vieillard stupide. Maintenant je me suis installé près de ce ruisseau et je n'ai pu lui fixer de nom. Ceux qui habitent la région discutent eux aussi et ne sont pas d'accord. Je n'ai pas pu ne pas le changer et alors j'ai changé son nom en celui de ruisseau stupide. "（意为：从前有个愚公谷。现在我在这条溪边住下，我却不能给它定个名字。那些住在这片区域中的人们也议论纷纷却没有统一的意见。我不能不改变它的名字，于是我把它的名字改成了愚溪。）四个句子中不但三个为简单句，而且主语中共出现四次"je"（我）和一次"il y a"（有），整段中每一句的节奏都十分短促，没有根据句意将译文处理为法语书写中常见的长从句，主语多且句子短，又一句接着一句的翻译方式令译文读来颇为生硬，整段译文也变得更长，造成句意简单但译文冗长的效果。由于马古烈首先考虑的是遵循古文的原文，因此以古汉语的结构套用现代法语语法结构。整段、整篇均为同一种表达方式，则会使译文显得冗长、生硬，自然会降低读者的阅读体验。

通过以上文本分析，我们发现马古烈的译本存在逐字直译、添加语义成分、用词直白、译文冗长四个特点。细究一番，这四方面又可分为两类，即逐字直译是其翻译的核心与前提，添加语义成分、用词直白、译文冗长是其辅助翻译手段及结果。具体来说，正是由于马古烈采取逐字直译的翻译方法，为了逐字对应，只好补足原文所缺语义、语法成分，使译文符合逻辑；为了逐字对应，用词上则需要妥协，需要首先考虑词汇的表面含义，隐含意义或引申意义只能通过括号或注解的方式弥补；为了逐字、逐句对应，符合汉语短句的结构，马古烈则不得不将可以合并或套用的从句拆分成若干个简单句，造成译文冗长、生硬的问题。从译文结果上看，《中国古文选》成为一个简单、直白、口语化的译本，且存在译文冗长的问题。但是，通过前文中对马古烈选文标准的分析，马古烈毫无疑问是一位具有深厚古文学养的学院派汉学家。那么他的学术身份与实际译文水平间为何会有出入，其原因何在？这就成为本章探讨的下一个问题。

第三节　历史语境下的整体翻译观

20世纪上半叶，马古烈是唯一一位在中国古代散文译介领域长期耕耘的法国汉学家，他以拓荒者的姿态翻译出版了《中国古文选》与《〈文选〉中的赋》两部中国古代散文选集，其中《中国古文选》涵盖自先秦至明清①各个阶段中国古代散文的代表性篇章，首次将中国古代散文作为一个有机整体呈现于法国读者面前，充分体现了马古烈的整体翻译观，而翻译方法与翻译策略的选择也受历史语境的制约，其最终的翻译结果表现出中法文化互动初期折中翻译的特征。

马古烈曾在《中国古文选》序言的末尾简要提及自己采取的翻译方法：

> 我们的目的仅是介绍这些译文，这些译文将通过展现原文的质量与财富来弥补我们在翻译上的缺失……我们现在想请读者谅解，谅解有时我们的译文存在风格上不明确的问题，这是因为我们宁愿放弃法语的文雅，也不愿放弃与汉语原文的一致性。我们认为，读者能够通过理解古文家的思想（虽与我们的思想不同）而理解一种语言，只要译文基本符合法语语法规范。当然，一旦译文与原文脱离，它将不可能再成为原文的表达，但缺少法语特点的译文段落往往更有利于对古文的灵魂，甚至古文作者的理解。②

可以看出，马古烈在翻译时首要考虑的是译文与汉语原文的一致性，因此在翻译时着力贴近原文，采用逐字直译的翻译方法，力

---

① 《中国古文选》正文收录的散文止于明代，清代散文收录于附录。
② Georges Margouliès, *Le Kou-Wen chinois*, p. CI.

求与原文保持一致。此外，他所说的"缺少法语特点的译文段落往往更有利于对古文的灵魂，甚至古文作者的理解"，即是希望通过逐字翻译的方式尽可能保留原文的意义与结构，同时希望"读者能够通过理解古文家的思想而理解一种语言"。因此，虽然他意识到译文存在"风格不明确的问题"，但认为风格的不明确不但不影响译文的价值，反而在某种程度上更加贴近原文的结构与含义，从而使读者能够更好地理解"古文的灵魂"。

《中国古文选》出版后，《〈文选〉中的赋》也在巴黎由 Librairie Orientaliste 出版社出版，马古烈在该书序言中对他的翻译方法、翻译目的以及选择翻译方法的背景条件做了进一步说明：

> 只有当译者国家的知识分子阶层了解作者本国的政治制度、历史、习俗和文学时，只有当两个文明处于相互的交流与影响中时，只有当一国的文化在另一国的语言与精神中产生影响时，有欣赏能力的读者才可能出现……得益于对外国文明与文学的了解，读者的眼界开阔了，因而可以或多或少地以接近原作者思考的方式（这是唯一合理的方式），欣赏译本。另一方面，若读者有觉悟且有知识储备，而译者在充分尊重原文意义的前提下，就可以找到一种方式，无须被所加注释和解释性词语的累赘所牵绊，表现出原文的艺术效果。
>
> 为了取得这一效果，我们发现对原作者国家的了解是绝对必要的，反之，这种了解仅能通过翻译得到，且这种认识与了解能让读者适应外国作品中不寻常的地方。
>
> 所以，我们现在陷入了一个死循环，唯一的出路似乎是：只要读者尚未完全准备好欣赏外国作品的艺术性，我们就为其提供照本宣科式的翻译（traductions scolaires），只需理解其中的思想，哪怕破坏文雅的形式也没有关系。在《中国古文选》的前言中我们已经提到，不妨在这里再次重申一遍：任何时候我们都有意为了得到文本完整的智慧而牺牲其形式。与其略过困

难去呈现一个中国作品的法国化仿制品,与其专注于翻译的艺术性,却在法国对中国文学的理解毫无助益,我们更倾向于呈现一个几乎直译的译本,尽可能明确地向欧洲人展示出一切可能令人感到陌生的东西。以后某个时候,将会有译者译出更具艺术性的译本,不仅能反映原作的情节脉络,也能展现原作的多重光彩。可以肯定的是,在那个时代,最初的译本最多只能引起他们的一点儿好奇,如若没有现在这个译本——即便它是徒劳的,却也是必要的,翻译最终的目标将永远无法达成。①

马古烈认为,翻译中目的语国家的读者要想欣赏源语国家的作品,首先需要对源语国家的政治制度、历史、习俗、文学等有所了解,只有源语国家与目的语国家在文化上产生互动,读者才可能有意愿、有能力欣赏源语国的文学作品。然而悖论在于,对源语国文化的了解最初仅能通过翻译得到,而不了解源语国文化则无法培养出有欣赏能力的目的语国读者。因此,在产生文化互动的初期,目的语国的读者必将经历一个阶段,即:既不了解源语国的文化,也无法很好地欣赏源语国的文学。为解决这一问题,马古烈只能采取折中的方法,通过如同教科书一般逐字逐句的解释,让读者先理解文本的大意,使译文首先保证意义的传达,在这一阶段只能牺牲文雅的、富有艺术性的形式,不得不"更倾向于呈现一个几乎直译的译本,尽可能明确地向欧洲人展示出一切可能令人感到陌生的东西"。当未来的读者对源语国的文化有一定的知识储备后,自然而然"将会有译者译出更具艺术性的译本"。由此,我们可以发现,马古烈对翻译方法的选择与译本所处的时代背景和读者阅读的接受能力有着密切的相关性。

法国汉学界自 17 世纪起开始译介中国古代文学,逐渐出传教士

---

① Georges Margouliès, Le «Fou» dans le Wen-siuan: étude et textes, Paris: Librairie Orientaliste, 1926, pp. 1-2.

汉学走向学院派汉学，对中国古代文学的研究也逐渐走向系统和深入。到了 20 世纪初，法国汉学通过以儒莲（Stanislas Julien，1797—1873）、沙畹、微席叶（Arnold Jaques Vissière，1858—1930）等为代表的数代汉学家的努力，其研究范式和研究成果获得了世界性的声誉。而法国汉学的主要科研机构也由原来的几所扩展至十数所，学员多达四百多人，研究文献资料的获取手段由间接转为直接，大批一手资料得以发掘，研究人员从传教士转变为专业学者，研究成果也从零星、个别的显现发展为有组织、成体系的有序产出。此外，这一时期还涌现出包括伯希和、马伯乐、葛兰言、列维（Sylvain Lévi，1863—1935）等在内的一大批优秀的学院派汉学家，他们中的许多人都曾到访中国，有的甚至在中国生活多年，专业汉学的系统训练和实地考察的亲身经历使他们积累了深厚的汉学学养，在他们的带领下，中国古代文学在法国的研究和传播取得了很大进展。

与汉学家翻译、研究走向纵深开拓的局面，以及与中国古代诗歌和小说已有一定的读者基础的情况相比，20 世纪初中国古代散文在法国尚属未知的领域。当时尚未有在法国本土出版的中国古代散文译本，已有的法语译本皆在中国出版，且均为针对在华传教士及其储备人员的古文语言教材。因此，与法国学院派汉学家所具有的深厚古文学养与专业训练相比，法国本土的普通读者对中国古代散文的了解尚处于闻所未闻的空白阶段。马古烈的《中国古文选》是在法国出版的第一部中国古代散文选集，作为学院派的汉学家，马古烈并非不具备译出更为文雅、优美、富有艺术性的古代散文的能力，但考虑法国普通读者在 20 世纪初尚未对中国古代散文有所了解、尚无任何知识储备的具体情况，马古烈以原文本为旨归，选择并采取逐字直译的翻译方法，其目的是在最大限度上保证原文含义能够清晰、直观地传达给法国普通读者。因此，马古烈的直译方法是以原文本为导向，是为翻译目的服务的翻译方法。在当时的历史语境下，他将译本作为一个整体，通过语言、内容、结构、思想等各个层面呈现中国古代散文的面貌，使法国读者对这一古代中国文体形成一个概览性的宏观认识，是马古烈作为译者在中国古代散文进入法国初期所采取的折中翻译的选择。从另一个侧面也解释了为何深具学养的学院派汉学家所译译文浅显、直白，甚至冗长、生硬的缘由。

《中国古文选》出版于 1926 年，当时马古烈还是位青年学者。他生于、长于的那个时代正是中国经历巨大政治、社会、文化变革的时期，"反传统、反孔教、反文言"的思想文化革新、文学革命运动正在中国如火如荼地展开。作为第一位出版中国古代散文法译本的汉学家，马古烈对中国古代散文的未来寄予厚望，他曾在书中说："如今的古文显示出衰弱的迹象，因为古文所有的力量和秘密都藏于对词句的运用中，藏在它提供的富含意义的艺术中。但这种衰落将是暂时的……一旦现在的中国摆脱它正在经历的政治、经济危机，一旦生活恢复正常，我们可以确定，古文将以其历经变幻后的面貌重现光彩，并会在璀璨的古文家名单上添上新的名字。只要古文那自然且完美的语言保持不变，只要属于这一语言的人不变，它就会保持完好无损。"[①] 中国古代散文在中国的未来并未如马古烈所预期的那样"重现光彩"，但马古烈在法国开辟的中国古代散文之路，却诚如他所愿，"以后某个时候，将会有译者译出更具艺术性的译本，不仅能反映原作的情节脉络，也能展现原作的多重光彩"[②]。事实如此，20 世纪下半叶法国迎来了更多、更优秀的中国古代散文译者和译本。

---

① Georges Margouliès, *Le Kou-Wen chinois*, p. XL.
② Georges Margouliès, *Le «Fou» dans le Wen-siuan: étude et textes*, Paris: Librairie Orientaliste, 1926, p. 2.

第 四 章

文类翻译：赫美丽翻译研究

赫美丽（Martine Vallette-Hémery，？—）是中国古代散文在法国的主要翻译家之一，但是有关赫美丽的个人信息资料却甚少，据法国国家图书馆数据库（Bnf Data）的资料显示①，赫美丽在1979 年以博士论文《袁宏道（1568—1610）：文学理论与实践》[*Yuan Hong dao*（*1568 - 1610*）：*théorie et pratique littéraires*] 通过答辩，在巴黎狄德罗大学－巴黎七大（Université Paris Diderot-Paris VII）获得博士学位，博士论文导师为桀溺。赫美丽曾在巴黎七大任教，但她更为人熟知的身份是译者，一直致力于中国古代散文、中国现代散文和中国当代诗歌的翻译工作。自 1973 年起，她先后翻译文学作品 15 部，包括：《这样的战士》②《袁宏道：云与石（散文）》《风形：中国风景散文》《十三个故事（1918—1949）》③《冒襄：影梅庵忆语》《悲伤的鸟禽》④《菜根谭》《冥寥子游》⑤《幽梦影》《自然天堂：中国园林散文》《娑罗馆清言》《梦或者黎明》⑥

---

① "Martine Vallette-Hémery", Bnf Data, 2020.01.20, https：//data. bnf. fr/fr/11927513/martine_ vallette-hemery.

② Martine Vallette-Hémery, *Un combattant comme ça*, Paris：Centenaire, 1973.

③ Martine Vallette-Hémery, *Treize récits chinois：1918 - 1949*, Arles：Philippe Picquier, 1987.

④ Martine Vallette-Hémery, *L'Oiseau triste*, Amiens：Nyctalope, 1992.

⑤ Martine Vallette-Hémery, *Le voyage de Mingliaozi*, Paris：Séquences, 1997.

⑥ Martine Vallette-Hémery, *Rêve ou Aube*, Neuilly-Lès-Dijon：Edition du Murmure, 2005.

《小窗自纪》①《荆园小语》《散形》②。她的译作中既有中国现代短篇小说、当代中篇小说，也有现代诗歌、当代杂文，但数量最多、横跨译者生涯最长的文类当属中国古代散文，具体而言，包括《袁宏道：云与石（散文）》《风形：中国风景散文》《自然天堂：中国园林散文》三部山水游记，《菜根谭》《幽梦影》《娑罗馆清言》《荆园小语》四部清言小品，以及《冒襄：影梅庵忆语》这部自传体笔记。综观20世纪以来中国古代散文在法国的译介，20世纪下半叶出版的11部译本中赫译占据5席，而21世纪以来出版的6部译本中赫译占据3席，其译介历程横跨25年。正是在她的推动下，山水、园林、风物游览的游记类散文以及清言小品类散文成为中国古代散文法译中最为重要的主题，赫美丽也当之无愧地成为法国20世纪下半叶以来最为重要的中国古代散文译者。

第一节 博士论文研究主题的继续

赫美丽涉足中国古代散文法译的第一部译本是《袁宏道：云与石（散文）》，这与她的博士论文课题息息相关。赫美丽博士期间的导师桀溺是法国著名汉学家，桀溺一生致力于汉学研究，尤其在中国古文字与思想研究、汉诗研究等方面见解独到，成就卓著，译有《古诗十九首》，著有《中国古典诗歌的起源——关于汉代抒情诗的研究》③《牧女与蚕娘——中国文学的一个主题》④《中国古代龙的象征》⑤

---

① Martine Vallette-Hémery, *Vu par la petite fenêtre*, Paris：Bleu de Chine, 2005.
② Martine Vallette-Hémery, *Coque fêlée*, Paris：You Feng, 2015.
③ Jean-Pierre Diény, *Aux origines de la poésie classique en Chine*, étude sur la poésie lyrique à l'époque des Han, Leiden：E. J. Brill, 1968.
④ Jean-Pierre Diény, *Pastourelles et magnanarelles. Essai sur un thème littéraire chinois*, Hautes Etudes Orientales, 1977.
⑤ Jean-Pierre Diény, *Le Symbolisme du dragon dans la Chine antique*, Paris：Institut des hautes études chinoises, 1987.

《曹操的诗歌（155—220）》①等书。在桀溺的指导下，赫美丽开始展开对袁宏道的研究工作，"通过研究文本本身，力求确定袁宏道作品的特点"②。赫美丽在论文引言中写道："正是由于袁宏道在文学史上所处的地位，由于他身处一个短暂却丰富的反对浪潮之中，由于他态度中的诸多矛盾之处，这与他的历史处境相关，但同时且尤其是由于他那具有革新性的作品时至今日依然为人所谈论，因此袁宏道被选择成为这一研究的主题。反对传统主义思潮是他的作品中最为着重阐明的主题，在不忽视这一主题的情况下，我们更倾向于将本研究框定在一个更为限定和具体的框架之内：通过研究文本本身，力求确定袁宏道作品的特点，试图厘清不同的性格或思想体系的角度，此外，袁宏道作品中富有性灵的各种理论以及在他书写中得以呈现并得到证实的方式似乎是颇为有趣。"③

从上文中可以得知，袁宏道被赫美丽选为论文的研究对象包括多方面的原因：其一，袁宏道作为"公安派"的领袖，在明代文坛占有重要地位；其二，袁宏道是明代文学反对复古运动的代表性人物；其三，袁宏道的仕途顺遂但数次辞官退隐，其间的曲折心境值得探讨；其四，明清小品作为可与汉赋、唐诗、宋词、元曲并提的重要文类，是中国文学史中一个辉煌的标志，袁宏道作为明清小品的代表性人物，提出"独抒性灵，不拘格套"的新价值观和理论主张，具有重要的文学地位。

为了更加清晰地阐明袁宏道的文学理论与观点，同时鉴于当时法国尚未有任何袁宏道的文章被译为法语，赫美丽在论文后附有自己所译的15篇散文，依次为《徐文长传》《叙陈正甫会心集》《叙

---

① Jean-Pierre Diény, *Les poèmes de Cao Cao*：155 – 220, Paris：Institut des hautes études chinoises, 2000.

② Martine Vallette-Hémery, *Yuan Hong dao (1568 – 1610)*：*théorie et pratique littéraires*, Paris：Collège de France, Institut des Hautes Etudes Chinoises, 1979, p. 7.

③ Martine Vallette-Hémery, *Yuan Hong dao (1568 – 1610)*：*théorie et pratique littéraires*, Paris：Collège de France, Institut des Hautes Etudes Chinoises, 1979, p. 7.

小修诗》《雪涛阁集序》《叙呙氏家绳集》《叙曾太史集》《行素园存稿引》《与江进之》《识伯修遗墨后》《山居杂记》《天池》《游惠山记》《孤山》《文漪堂记》《佛手岩至竹林寺记》①。赫美丽在博士论文中解释道：

> 为了说明袁宏道的文学实践，全文翻译他的一定数量的代表性文本似乎有所助益。我选择了徐渭传，还有三篇最为著名的序和一封书信，它们阐明并代表了袁宏道理论思想的本质。我加入另外三篇不那么出名的序，它们表明了作者其他的思想维度，并在文章中得到了分析，我同样希望对这些文本的内在文学价值有所理解。在自由散文（essais libres）之中，我收入两篇随笔和五篇游记，在我们看来，这些构成了袁宏道作品中最完美的部分，那些已有的分析并不能公正地对待这些"山水"（paysages）的生活或是它诗意的力量。
>
> 袁宏道的诗歌正如它应得的那样，在本研究中自有其地位，两首诗在前文中已全文译出。在此翻译更多似乎并无必要，因为我们想展现的是他作品中最具特色的部分，以及时至今日依然充满生命力的部分。②

我们看到，赫美丽选择"徐渭传""三篇最著名的序"③ 和"一封书信"④ 是为了佐证袁宏道文学理论的核心思想；选择"三篇不知名序"⑤ 用以呈现袁宏道除核心思想外的其他思考与视角；而

---

① 参见 Martine Vallette-Hémery, *Yuan Hong dao*（1568 – 1610）：*théorie et pratique littéraires*, Paris：Collège de France, Institut des Hautes Etudes Chinoises, 1979, p. 276。
② 参见 Martine Vallette-Hémery, *Yuan Hong dao*（1568 – 1610）：*théorie et pratique littéraires*, Paris：Collège de France, Institut des Hautes Etudes Chinoises, 1979, p. 207。
③ 指《叙陈正甫会心集》《叙小修诗》《雪涛阁集序》。
④ 指《与江进之》。
⑤ 指《叙呙氏家绳集》《叙曾太史集》《行素园存稿引》。

"两篇随笔"①"五篇游记"② 则作为最能完美体现袁宏道文学价值的文本得到了赫美丽足够的重视和最高的评价。赫美丽认为，通过游记类散文去了解袁宏道的小品文再合适不过，因为"袁宏道是最早选择把他偏好的山水风光作为其小品文写作主题的散文家之一，他的山水游记也深深烙上了独特的个人痕迹。即便在与他同时代的人眼里，他的游记也具有极高的质量"③。虽然赫美丽博士论文中译有散文的事实鲜为人知，但这五篇游记不仅成为中国古代散文山水游记类散文法译的先声，也成为赫美丽作为一位极具分量的中国古代散文法译者走入这片园地的最重要契机。在博士毕业三年之后，赫美丽翻译的《袁宏道：云与石（散文）》于1982年出版，从此，游记类散文在赫美丽的推动下，开始摆脱古文历代选集的束缚，作为单独的、具有专门主题的译本走入法国读者的视野。

第二节　山水游记与清言小品翻译

赫美丽在她25年的译介生涯中，共翻译8部中国古代散文作品，在20世纪以来的法国译者之中，她所译中国古代散文的数量不但最多、译介生涯跨度也最大，从20世纪八九十年代到21世纪均有译本不断出版，而且她的译本具有鲜明的主题——山水游记和清言语录。如果说赫美丽出版第一部译作的契机在于袁宏道正是她博士论文的研究对象，那么赫美丽在译本《袁宏道：云与石（散文）》出版后又接二连三翻译多部中国古代散文选集，就不仅仅是因为她自身的学养与知识储备，其背后包含着更为多元的翻译动因。

---

① 指《识伯修遗墨后》《山居杂记》。
② 指《天池》《游惠山记》《孤山》《文漪堂记》《佛手岩至竹林寺记》。
③ Martine Vallette-Hémery, *Yuan Hong dao (1568–1610)：théorie et pratique littéraires*, Paris：Collège de France, Institut des Hautes Etudes Chinoises, 1979, p. 174.

一　山水风光与文人生活主题的突出

赫美丽分别于 1982 年、1987 年、2001 年出版《袁宏道：云与石（散文）》《风形：中国风景散文》与《自然天堂：中国园林散文》三部散文选集，这不仅代表她早期中国古代散文法译本的成就，也是她步入中国古代散文山水游记类主题翻译的标志。

（一）《袁宏道：云与石（散文）》

《袁宏道：云与石（散文）》以中国古代文人袁宏道的散文为主要翻译和研究对象，是赫美丽翻译的第一部中国古代散文集。袁宏道的游记创作始于吴中（即今苏州），当时的吴中已是文人雅士会集之地，袁宏道在任职吴县期间，利用公务之暇得以遍览苏州名胜，所作之文成为其游记的开端。辞官后，袁宏道游历了苏州、杭州、绍兴、新安等地，这些地方素来以其风景名胜和纪游之文著称。此后，袁宏道前往京师就职，游历满井、盘山，他将自己在佛寺静修的作品收入《瓶花斋集》，后将返乡闲居后游历庐山、武当、桃园的游记收入《潇碧堂集》。袁宏道复出后曾赴陕西执行公务，乘兴游历华山、嵩山，他将这期间的著述收入《华嵩游草》。此后，袁宏道告老还乡，不久后因病去世。

在赫美丽所译《袁宏道：云与石（散文）》中，她以袁宏道的《袁中郎全集》为选文底本，选取其中的 39 篇译出，同时保留袁宏道散文的编年顺序，以地理区域为切入点，分苏（苏州）杭（杭州）越（绍兴）、北京、庐山和桃花源、中西部山脉四章译介袁宏道的山水游记，突出城市和区域的地理特性，同时辅以在各地游历期间所写的序跋、传记、禅思、书信等文。赫美丽强调译本中的篇目"构成了一幅充满美与感情的地理图卷"[①]，为法国读者呈现游记中各地的风景名胜是其主要的目的之一："苏州地区与太湖，杭州地

[①] Yuan Hongdao, *Nuages et Pierres*, *de Yuan Hongdao*, trans. Martine Vallette-Hémery, Paris: Presses Universitaires de France, 1985, p. 10.

区与西湖，包括绍兴，这些地方都离上海不远，均以其风景和建筑驰名；北京及周边地区的名胜古迹；佛教艺术的圣地，如龙门石窟，或是神话之地，如具有失落天堂象征的桃花源；西北与中部的山川，其中的两座名山位于中国古代五大圣山之列。"① 然而，这种选文标准虽然突出了主题特色，但是"所译散文所属的文体界限却非常模糊"②。

赫美丽认为袁宏道山水游记的特点在于描写的多是历代文人趋之若鹜，且在当地久已闻名的游览胜地：他赴古城北京后所作《游盘山记》《满井游记》是近郊名胜；而《由舍身岩至文殊狮子岩记》《云峰寺至天池寺记》均是在其闲居公安、游览庐山佳景时所作；《嵩游》《华山别记》是他任职陕西期间游览的名山游记……赫美丽选择以上名篇作为《袁宏道：云与石（散文）》的翻译对象，目的在于向法国读者展现出"一幅充满美与感情的地理图卷"③。此外，与唐宋时期文人以山水比德，借山水抒忧愤，由山水体悟哲理的写作方式不同，赫美丽认为，袁宏道的山水游记更为注重游览对象的主体性，是以更纯粹的目光欣赏山水风光，他的山水游记呈现出世俗化、休闲化、生活化、情趣化的特点。她还认为，袁宏道的山水世界中充满人间的烟火气，作品中描写了众多游人喧嚣、众乐、和合的景象，而且游览中常出现舟、车、马、酒等物象，游人谈笑、唱酬、嬉闹、醉酒更是他文中常见的景象。这说明，中国明代商品经济发达，物质极大丰富，也是市民文化因此而空前繁荣后，对士人文化影响的具体体现。山水从中国古代士人精神的载体逐渐转变为市民文化中消遣娱乐的对象，这一演变过程也为法国读者在欣赏

---

① Yuan Hongdao, *Nuages et Pierres*, *de Yuan Hongdao*, trans. Martine Vallette-Hémery, Paris：Presses Universitaires de France, 1985, p. 10.

② Yuan Hongdao, *Nuages et Pierres*, *de Yuan Hongdao*, trans. Martine Vallette-Hémery, Paris：Presses Universitaires de France, 1985, p. 9.

③ Yuan Hongdao, *Nuages et Pierres*, *de Yuan Hongdao*, trans. Martine Vallette-Hémery, Paris：Presses Universitaires de France, 1985, p. 10.

中国古代山川风光之余平添了一分生气与趣味，在当时的法国这一主题恰好与《浮生六记》《红楼梦》法译本形成合流，为法国读者了解中国明清时期文人生活与市民娱乐提供了广阔的天地和无限的想象。

从上述分析中可以看出，《袁宏道：云与石（散文）》的翻译出版虽是以赫美丽的博士论文课题为契机，但在篇目的选择与主题的突出上显现出赫美丽更为综合、深入的考量，与谭霞客翻译《徐霞客游记》时选取的译介角度颇有异曲同工之妙。谭霞客在翻译《徐霞客游记》时将目光锁定在徐霞客早期描写名山大川的《名山游记》之上，选择其中最具文学价值的17篇游记构成法译本的主要内容，使法国读者在阅读时"既可以将之作为中国文人写的旅游指南，又可以作为少有的风景诗集，还可以作为一份极富个人色彩的文献资料……"① 赫美丽的策略则是，首先突出《袁宏道：云与石（散文）》中游记散文的风景名胜，突出江南、北京、庐山、嵩华等名胜之地，其介绍手法不亚于一本旅行指南，读者可以跟随中国散文家的脚步去探索中国古代各地的山水风光；其次突出《袁宏道：云与石（散文）》中游记散文的世俗民情，读者在欣赏自然风光的同时，又能领略明代士大夫的生活景象，了解生动丰富的明代世俗民情；最后则是要凸显袁宏道不拘一格、直抒胸怀的个性书写艺术，突出袁宏道作为明清山水游记代表性人物流传于世的散文篇章的文学价值与文学成就。由此可见，赫美丽选文所追求的文学之美与艺术之美构成了其《袁宏道：云与石（散文）》译本的底色。

（二）《风形：中国风景散文》

1987年赫美丽翻译出版了《风形：中国风景散文》（*Les Formes du vent：paysages chinois en prose*），该书承袭了《袁宏道：云与石（散文）》一书山水游记的文类主题，并在此基础上将翻译的视野扩

---

① Xu Xiake, *Randonnées aux sites sublimes*, trans. Jacques Dars, Paris：Gallimard, 1993, quatrième couverture.

大到所有中国古代散文，选取各时代最为著名的篇目，为法国读者勾勒出中国古代山水游记的轮廓与线条。

此外，探讨赫美丽在《风形：中国风景散文》中采用的选文标准与翻译策略之前，我们有必要对中国古代山水游记的演变历史做一大致的了解。山水游记类散文滥觞于东汉而盛于南北朝，东汉马弟伯《封禅仪记》首开游记文学之先河。魏晋以前，自然景物的描写多为诗文的附庸，尚未被视作描写的主体对象，魏晋之后，江南地区经济发展，佛道盛行，士大夫阶层中出现隐逸之风，喜好谈玄论空、游山玩水，在自然中寄托情怀，由此出现了第一批山水游记散文，其中有许多以书信体描摹山水的优美篇章，如《登大雷岸与妹书》（鲍照）、《与陈伯之书》（丘迟）、《与宋元思书》（吴均）、《答谢中书书》（陶弘景）等，这些都是为后人称道的名篇。虽然山水游记类散文发端于东汉时期，但游记体散文是从唐代开始定型并真正走向繁荣的，柳宗元当属代表人物。在他之前，山水游记大多以粗线条勾画山川景象，柳宗元在继承了以往白描手法的基础上，用更为精细的笔法描写出山川美景的微小差别。在他的代表作《永州八记》中，"始得西山宴游记"着重写山水之怪特，"钴鉧潭记"着重写小溪，"钴鉧潭西小丘记"着重写石，"小石潭记"着重写潭水游鱼，"袁家渴记"细微地写水上风光，"石渠记"写泉水的细致，"石涧记"写涧中石和树的特色，"小石城山记"则描绘天然构成的小石城。总而言之，八篇游记视角不一，情感迥异，在描写山水之间抒写的实则是作者对人生际遇的慨叹。到了宋代，游记文学篇幅变长，出现"长于议论，而欠弘丽"的行文特点，《岳阳楼记》《石钟山记》《墨池记》等都以寓情于景、夹叙夹议著称，思想性的表达更为突出。元、明、清三代的山水游记在表现手法上又推陈出新，元代李孝光所写《大龙湫记》将笔锋置于赏景之人的心理活动，明代"公安派"三袁的《虎丘》《满井游记》皆是寄情山水、畅游寄乐的清新之作，《徐霞客游记》则是中国日记体游记散文的最高峰，清代袁枚、姚鼐、龚自珍等人也在中国山水游记史上留下了自己的姓名。总而言之，中国山水游记散文源远流长，魏晋时期，山水游记开始独立登上文学宝座。唐宋而后，由元结、柳宗元、欧阳修、苏轼、袁宏道、姚鼐、张岱等众多优秀散文家的游记作品汇聚形成了游记散文的历史长河，成为中国古代文学宝库中具有鲜明特色的艺术珍品。①

赫美丽为《风形：中国风景散文》这一译本选取了中国古代26位散文家的49篇散文佳作，包括：魏晋时期鲍照的《登大雷岸与妹书》，吴均的《与宋元思书》；唐代柳宗元的《始得西山宴游记》《小石城山记》《愚溪诗序》；宋代范仲淹的《岳阳楼记》，欧阳修的《醉翁亭记》，苏轼的《前赤壁赋》《后赤壁赋》《记游松风亭》，晁补之的《新城游北山记》，吴龙翰的《黄山纪游》；元代李孝光的《大龙湫记》；明代袁宏道的《文漪堂记》，刘基的《松风阁记》，袁中道的《游青溪记》，刘现的《西湖二篇》，李流芳的《游虎丘小记》，王思任的《小洋》，李英生的《梦记》，陈仁喜的《游记》，张明弼的《避风岩记》，张岱的《西湖七月半》《游钓台记》，舒书的《象山》；清代袁枚的《峡江寺飞泉亭记》，洪亮吉的《邵寨岩》，等等。②

倘若对比赫美丽《风形：中国风景散文》的译本篇目与中国古代山水游记类散文的演变历史，我们可以清晰地看到赫美丽所采用的选文标准与翻译策略。具体而言，她为译本选取了26位散文家，所处时代从游记体散文肇始之初的魏晋直至清末，囊括了中国古代山水游记散文的全部历史；49篇散文中以柳宗元、苏轼、袁中道、王思任、张岱、袁枚等人的作品为重点，各翻译3—6篇，其余均为每人1—2篇，不但每位散文家是那个时代最优秀、最著名的山水游记作家，所选游记也都是山水游记散文史上最具代表性、最负盛名

---

① 参见陈必祥《古代散文文体概论》（河南人民出版社1986年版）第71—90页、陈柱《中国散文史》（华东师范大学出版社2016年版）第7页等。

② 参见 Martine Vallette-Hémery (trans.), *Les Formes du vent: paysages chinois en prose*, Paris: Albin Michel, 2007, pp. 163–165。

的作品。赫美丽译本的选文真可谓取精华中之精华,全书以不到150页的篇幅,一窥中国古代山水游记的全貌,充分体现了她对中国山水游记这一文学体裁的深刻理解与精准把握。

此外,中国古代散文作为尚不被法国读者熟知的外国文学体裁,翻译并推介一本山水游记选集,不仅需要译者具有精准的选文策略与深厚的翻译功力,还要懂得如何架起陌生文体与外国读者之间的桥梁,懂得如何吸引读者的注意力,激发读者的阅读兴趣,从而使读者购买并阅读此书。为此,译本的封底介绍与序言起了重要的作用,从中我们也能一探译者的译介策略与动机。赫美丽在短短四页序言中对中国古代的山水游记做了简要介绍,并重点突出了山水游记的以下几点特质:其一,自古以来大自然就是中国文学中的重要主题。"在中华文明的起源里,自然,特别是山脉的显现隐含着对巫术和宗教的崇拜。要与自然和谐共处,才能获得政权(根据宗教仪式的说法),才能实现自我(根据道家学说),因此自然的神秘力量具有持久的影响力。……在历史的长河中,人们常常漫游于自然之中,同时也发展出对自然风景的美学体验。自公元5世纪起,自然风景成为中国古代文学中的重要主题。"① 其二,山水游记的历史底色是混乱的政治、动荡的时代,人们转而在自然中寻求庇护与宁静,文人生活与思想追求是隐藏在山水之下的第二道风景。"这种纯风景式的文学在一个混乱的时代出现,当时正值佛教传入,道教复兴,文人们追求个人主义,追求在自然中静修……许多散文除有形式之美外,还出色地表达了作者在山水之间游览时的冒险与快乐。许多散文写于退休或被贬之时,此时的风景对他们而言是庇护之地。"② "正如风景画是对所有元素的总括,文学中的风景是从自然风景出发,经由人的视角,在共有的形象总和中经过重组后产生的风景。

---

① Martine Vallette-Hémery (trans.), *Les Formes du vent : paysages chinois en prose*, pp. 11-12.

② Martine Vallette-Hémery (trans.), *Les Formes du vent : paysages chinois en prose*, pp. 12-13.

通常，词汇使用的是美学书写中所用的词汇，而风景本身则作为文学批评的参照，如此就构成了一幅充满感情与美的、根据时代与风尚改变的地理图卷。"① 其三，山水游记的内核由儒家思想与道家、佛家思想间的张力构成。"'山水'是一类艺术性散文，在中国文学中占有重要地位。……它们反映了中国文学传统中两股相反的趋势：儒家的道德以及源于道家、佛家的个人主义。即便它们的书写看似率真自然，实际是精致、复杂的意象在不同文本中的反复出现。"② 赫美丽对中国古代散文中山水游记的推介主要突出的是自然风景之美，文人际遇与山水风景的互动关系，以及儒释道思想张力的内核。

值得注意的是，赫美丽在《风形：中国风景散文》中"巧合地"写下了与《袁宏道：云与石（散文）》中含义几乎一模一样的一句话：前者中是"如此就构成了一幅充满感情与美的、根据时代与风尚改变的地理图卷"（Ainsi se constitue une géographie sentimentale et esthétique qui évolue avec le temps et les modes）③，后者中是"一幅充满美与感情的地理图卷"（qui constituent une géographie esthétique et sentimentale des sites visités par Yuan Hongdao）④。实际上，这句话也概括了赫美丽翻译山水游记想要突出的核心主题，即：由自然风光构成的中国古代地理图卷，蕴含于风景之中的古人感情与表达，以及历代篇章串联而成的时代与风尚。赫美丽在序言中添加一句"根据时代与风尚改变"，实则是说明了选译对象从明代袁宏道一人扩展到魏晋至明清的29位散文大家，也证实了赫美丽第二部山水游记译本对其第一部译本的继承与发展。

---

① Martine Vallette-Hémery (trans.), *Les Formes du vent: paysages chinois en prose*, pp. 13–14.

② Martine Vallette-Hémery (trans.), *Les Formes du vent: paysages chinois en prose*, p. 14.

③ Martine Vallette-Hémery (trans.), *Les Formes du vent: paysages chinois en prose*, p. 14.

④ Yuan Hongdao, *Nuages et Pierres*, *de Yuan Hongdao*, trans. Martine Vallette-Hémery, Paris: Presses Universitaires de France, 1985, p. 10.

（三）《自然天堂：中国园林散文》

20世纪90年代，赫美丽把目光转向中国古代散文中的个人传记和清言语录，到2001年又回归山水游记的翻译，出版译本《自然天堂：中国园林散文》。赫美丽在该译本中将中国古代的山水风光圈定在园林的围墙之内，仅挑选历代描写园林的游记散文，借文中古人修葺、居住、游览园林的景况，看中国古代文人的生活艺术和对山水自然的哲学思考。

具体而言，赫美丽选取自魏晋至明清的园林游记共38篇，包括：《洛阳华林园》（郦道元）、《西游园》（杨炫之）、《春夜宴桃李园序》（李白）、《庐山草堂记》《池上篇》（白居易两篇）、《沧浪亭》（苏舜钦）、《真州东园记》（欧阳修）、《梦溪记》（沈括）、《独乐园记》（司马光）、《灵璧张氏园亭记》（苏轼）、《独坐轩记》（桑悦）、《乐志园记》（张凤翼）、《愚公谷乘》（邹迪光）、《杜园记》《楮亭记》《金粟园记》《西莲亭记》（袁中道四篇）、《荷蓧言序》《可楼记》（高攀龙两篇）、《梅花墅记》（钟惺）、《题尔遐园居序》《许秘书园记》（陈继儒两篇）、《盖茅处记》（张鼐）、《帝京景物略》（刘侗）、《偶园记》（康范生）、《寓山注》（祁彪佳）、《适园记》（陆树声）、《影园自记》（郑元勋）、《乌有园记》（刘士龙）、《快园记》（张岱）、《昉室》（李渔）、《纵棹园记》（清潘）、《竹石》（郑燮）、《柏扇记》《爱竹记》（齐周华两篇）、《游万柳堂记》（刘大櫆）、《随园记》（袁枚）、《网师园记》（钱大昕）。① 全书由北魏郦道元所写《洛阳华林园》开篇，至清代钱大昕《网师园记》结尾，涵盖中国古代散文中山水游记类散文1600余年的历史。华林园、沧浪亭、真州东园、可楼、梅花墅、随园、网师园等均是史上有名的园林，李白、欧阳修、沈括、苏轼、袁中道、张岱、袁枚等均是历朝历代的大文学家，除白居易、袁中道、高攀龙、陈继儒、

---

① 参见 Martine Vallette-Hémery (trans.), *Les Paradis naturels: jardins chinois en prose*, Arles: Editions Philippe Piquier, 2001, pp. 5 – 6。

齐周华有二至四篇园林游记译出外,其余皆以一人、一文、一园的选文方式,展现中国古代千年的园林美景,依旧延续了译者赫美丽最为擅长的"以小见大""以点带面"的译介策略。

  在序言中,赫美丽就中国古代散文中园林游记的趣味、特点做了饶有兴味的介绍。首先,她认为园林这一主题东西方从古至今为人所津津乐道,但中国与法国对园林的修建呈现出截然不同的特点,"最初的观察在于经常被提及的比较,即法国的几何式自然,英国的真实性自然与中国人造的、不对称的自然之间的比较"[1]。众所周知,法国园林建造具有悠久的历史与辉煌的成就,园林的建造崇尚对称的布局和规则的几何图案,强调精心修建成一致形状的花木,"园中运河与全园中央的开放视轴相交,加之从宫殿到运河间以坡度降低后再向天际线延伸的轴线,显现出超大的尺度以及人工改造自然的气势"[2]。而中国园林造景更崇尚自然之美,庭园成为自然美景在特定空间内的艺术再现,"山、池、泉、石为中心,以花草环绕建筑而造园的手法细腻精致。这种集山、水、泉、石、竹于一园的设计与建造,拟自然山水之意境,是中国园林假造艺术的鲜明特点"[3]。其次,法国园林与中国园林的建造虽都是权力与富裕阶层的特权,但赫美丽更为关注"文人的园林",关注文人阶层的生活艺术:"这些'文人-官员'根据自己的品位布置自己的园林,不论是一处栽种简单花草的空间,还是静修的地方,抑或是寓所的附属空间,不太富裕的文人总是满足于一个小小的庭院,一个花坛或者盆景,描写这类园林的散文构成了这部文选。我们将在其中看到文人谈论他们或居住、或游览时的园林,更确切地说,是他们那些关于生活的艺术的系统描述。"[4]再次,中国古代文人园林崇尚自然之

---

[1] Martine Vallette-Hémery (trans.), *Les Formes du vent: paysages chinois en prose*, p. 8.
[2] 曹一鸣:《中法古典园林的差异及形成原因》,《景观园林》2018年第6期。
[3] 曹一鸣:《中法古典园林的差异及形成原因》,《景观园林》2018年第6期。
[4] Martine Vallette-Hémery (trans.), *Les Formes du vent: paysages chinois en prose*, pp. 8-9.

美，其内核是推崇佛家与道家的世界观，译介园林散文，不仅能欣赏含义隽永的山水美景，还可以探究中国古代文人对自然、对生活的哲学思考。"中国古代园林以'大景'为人所称道，但'大'并不指大小，而是指活力与生气，一种引入联系（也许是第一批西方游客认为的'混乱之美'）的内在张力。一个细节、一个形状、一株植物都有助于形成综合、完整的视角，即佛家所言'藏天地于一粟'。"① 由此观之，译者赫美丽在推介《自然天堂：中国园林散文》时，看中的是读者对园林主题的熟悉度和经久不衰的热度，是中国古代文人的生活艺术，以及园林建造和游玩中所蕴含的中国古代哲学思想。

通过对赫美丽上述三部山水游记译本的分析，可以发现，赫美丽在选择篇目时具有某些一以贯之的特点。第一，在内容上，《袁宏道：云与石（散文）》以呈现袁宏道笔下的各地风景名胜为目的，《风形：中国风景散文》承袭并扩展了《袁宏道：云与石（散文）》的主题，选取山水游记 1600 年散文史中最具代表性、最负盛名的篇章；《自然天堂：中国园林散文》虽另辟蹊径，将目光对准中国古代园林，挑选历代描写园林修葺、居住、游览的散文，但依然在内容上承袭了山水游记这一主题。第二，在主题上，《袁宏道：云与石（散文）》《风形：中国风景散文》《自然天堂：中国园林散文》三部译著都是通过山水游记中的山水园林美景、人间烟火与世俗民情，再现中国古代文人的建筑理念和明代士大夫的生活艺术与思想追求，展现中国古代文学的审美艺术。第三，在思想上，这三部作品均以有形的自然美景观照无形的佛家、道家思想，揭示蕴藏在山水文学之中的中国古代哲学思想，构建出中国哲学深厚的精神内涵与巨大的内在张力。可见，赫美丽在译本中选取能体现出中国古代散文中山水游记类散文最高水准、最具代表性的名景、名家、名篇，展现

---

① Martine Vallette-Hémery (trans.), *Les Formes du vent: paysages chinois en prose*, p. 14.

山水游记散文中最高的文学美与艺术美,着重突出山水主题的三个"卖点"——中国古代名山大川的风景之美、中国古代文人阶层的生活艺术、中国古代儒释道哲学思想及其在文学中的显现。具体而言,名山大川之美是中国古代山水游记的"表象",自然风光、地理地貌、名胜古迹对法国读者而言是具有鲜明特色的异域风貌,是对东方自然与东方历史好奇的双重叠加;文人生活是对山水游记的"晕染",是隐藏在山水之间的影绰闪现,是对东方民情与东方艺术的双重层叠;儒、释、道哲学是山水游记的"底色",它们相互抵抗、相互糅合,其哲学张力不但构成山水游记的内核,也构成山水游记与法国读者间最坚实而紧密的联结。以上三点相辅相成、互为表里,共同建构出一幅景色绮丽、姿态优美、立意深沉的中国古代山水景色华美画卷,同时也构成了赫美丽译介中国古代山水游记策略的轴心。

二　哲学思想与醒世诫言主题的突出

赫美丽在她25年的译介生涯中除了译介多部山水游记类散文选集外,还将目光投向了中国明清时期甚为流行的一种古代散文文类——清言小品。赫美丽先后于1994年、1997年、2001年、2008年翻译出版《菜根谭》《幽梦影》《娑罗馆清言》《荆园小语》四部清言小品类散文选集,与其山水游记类散文的翻译出版形成相互交织、相互促进的译介态势。

清言是笔记小品的一种,其格言式语体起源于先秦时期,《论语》《老子》等诸子散文凝练的语录体书写中已经孕育了清言小品的书写形态,到了明晚期出现的《娑罗馆清言》《续娑罗馆清言》标志着清言小品作为中国古代散文中的一种文体正式形成,此后的《小窗自纪》《幽梦影》《醉古堂剑扫》都成为清言小品中的代表作,《菜根谭》更被认为是清言小品类散文文学成就的最高峰。此外,清言小品篇幅短小精悍,长于阐理论道,具有明清小品中抒写性灵、不拘格套的写作特点,也是明清文人畅谈生活艺术和思想之美的重要书写方式。

从赫美丽四部清言小品类散文的翻译及其之后的评述中，我们可以看到她选择翻译清言小品的大体思路：

首先，赫美丽选择翻译的四部清言集是清言小品文类之中的代表作，包括清言小品的"巅峰之作"《菜根谭》，标志着清言文体进入成熟期的《娑罗馆清言》，以及颇具代表性的《幽梦影》《荆园小语》。在赫美丽看来，清言小品最大的魅力首先在于根植其中的中国古代哲学智慧，更确切地说，清言小品体现的是儒释道三种思想中超逸绝尘、旷放洒脱、自在潇洒的人生态度和文化品格，除山水描摹外还有大量带有自性清净的禅宗意趣与道德训诫的崇高思想内容。她在《菜根谭》《幽梦影》《娑罗馆清言》《荆园小语》四个译本中均着重突出了清言的哲学特质，在她看来，"《菜根谭》源自明代晚期的哲学思想：即融入自然、充分的自由、生活的艺术以及对自我的掌控，而这种哲学思想又处于儒家、道家、佛家三种思想的交汇处"[①]。《幽梦影》则"是一部有名的中国文学格言警句集。这些'清言'在 17 世纪尤为常见，在明代与清代之间，汲取三种思想的营养（即儒家思想、道家思想和佛家思想）"[②]。"这些简短的评语是伦理道德和美学的综合概括，常常以'言'或'清言'之名出现，'清言'也影射中国 3 世纪的一种精妙书写。我们可从中察觉到不同程度的佛教思想、诸说混合哲学……"[③] 从赫美丽对四部译作的说明和推介中，可以看出她对清言小品独特的理解与评价。

其次，赫美丽认为，清言小品明畅轻灵的笔调和简洁明快、无

---

① Hong Yingming, *Propos sur la racine des légumes*, trans. Martine Vallette-Hémery, Paris：Zulma, 1994, quatrième couverture.

② Zhang Chao, *L'Ombre d'un rêve*, trans. Martine Vallette-Hémery, Paris：Zulma, 1997, quatrième couverture.

③ Martine Vallette-Hémery (trans.), *Propos anodins du Jardin d'épines*, Paris：Caractères, 2008, quatrième couverture.

章无格的片段化形态使文本具有了模糊性、复杂性和丰富性，将哲思警言灌注于简明的短句之中，使读者慢慢体味其中的深意，为读者提供了广阔的思考空间。"正如李贽所言：'以小见大和寓大于小'。人们传统上欣赏诗歌中一个字的力量……他们将这一美学原则运用在散文之中，因而掌握了简短、精炼这一形式。"① "这种写作以'虚'、'空'的哲学为标志，这也是绘画和诗歌的本质特点。因为字、句间的空白与画中的留白同样重要，而留白的张力并不亚于表达本身的丰富。"② "在16世纪，在明代，这一简短的形式变成一种独立的文体，并能表达从哲学到日常生活的一切主题。它通常非常复杂，采用谚语的形式，混合了艺术的和民间的语言，并最大程度地采用严格的对偶和对仗，它既是文字的游戏，又是精神的片段。"③ 清言小品中的"格言以其空白和模棱两可使其反而能言说的更多"④。

最后，赫美丽特别强调清言语言精妙的文学之美。她认为《菜根谭》将读者"引向寂静的迷人风景，引向罕见却富有活力的氛围。神秘的箴言或智慧的格言，总的来说，这些语录是中国文人思想和艺术的精华，它们质朴无华，却跌宕起伏，给人以智慧的启迪与无尽的反思"⑤。"作为一部文学著作，它极为文雅、讲究"⑥。《幽梦影》中的"语录似乎是因为偶然的灵光一现而写成，'无限的交谈'

---

① Hong Yingming, *Propos sur la racine des légumes*, trans. Martine Vallette-Hémery, Paris：Zulma，1994，p. 13.

② Zhang Chao, *L'Ombre d'un rêve*, trans. Martine Vallette-Hémery, Paris：Zulma，1997，p. 7.

③ Martine Vallette-Hémery（trans.），*Propos anodins du Jardin d'épines*，Paris：Caractères，2008，p. 12.

④ Martine Vallette-Hémery（trans.），*Propos anodins du Jardin d'épines*，Paris：Caractères，2008，p. 12.

⑤ Hong Yingming, *Propos sur la racine des légumes*, trans. Martine Vallette-Hémery, Paris：Zulma，1994，p. 16.

⑥ Hong Yingming, *Propos sur la racine des légumes*, trans. Martine Vallette-Hémery, Paris：Zulma，1994，p. 7.

也体现出中国文学和注释的特点"①。《娑罗馆清言》"从通俗文集、警句格言或谚语中汲取灵感,但它颇具一种文雅和文人式的精巧,这如同在同一主题下的多种变奏曲"②。《荆园小语》是"一种主题与形式都非常自由的诗化散文……即便在其他领域也少有像中国文化这般崇尚'小即是美'的艺术"③。可以说,赫美丽在译介清言小品类散文集时突出的"卖点"除了语言简明的文学之美外,依然是中国古代儒释道哲学思想,以及由这三大哲学体系和简洁语言共同创造出的无比广阔的人生思考空间。

倘若比较赫美丽的山水游记译本与清言小品译本的选文策略与选题策略,我们发现,在选文上,赫美丽始终秉持选择该文类最具代表性的名家、名篇、名书,以体现山水游记类散文和清言小品类散文的最高水准,全面呈现中国古代散文的文学美与艺术美;在选题上,赫美丽突出山水游记中中国古代名山大川的风景之美,中国古代文人阶层的生活艺术以及中国古代儒释道哲学思想及其在文学中的想象,突出清言小品中儒、释、道哲学思想的糅合,及其简明的语言以及哲学与语言留白下共同创造的思考空间。赫美丽在出版两部山水游记译本后,转而翻译清言小品,看似是译介重心的转移,实则是译介分支的延展。赫美丽从研究明代散文史上"公安派"代表袁宏道入手,对他的独抒性灵、不拘格套的文学主张和思想有深入的研究,而清言小品尽管成熟于晚明,有格言式、语录体的短小形态,但同样具有抒写性灵、传达幽微之感的精神内核,可谓与"公安派"散文有异曲同工之妙。与其说清言小品类散文的译介是赫美丽散文法译的第二大类,不如说是她山水游记类散文译介的分支

---

① Zhang Chao, *L'Ombre d'un rêve*, trans. Martine Vallette-Hémery, Paris:Zulma, 1997, p. 11.

② Tu Long, *Propos détachés du pavillon du Sal*, trans. Martine Vallette-Hémery, Paris:Séquences, 2001, p. 11.

③ Martine Vallette-Hémery (trans.), *Propos anodins du Jardin d'épines*, Paris:Caractères, 2008, p. 11.

与延伸。清言小品与山水游记虽是中国古代散文中两个不同的文类，但赫美丽在将二者译介到法国时采取了类似的译介策略，将看似两种完全不同、相互独立的文类相互关联在一起，形成一股合力，吸引并冲击着法国读者的接受能力。与此同时，通过对名家名篇的译介，达到呈现该文类最高文学艺术价值的目的，通过对书中山水风光、生活艺术、哲学思想的突出，达到与法国读者深层联结的传播目的，从而共同推动中国古代散文在法国的译介与传播。

第三节　侧重意译的翻译方法与得失

赫美丽作为20世纪下半叶最为重要的中国古代散文法译者，在25年的译介历程中先后有8部古代散文译本问世，占20世纪下半叶以来中国古代散文法译译本总数的47%，是出版译本数量最多、辐射读者群体最广的法国译者。她的译文用词浅显、语言直白、通俗易懂，加之均为小开本发行，携带方便，且译本插图多、注释少、行距大、留白多，深受读者喜爱。赫美丽通过浅近的翻译风格和贴近生活的选文主题，拉近了中国古代散文与法国大众读者间的距离，她将译本精准地定位于以普通读者为导向的大众读物，不但开辟了一条属于赫美丽个人的独特译介之路，在中国古代散文法译百年的历史中也深深刻上了她独到译介风格之印记，她的译本也因此成为法国读者了解中国古代散文最直观、最便捷的窗口。可以说，赫美丽为中国古代散文这一高雅文体越过大洋、扎根法国做出了杰出的贡献。

本小节分别选取《自然天堂：中国园林散文》中《灵璧张氏园亭记》和《风形：中国风景散文》中《醉翁亭记》，将其与汉语原文对照，再与费扬、班文干、马古烈同一篇目的译文对照后发现，赫美丽的翻译有着自己的特点和风格。

一 文意浅近、直白流畅

赫美丽译文最突出的特点在于直白、浅近、流畅的语言风格。具体而言，她的译文少有艰深的词语和复杂的句式，用词与句式都较为简单、直白，不会使读者滞阻在字词、语句之间，表现出文意浅近的译文特点。也因为没有滞阻的阅读体验，所以通篇读来比较通顺、流畅，给人畅快的阅读感受。但是，中国古文作为文人阶层最为正统的书写方式，具有文雅、简练、精深的语言风格，即便是描摹风景、抒发情怀的山水小品，也延续了古文精巧秀丽、善于用典的书写风格。倘若对照赫美丽的法语译文与汉语原文，再比照费扬、班文干、马古烈的译文，则会发现赫美丽的译文虽然文意通顺，但在风格上却与原文存在一定的差异，表现出文雅不足的特点。比如[①]：

（1）原文：其后出仕于朝，名闻一时，推其余力，日增治之，于今五十余年矣。其木皆十围，岸谷隐然。凡园之百物，无一不可人意者，信其用力之多且久也。

赫美丽译：Lorsque par la suite, il y a plus de cinquante ans de cela, ils furent en poste à la cour et connurent un temps la célébrité, ils consacrèrent toute leur énergie restante à améliorer leur jardin. Les arbres ont tous plus de dix empans de tour, les allées sont cachées dans des vals profonds, ce jardin n'offre rien qui ne soit plaisant. Il est certain qu'on lui a consacré beaucoup de temps et de peine!

费扬译：Par la suite, ils le quittèrent pour servir à la cour où ils devinrent célèbres en leur temps. L'énergie qu'il leur restait, ils la dédièrent

---

① 本小节选取《灵璧张氏园亭记》一文，对赫美丽与费扬二人的译文进行分析，原文参见（北宋）苏洵、苏轼、苏辙《三苏文选》，四川人民出版社1983年版，第189—192页。赫美丽译文参见 Martine Vallette-Hémery (trans.), *Les Paradis naturels: jardins chinois en prose*, Arles: Editions Philippe Piquier, 2001, pp. 48 – 51。费扬译文参见 Su Shi, *Les Commémorations de Su Shi*, trans. Stéphane Feuillas, Paris: Les Belles Lettres, 2010, pp. 133 – 137。

à agrandir et à aménager chaque jour leur jardin. Plus de cinquante ans se sont écoulés depuis et les arbres ont tous dix empans de tour, cachent les vallons et les rives. Rien là qui ne comble l'esprit et sans doute possible, beaucoup de moyens et d'énergie lui furent consacrés.

经对比分析发现，在动词的运用上，赫美丽使用 il y a（有），être（是），avoir（有）等基础动词，consacrer（贡献）更是连用两次；费扬使用 s'écouler（流逝），servir à（效力），dédier（贡献），consacrer 等动词与词组，不但多有变化，而且更为书面、文雅。在句式的应用上，赫美丽通过并列三个简单分句"il y a plus de cinquante ans de cela"（距今已超过五十年），"ils furent en poste à la cour et connurent un temps la célébrité"（他们在朝廷任职，并且一度声名显赫），"ils consacrèrent toute leur énergie restante à améliorer leur jardin"（他们将剩余的全部精力都用于完善他们的园林）完成第一句原文"其后出仕于朝，名闻一时，推其余力，日增治之，于今五十余年矣"的表达，虽然赫美丽译文句式以简单句为主，读起来容易理解，但略显生硬；费扬则多运用主从复合句，将"其后出仕于朝，名闻一时"处理为带地点状语从句的主从复合句"ils le quittèrent pour servir à la cour où ils devinrent célèbres en leur temps"（他们为入朝做官而离开此地，在朝廷里，他们变得声名显赫），将"推其余力，日增治之"处理为直接宾语前置的双动词词组简单句"L'énergie qu'il leur restait, ils la dédièrent à agrandir et à aménager chaque jour leur jardin"（他们剩余的精力，他们将其投入每日扩建和修整他们的园林中），在保持句式灵活的同时更贴近法语书写的习惯，而且更为文雅。此外，"出仕于朝，名闻一时"一句，赫美丽译为"ils furent en poste à la cour et connurent un temps la célébrité"，费扬译为"ils le quittèrent pour servir à la cour où ils devinrent célèbres en leur temps"。"être en poste"表示在职、任职的状态，"servir à"强调效力的动态，原文"出仕于朝"是先出后仕，表明了两个动作的承接关系，费扬以"ils le quittèrent（离开）pour servir à（效力）la cour"明确译出"出"、

"仕"两个动作，不但比赫译更为准确，且动词与句式的应用也更为书面化。"推其余力，日增治之"一句，赫美丽译为"ils consacrèrent toute leur énergie restante à améliorer leur jardin"，费扬译为"L'énergie qu'il leur restait, ils la dédièrent à agrandir et à aménager chaque jour leur jardin"。"toute leur énergie restante"比起"L'énergie qu'il leur restait"显得过于口语化，"agrandir et aménager"（扩建和修整）也比"améliorer"（完善）更为精确，贴合原文"增治"的内涵。

（2）原文：古之君子，不必仕，不必不仕。必仕则忘其身，必不仕则忘其君。譬之饮食，适于饥饱而已。

赫美丽译：Chez les anciens, un homme de qualité était libre de prendre ou non un poste. Etre contraint de le faire, c'est s'oublier soi-même ; être contraint de ne pas le faire, c'est oublier son prince. C'est comme si, pour se nourrir, on n'avait que le choix entre la faim et la satiété.

费扬译：Dans l'antiquité, un homme de bien n'était pas obligé de servir ; pas davantage il ne se sentait forcé de ne pas servir. Se contraindre à prendre un poste, c'est s'oublier ; s'obliger à ne pas en prendre, c'est oublier son prince. ［Ce serait aussi absurde que］si, pour se nourrir, on n'avait le choix qu'entre la faim et la satiété.

原文中"古之君子，不必仕，不必不仕"一句以"不必"的否定和"不必不"的否定之否定加强语气，表达"不是一定要做官"和"不是一定不要做官"的意思。赫美丽以"était libre de prendre ou non un poste"简洁地译出，意为"可自由地选择做官或不做官"，意思虽然与原文一致，但语气的强度却与原文存在偏差。原文此句作为苏轼在《灵璧张氏园亭记》中抒发议论的第一句，实际上铿锵有力，掷地有声，作为加强语气的"不必"则是在字词层面起到稳定立论、强调议论的作用，而且"古之君子，不必仕，不必不仕。必仕则忘其身，必不仕则忘其君"两句更是构陷苏轼愚弄朝廷、讥斥时政的乌台诗案"文罪"的重要证据。赫美丽译为"prendre ou non un poste"（就或不就任官职）与原文的铿锵之气相比显得过于轻巧，"ou non"（或不）的表达也过于口语化，缺少严肃、稳重的语言风格。"必仕则忘其身，必不仕则忘其君"一句，赫美丽以互相对仗的两句译文保持了与原文句式和意义的一致，但"être contraindre"（被强迫）的被动态与"se contraindre"（强制自己）代动词自反意义相比，"soi-même"（他自己）"ne pas le faire"（不做这事）的表达与"s'oublier"（忘记自己）"ne pas en prendre"（不就任官职）相比，依旧有口语化的缺点，费扬的译文更为书面、文雅，与原文的语言色彩和风格更为吻合。

二 简化原文、明确主旨

赫美丽的译文不但具有直白、浅近的语言风格，而且与马古烈逐字直译的策略不同，她的译文更倾向于意译。她在将中国古代散文转化为现代法语的过程中，并不拘泥于字词与原文的逐一对应，而是注重译文整体上对原文意义的传达。事实上，赫美丽的译文若单独来看，不论是字词的应用还是句式的编排，都颇具水准，通篇读来并没有如马古烈译文那般冗长、生硬的"硬伤"，甚至因为浅显易懂，反而有一目十行的畅快之感。但若将其译文和原文、他人译文相对照，隐藏的问题则会逐渐显露。除上文已经提及的"古之君子，不必仕，不必不仕"一句存在简化原文的倾向之外，以下几例[1]也表现出赫美丽译文简化原文，有失精确的现象：

（1）原文：至于负者歌于途，行者休于树，前者呼，后者应，

---

[1] 本小节选取《醉翁亭记》一文，对赫美丽、班文干、马古烈三人的译文进行分析。原文参见（清）吴楚材、吴调侯《古文观止》，中华书局 2011 年版，第 758—761 页。赫美丽译文参见 Martine Vallette-Hémery (trans.), *Les Formes du vent: paysages chinois en prose*, pp. 43-45。班文干译文参见 Jacques Pimpaneau (trans.), *Anthologie de la littérature chinoise classique*, Arles: Philippe Picquier, 2004, pp. 383-384。马古烈译文参见 Georges Margouliès, *Le Kou-Wen chinois*, Paris: Librairie Orientaliste, 1926, pp. 257-258。

伛偻提携，往来而不绝者，滁人游也。

赫美丽译：Des portefaix chantent sur les routes, des voyageurs se reposent sous les arbres, on s'appelle et se répond, des vieillards voûtés ou des enfants portés dans les bras passent en un va-et-vient ininterrompu：ce sont les gens de l'endroit qui vaquent à leurs affaires.

班文干译：Des portefaix discutent en marchant. Des promeneurs se reposent sous des arbres；ceux qui sont devant appellent, ceux qui sont derrière leur répondent；des vieillards tiennent des enfants par la main；c'est un va-et-vient continuel des habitants de la région.

"前者呼，后者应"一句赫美丽译为"on s'appelle et se répond"，即"人们相互招呼和相互答应"，省略原文中的"前""后"关系，简化了原文中游人往来不止、前呼后应的流动画面，只保留了其中的应答关系；相比之下，班文干译为"ceux qui sont devant appellent, ceux qui sont derrière leur répondent"，即"前面的人招呼，后面的人回应前面的人"，以两个分句完整对应原文句式和句意，在语义和结构上更贴近原文。

(2) 原文：醉翁之意不在酒，在乎山水之间也。山水之乐，得之心而寓之酒也。

赫美丽译：Mais ce n'est pas de vin qu'il est ivre, c'est de paysage！C'est son allégresse devant le paysage qui coule dans le vin pour envahir son cœur.

班文干译：La pensée du Vieillard Ivre ne réside pas dans l'alcool, mais dans le paysage, et le plaisir que donne ce paysage est multiplié par l'alcool.

马古烈译：Le fond〔de l'ivresse〕du vieillard ivre n'est pas dans le vin, mais c'est au milieu des montagnes et des cours d'eau qu'il la trouve. La joie du paysage, c'est par le cœur qu'elle s'obtient et c'est dans le vin qu'elle se manifeste.

"醉翁之意不在酒，在乎山水之间也"，赫美丽译为"Mais ce

n'est pas de vin qu'il est ivre, c'est de paysage！", "être ivre de qch" 既可以表示喝醉，也可以表示陶醉于某物，此句中一语双关，即可理解为"他不是醉酒，而是醉风景"，也可理解为"让他陶醉的不是酒，陶醉的是风景"，为读者提供了想象的空间。但如果对比原文，则会发现赫美丽的译文并未译出"意"这个字，"意"才是该句的主语，并非"醉翁"。相较而言，班文干把"醉翁之意"译为"La pensée du Vieillard Ivre"（醉翁的想法），马古烈译为"Le fond ［de l'ivresse］ du vieillard ivre"（醉翁醉酒的深意），均比赫美丽的译文更为准确。"山水之乐，得之心而寓之酒也"一句，"得之心"和"寓之酒"是并列关系，表示山水的乐趣是领会在心里，而形式是寄托在酒中，赫美丽译为"C'est son allégresse devant le paysage qui coule dans le vin pour envahir son cœur"，即"面对山水的快乐是为了俘获他的心而流淌在酒中的"，以介词 pour 表明"得之心"是"寓之酒"的目的，即"流淌在酒中"是为了"俘获他的心"，改变了两个动作的并列关系，有失准确。马古烈译为"La joie du paysage, c'est par le cœur qu'elle s'obtient et c'est dans le vin qu'elle se manifeste"（山水的乐趣，是通过心获得，且是在酒中体现或显露的），不但完美对应了原文的句式，而且用连词"et"表明"得之心"和"寓之酒"是并列关系。相比较而言，赫美丽的译文在准确与贴切上要逊色于马古烈的译文。

（3）原文：峰回路转，有亭翼然临于泉上者，醉翁亭也。

赫美丽译：A l'endroit où le sentier s'incurve autour de la cime du mont, un kiosque déploie son toit ailé au-dessus de la source：c'est le Kiosque du Vieillard Ivre.

班文干译：En suivant les méandres du chemin entre les hauteurs on arrive à un kiosque, suspendu comme s'il avait des ailes, près de la source；c'est le kiosque du Vieillard Ivre.

马古烈译：Ce qui s'élève comme pour prendre l'essor au bord de la source, là où les chaînes de montagnes tournent, au virage de la route, c'est le pavillon du Vieillard ivre.

"有亭翼然临于泉上者"一句，赫美丽译为"un kiosque déploie son toit ailé au-dessus de la source"，意思是"一个亭子展开它有翅膀的屋顶在泉水之上"，形容词"ailé"修饰名词"toit"，表示"有翅膀的""有翼的"屋顶。刘敦桢著作《中国古代建筑史》中曾探讨中国古代建筑屋顶造型的演变历史，他认为"瓦的代用到东周春秋才逐渐普遍，屋顶坡度由草屋顶的一比三，降至瓦屋顶的一比四"①，屋顶的建造是中国古代建筑美学的体现，亭台楼阁的顶部常常建造有不同形状的鸟兽，这些鸟兽似顺着屋顶坡度的平张延伸向外，在视觉上有一种飞出屋檐之外的动感效果。"以鸟的'飞'、鸟的'翼'来形容建筑，的确是中华民族和东方民族的特色，这里面所蕴含的内在情感亦非一日两日造成。"② 由此可见，以"翼"来形容建筑屋顶平张的形态在中国古代是惯常的用法，"翼"并非实指屋顶有翅膀，而是比喻屋顶平张的姿态如同飞鸟展翅一般。班文干把"翼然"译为"suspendu comme s'il avait des ailes"（吊起的样子好像它有翅膀似的），通过"comme si"（好像）表明比喻，比起赫美丽把虚指译为实指，把比喻译为事实，班文干的显得更为贴切。

从上述的比较中可以看出，赫美丽倾向于意译这一策略，虽然凸显并巩固了她译本一贯通顺、流畅的译文风格，但是意译倾向的轻重难以拿捏，甚至若是过度，则易变为简化原文，造成其译文有时在意义上不十分贴切原文的现象。中国古文本就讲究炼词锻句，相差分毫则会失之千里，法语译文若只是翻译大意，那么法语读者则会只知其意，不知其魂，法语译文若是过于直白浅近，很难表达出汉语古文的言浅意深，那么原文的体格和神魂必然出现偏差，出现形似而神不似的情况。

---

① 刘敦桢：《中国古代建筑史》，中国建筑工业出版社2008年版，第39页。
② 蒋勋：《美的历程》，湖南美术出版社2014年版，第80页。

三 辅助翻译手段的应用

赫美丽在她25年的翻译生涯中，译本不但数量众多，而且在出版发行策略上也自成一格。具体而言，她通过减少注释比例，将注释列于文末索引等方式，降低阅读过程中的阻滞；通过在文末添加插图的方式，以图像与文字相互映衬，增加读者的阅读趣味；以小开本、小册子的装帧发行，类似法国畅销口袋书的形式，既轻薄又便于携带，她将译本定位在富有趣味性的易读读本，从泛文本的层面进一步深化其译本作为以普通读者为导向的大众读物的策略。

作为译者，赫美丽在她的译本中极少提及她的翻译策略与倾向。这一方面是由于书中序言大都十分简短，只做最基本的介绍，只为配合译本简洁易读的风格；另一方面也是译者刻意而为，为读者留下更为广阔的想象空间。她在第一部中国古代散文译本《袁宏道：云与石（散文）》中唯一一次阐述了她的翻译策略，并解释了减少注释的目的：

> 如果没有注释，这些文章对现在的中国读者而言也难以理解。这些散文表现出与西方19世纪散文诗类似的发展特点，但其中有更多难以理解的暗指、影射，并用一种口语语言混杂着精致文学语言的方式进行表达。许多形象保留了其原创性，但也有一些变为陈词滥调。现代汉语译文的语句仍然保持了最为简明的节奏。译文尽可能翻译出一种现代阅读的多种视角。例如，由于地名通常是随意的，因为并不具有清晰的含义，在翻译地名时，我们采用了原先的译名，以便使其尽可能具有启发性和联想性。注释，只留下最为必要的，将以星号标出，并列于文末的索引中。①

---

① Yuan Hongdao, *Nuages et Pierres*, *de Yuan Hongdao*, trans. Martine Vallette-Hémery, Paris: Presses Universitaires de France, 1985, p. 11.

由此可知，赫美丽将原文中的地名采用原先的译名是为了保留其"启发性和联想性"；注释不但"只留下最为必要的"，而且仅列于文末，因此在译本正文中并不出现，仅供读者自行查阅，这样可以进一步降低注释的存在感，提高读者对正文的专注度和阅读快感；法语译文"仍然保持最为简明的节奏"，并"尽可能翻译出一种现代阅读的多种视角"，这些翻译的策略与倾向虽然未曾在之后的译本中被提及，却一以贯之地延续到赫美丽之后的每一部译作之中，显然，赫美丽是希望通过为译文"做减法"，在符合现代读者阅读习惯的同时，为读者留下更为广阔的想象和思考空间。

同时，赫美丽的译本《自然天堂：中国园林散文》与《荆园小语》在文末、卷首、卷尾等处添加颇具古典意蕴的白描式插图（见图1、图2），通过插图具象化地表现书中的文意，或为文字描写增

LE JARDIN DES ZHANG À LINGBI

J'achèterai des terres sur les rives de la Si pour y vivre mes vieux jours. Je verrai au sud le jardin de Lingbi ; nous entendrons réciproquement nos poules et nos chiens, nous nous rendrons visite à pied et sans apprêts. Un jour viendra où je pourrai fréquenter à longueur d'années le jardin de Monsieur Zhang et m'y promener avec ses fils et petits-fils.

Su Shi (Su Dongpo, 1037-1101) est le représentant le plus accompli de ces écrivains qui se partageaient entre le service de l'empire et la littérature. Il concilia confucianisme et bouddhisme ; esprit indépendant, il compromit plus d'une fois une carrière brillante et connut l'exil. Il est aussi admiré pour sa poésie que pour sa prose et sa réflexion philosophique et esthétique. Il a écrit sur le paysage des textes inspirés ; celui-ci semble être un écrit de circonstance.

图1 《自然天堂：中国园林散文》书影

图 2 《荆园小语》书影

强氛围,通过文字与图像相互映衬的方式激发读者的阅读兴趣,同时增加阅读趣味,这种图文并茂的方式仅在赫美丽的译作中出现过,在其他法国的中国古代散文法译本中十分罕见。

四 误译与漏译的存在

在全面细致阅读和比对赫美丽译文与原文后,可以发现,赫美丽译文除了由于其意译策略的倾向有时出现简化原文、失之精确的问题之外,她的译文①中还存在一定程度的误译和漏译现象。

(1) 原文:道京师而东,水浮浊流,陆走黄尘,陂田苍莽,行

---

① 本小节选取《灵璧张氏园亭记》一文,原文参见(北宋)苏洵、苏轼、苏辙《三苏文选》,四川人民出版社 1983 年版,第 189—192 页。赫美丽译文参见 Martine Vallette-Hémery (trans.), *Les Paradis naturels: jardins chinois en prose*, Arles: Editions Philippe Piquier, 2001, pp. 48 – 51。

者倦厌。

赫美丽译：A l'est de la capitale, on navigue sur une eau boueuse ou l'on marche dans une poussière jaune, avec pour seule vue des champs couverts de flaques. Le voyageur est pris de lassitude.

"陂田苍莽"指"高坡田野苍莽暗淡"，赫美丽译为"seule vue des champs couverts de flaques"，即"只有带着水洼的田野的风景"，漏译、错译了"高坡"和"苍莽暗淡"的含义，此外，她将"苍莽"误译成了"水洼"。

（2）原文：余为彭城二年，乐其土风。将去不忍，而彭城之父老亦莫余厌也，将买田于泗水之上而老焉。

赫美丽译：Je suis resté deux ans à Pengcheng; j'en ai apprécié les mœurs et je m'en vais à regret; je crois d'ailleurs que ses notables n'ont rien à me reprocher.

原文中"而彭城之父老亦莫余厌也"意为"而徐州的父老乡亲也并不厌弃我"，赫美丽译为"je crois d'ailleurs que ses notables n'ont rien à me reprocher"，表示"另外我相信这些显贵人物没什么可指责我的"，其中存在两处误译，把"父老乡亲"译成"显贵人物"，把"厌弃"译为"指责、责备"。

（3）原文：余自彭城移守吴兴，由宋登舟，三宿而至其下。肩舆叩门，见张氏之子硕。硕求余文以记之。

赫美丽译：Je passai par là en quittant mon poste de préfet de Pengcheng pour celui de Wuxing. Après trois nuits en bateau, je continuai en palanquin et me présentai à la porte. Je fus accueilli par Shuo, le fils de Monsieur Zhang, qui me pria de composer un texte sur leur jardin.

原文"由宋登舟，三宿而至其下"在赫美丽的译文中被合并为一句"Après trois nuits en bateau"，变为"乘船三天后"，漏译"由宋"，并把从应天府登船，行驶三天才到张氏园亭所表现的路途遥远、旅程疲惫的动作与状态简化为"乘船三天后"这一时间状语。

通过对赫美丽译文文本的分析，可以发现，她的译文具有文意浅近、通俗易懂、直白流畅的特点，通篇读来毫无滞涩之感，但有时她过于浅白的翻译，则会使得原文意义有所流失，往往还会造成与原文语言风格的差异，失去原文的风雅。赫美丽的翻译风格与前辈马古烈的逐字直译不同，她的译文更倾向于意译，译文字词和句式的选择更为自由，这在很大程度上消解了古文译文晦涩生硬的问题，使得她的译文更加通顺流畅，但有时意译的过度不可避免地产生将原文简单化处理的现象，从而造成有失精准的缺憾，甚至还伴有一定程度的误译和漏译。

第四节　市场导向下的文类翻译观

回顾20世纪下半叶中国古代散文在法国的翻译历程，一批具有鲜明主题色彩的译本印入我们眼帘：《浮生六记》《袁宏道：云与石（散文）》《风形：中国风景散文》《冒襄：影梅庵忆语》《徐霞客游记》《菜根谭》《陶庵梦忆》《幽梦影》《南山集》《中国古典散文选》。其中除《南山集》与《中国古典散文选》保持与马古烈《中国古文选》一致的选文风格，即依据中国古文传统中的经典文选进行选译之外，其他8部译作不论是由法国译者选文成集，还是将已有中国古代散文作品译为法语，都是具有鲜明主题特色的译作。如《袁宏道：云与石（散文）》《风形：中国风景散文》《徐霞客游记》以山水游记为主题；《菜根谭》《幽梦影》以修身养性为主题；《浮生六记》《影梅庵忆语》以婚姻生活为主题；《陶庵梦忆》以风俗人情为主题。这8部作品中不但有5部是赫美丽的译作，而且21世纪以来她又出版了《自然天堂：中国园林散文》《娑罗馆清言》《荆园小语》3部译作，并且始终在山水游记与清言小品中耕耘，成为法国翻译中国古代散文体裁风格突出、主题鲜明的领军人物。

当然，选择山水游记和清言小品作为翻译的主要文类是译者精心考量后的决定，是赫美丽以市场为导向，为迎合和吸引法国大众读者而作出的决定。正如上文所言，赫美丽的译作经过深思熟虑，在选文上精挑细选，不仅考虑作品内容的丰富性与多样性，还要考虑作品的文学性与艺术性；不仅兼顾不同作家的不同作品，还要兼顾不同朝代与历史分期；不仅兼顾读者的趣味，还要兼顾作品的思想；不仅关注作品的学术性，还要关注市场的接受度。因此，在选题上赫美丽侧重以中国古代名山大川的风光之美为内容基础，以中国古代文人阶层的闲雅脱俗的生活艺术为诗意的追求，以中国古代儒释道哲学思想"明德""至善"为崇高的理想境界：一方面突出中国古代自然景观与士人生活的"东方魅力""异域风情""宗教哲学"；另一方面突出园林、自然、哲学等法国读者本已熟知的文学元素。前者以新奇性而获得大众的关注，后者则因普遍性而获得读者的共鸣，通过精准选择译本主题从而吸引并迎合预期的读者群体，这为赫美丽译作的出版与销售奠定了坚实的基础。此外，在语言上赫美丽力求译文采用现代语言，使译入语更加符合法国当代读者的阅读习惯，同时保持简明的节奏，呈现给读者以现代阅读的多种视角。在这一翻译策略的指导下，赫美丽的译文不但用词直白朴素，而且文意浅显易懂，在为读者扫清阅读古文障碍的同时具备了通顺流畅的优势，但是意译的过度也带来简化原文、错译漏译的问题。在形式上赫美丽的译本具有少注释、多插图、小开本的特点（见图3至图5），既降低了译本的阅读难度，提高了读者的阅读兴趣，又降低了发行成本，让更多的法国读者用较低的价格购买图书。

赫美丽在翻译过程中采取各种手段减少阅读障碍，增添阅读乐趣，使法国普通读者产生阅读中国古代散文的兴趣与信心，她的翻译明显呈现出以读者为中心的翻译倾向，不论是主题的确定、篇目的选择、选文的标准、序言的推介，还是简化原文、减少注释、增加插图、小开本的设计、低廉的定价策略，等等。赫美丽在主题、选文、翻译等各个环节采取的策略最终都指向法国最广大的普通读者，并希望中国古代散文在法国图书销售市场占有一席之地，使更多法国读者能够领略到中国古代散文的艺术魅力，借用中国古老传

图3 《自然天堂：中国园林散文》封面

统文化的智慧，面对和解决现今社会面临的种种困惑。事实证明，赫美丽在市场导向下以普通读者为目标的主题翻译观是成功且富有远见的，由她翻译的山水游记类散文和清言小品类散文不但陆续出版，成为法国中国古代散文法译中最为重要的主题，而且《袁宏道：云与石（散文）》《风形：中国风景散文》《菜根谭》《自然天堂：中国园林散文》四部译作多次再版，也充分证明法国读者对赫美丽译本的喜爱和法国图书市场对赫美丽译作的认可。

赫美丽作为20世纪下半叶最为重要的中国古代散文译者，在25年的翻译历程中能够不断出版散文译作，自然与她个人的努力息息相关，更是得益于20世纪七八十年代中国古代文学在法国译介的热

图4 《娑罗馆清言》封面

潮，只有在历史语境的制约与导向之下顺势而为，方能打开中国古代散文在法国译介的局面。1949年中华人民共和国成立，1964年法国在戴高乐的领导下率先打破西方对中国的封锁与中国建交，极大地促进了两国之间各领域的友好往来。在中法两国间经济、文化交流日益频繁的背景下，法国的汉学研究随之复苏，中国古代文学在法国的译介也得以回暖。在法国的汉学教育和研究领域，不但有巴黎、马赛、普罗旺斯等城市知名的高等院校设置中文系或开设中文课程，而且法国科学院新设或扩充了有关东方和中国学的学术研究机构，如有专门研究中国历史和文学的，有专门研究敦煌艺术的，还有专门研究中国当代问题的，汉学研究的机构数量和队伍随之进

图 5 《幽梦影》封面

一步壮大。随着法国开设汉学研究的高等学府与研究机构的增多，一批对中国古代文学有深入研究的学者得到了培养并成长起来，其中一部分人毕业后留在教育机构任教，逐步成长为功底扎实的汉学家，他们在研究之余，或因工作需要、或由出版社邀约，开始从事中国古代文学的翻译工作，为促进中法文化交流，特别是法国读者对中国古代文学的认识起到强有力的助推作用。1959 年，联合国教科文组织决定选译东方国家的名著编撰出版一套"认识东方"丛书，交由 Gallimard 出版社出版，负责这项工作的是著名批评家、作家、比较文学大师艾田蒲和法兰西院士罗歇·卡约（Roger Caillois）。然而1966年中国"文化大革命"开始，中国与法国的文化交往几乎中断，面对中国"造反派"借"破四旧"的名义大肆砸毁文物、焚烧书籍的严峻形势，法国汉学家倡议保护和延续中国传统文化，"认识东方"丛书的出版进程因此大幅度提速，以出版经典闻名的"七星书库"也逐渐将中国古代文学译本纳入出版计划。一批由法国研究中国古代文学的专家翻译的中国古代文学译本在20世纪七八十年代相继出版，形成一股中国古代文学法译的热潮。其中中国古代诗歌作为法国读者持续、长久喜爱的文类在译本数量、译本种类、覆盖朝代、全译本等方面大大超越了过去诗歌片段式、零碎化的翻译，迎来了前所未有的繁荣；而《红楼梦》《金瓶梅》《水浒传》《西游记》《聊斋志异》《三国演义》《儒林外史》《今古奇观》等一批具有代表性的中国古代小说也在此期间得以出版，于是在20世纪七八十年代的法国逐渐形成了中国古代文学法译的黄金时代。随着1978年中国的改革开放，中国的经济实力与世界影响力逐步提升，中法经济文化交往更加紧密，中法友好城市、中法文化年、中法文化交流之春等项目在中法两国落地，法国再度出现汉语热、中国热，中国古代文学在法国的译介更是取得了长足的进展。中法两国政治上的友好往来、大型出版社系列丛书的持续出版、新一代法语译者的涌现使得中国古代文学的翻译热潮在20世纪80年代终于再次到来，正如法国出版商菲利普·毕基埃（Philippe Picquier, 1950—）所言："20世纪80年代，法国出版界掀起了一场真正的革命，越来越多的读者对外国文学产生好奇，伴随而来的情况便是，出版外国文学迅速成为许多有胆量的小型出版社的选择。"[1]

也正是在20世纪七八十年代中国古代文学在法国翻译的热潮之中，赫美丽在法国读者尚未熟知古代散文的情况下，选择山水游记和清言小品两类既有异国风情又有情感共鸣的主题，努力为法国普

---

[1] 祝一舒：《翻译场中的出版者——毕基埃出版社与中国文学在法国的传播》，《小说评论》2014年第2期。

通读者标定这一新的文学样式,不但打下了良好的读者基础,增强了出版社的出版信心,还推动了中国古代散文在法国的持续出版。赫美丽也凭借自己对中国古代山水、园林、风物游览的游记类散文以及清言小品类散文长达 25 年的翻译与传播,成为法国 20 世纪下半叶以来最为重要的中国古代散文译者。

第 五 章

学术翻译:费扬翻译研究

费扬（Stéphane Feuillas，1963—），法国汉学家，1963年1月18日生于法国南部小城阿尔勒。他1981年高中毕业，1983年在埃克斯－马赛大学（Université d'Aix-Marseille）取得了现代文学和德语的大学普通学习文凭（DEUG：Diplôme d'Etudes Universitaires Générales），1984年在埃克斯－马赛大学获得现代文学学士学位，1985年就读于巴黎高等师范学院（Ecole normale supérieure），1986年在巴黎索邦大学（即巴黎四大）（Université Paris-Sorbonne）（Paris-IV）取得现代文学硕士文凭。1987年通过法国高中教师招聘会考后，费扬决定重新选择职业发展道路，因此他前往亚洲，于1988年9月至1990年5月期间在南京大学学习中文与中国哲学，1990年7月至12月在香港短暂停留并在法语联盟（Alliance Française）教授法语，1991年4月至1993年9月间他曾在日本名古屋大学文学院教授法语文学并学习日语。费扬于1993年下半年返回法国，在巴黎狄德罗大学－巴黎七大（Université Denis Diderot-Paris 7）取得研究中国哲学的深入研究文凭（DEA：Diplôme d'Etudes Approfondies），开始为博士阶段的学习做准备。随后他在导师朱利安的指导下开始博士研究，并于1996年获得巴黎狄德罗大学的博士学位，他博士论文答辩的题目是《回归天道：张载〈正蒙〉中的自然与道德》（*Rejoindre le Ciel*：*nature et morale dans le Zhengmeng de Zhang Zai*）。此后费扬留校，历任讲师、副教授、教授。他出版的法译汉学著作包括《东坡赋》《东坡记》《陆贾新语》①等书，同时他参与翻译了马迪厄（Rémi Mathieu，1948—）主编的《中国历代诗选》②的宋代部分。费扬现阶段主要从事宋代文学与哲学、宋代士人群体、《易经》注疏、中国思想史等方面的研究，是法国公认的苏轼研究专家。

费扬分别于2003年和2010年翻译出版两部苏轼散文集——《东坡赋》与《东坡记》，不但与班文干所译《苏东坡：关于自我》（2003）形成合力，推动苏轼散文译介成为21世纪以来中国古代散文法译的新热点，而且其苏轼翻译与苏轼研究形成互动，呈现出鲜明的学术化翻译特点，推动中国古代散文法译逐渐向学术化、经典化转变。

第一节 以研究为导向的翻译选择与行为

一 博士论文基础上的宋代哲学研究

费扬在2003年翻译的《东坡赋》是法国第一部苏轼的散文选集，费扬对苏轼的关注实则源自他博士期间的研究和他的博士论文《回归天道：张载〈正蒙〉中的自然与道德》。费扬在博士期间研究古代中国的哲学思想，尤其是对"气"的概念很感兴趣，于是导师朱利安建议费扬以理学创始人之一、北宋思想家张载作为研究对象，以其倡导的"太虚即气""气化万物"的气本论为切入点研究"气"的概念。因此，费扬的博士论文围绕先秦儒家哲学中的"天人合一"思想，以北宋理学家张载的著作《正蒙》为研究对象，探讨张载在反对佛家思想与道家思想的过程中对儒家"天人合一"思想的重新解读与阐发。费扬在论文的第一部分提出了张载的《正蒙》是以《易经》为依据的观点，通过论证物质的气是世界之本源，批判

---

① Stéphane Feuillas, *Les Nouveaux Propos de Lu Jia*, Paris: Les Belles Lettres, 2012.
② Rémi Mathieu ed., *Anthologie de la poésie chinoise*, Paris: Gallimard, 2015.

"以心法起灭天地""诬天地日月为幻妄"的佛家思想以及"有生于无"的道家思想。在此过程中,为达到"天人合一",则需要为道德寻找自然的基础,即不能将"天"的含义限定于唯一的天文现实,而应通过《易经》理解"天"所具有的广博含义。在第二部分,费扬分析自然的二元论方法,通过物质性与功能性的能量概念确定"天"如何成为人类道德标准的源泉。第三部分,费扬回归对"人"的探讨,分析道德实践中人性与命运的关联,并解读《正蒙》中气的一元论哲学体系对"天人合一"思想的继承与发展。正是从张载出发,费扬开始了解、学习、研究宋代哲学。"很快,我就发现这是一个自由、开放的时代,并深感兴趣。早在 11 世纪,中国古代的文化、经济、政治都发生了改变,许多思想家登上历史舞台,他们在思想上各有建树,这就造成了一种独特的社会氛围。随后,我以宋代为主要研究对象,直到现在,热情不减。"[1]

在博士研究期间,费扬特别关注中国哲学的边界与表达方式,因为他发现只关注中国古代哲学或哲学家这一"横截面"并不能真正了解宋代士大夫的面貌。因此,费扬一方面逐渐将研究扩展到张载以外的北宋文人,包括苏轼、王安石、司马光等,另一方面在研读哲学文本的基础上,增加了对他们的文学作品和其他作品的阅读,通过哲学书写与文学书写相结合的方式,从更广泛的角度探索宋代士大夫阶层的思想。

二 北宋文学家苏轼研究

费扬以关于张载思想中自然与道德相关性的研究为出发点,在迄今 20 多年的学术生涯中将研究目光锁定在宋代,通过研究宋代诗歌与《易经》的关联,宋代政治制度化对话语体系构建的影响,以及宋代

---

[1] 李泊汀:《融通文哲,出入汉宋——专访法国汉学家费扬教授》,中国文化院,2017 年 3 月 3 日,http://www.cefc-culture.co/en/2017/03/li-boting-from-philosophy-to-literature%E2%94%80-an-interview-with-french-sinology-professor-stephane-feuillas/,2018 年 12 月 12 日。

文学对哲学空间的构建,力图重新定义"文"的概念,并最终重建宋代思想的话语体系。费扬长期关注宋代士大夫研究、北宋哲学与文学的关联性研究、《易经》注疏研究、中国思想史研究等方面,他于2013年发起了一个以宋代士大夫为研究课题的研究小组,深入研究宋代士大夫阶层的哲学思考与思想,小组成员从历史、文学、哲学、科学的角度研究重要的宋代士人,如王安石、黄庭坚、杨万里等。"我们大量阅读他们的主要作品,他们有些人固然主要是诗人,但有时其身份中更重要的是官员,他们写回忆录、经济报告、史书等,我们比较这些作品,看当时士人的真实状态,这是我们现在关于宋代文学研究的主要工作,最终将会结集出版,取名为《宋代士大夫研究》。"[1]

在宋代士大夫之中,苏轼尤其被费扬所关注,原因即在于苏轼研究所具有的多重可能性。他曾在2016年参加香港浸会大学举办的"辞赋诗学论坛"时接受采访,谈及自己研究苏轼的个中缘由:

> 一开始,我只是觉得苏轼是一个很有吸引力的人物,他的人生经历充满浪漫主义色彩。他跌宕起伏的人生经历引人入胜。另一方面,他也是宋代最伟大的学者之一。他可以说是宋代士大夫的典型,如果要研究宋代士人,似乎苏轼的身上已经囊括了所有可以研究的面相。对于我来说,比较特别的一点是,苏轼不仅仅是儒家、道家或佛家的信徒,他从三家之中都汲取了营养,并形成了自己独特的哲学思想。我们从他的诗、词、散文、注疏之中皆可见到。
>
> 此外,他诗词中的充满象征性的意象也深深吸引着我,尤其是在他被贬去黄州以前的作品。我有一种感觉,他运用这些意象并不仅仅是文学手段,也有关乎实存的(existential)方面。

---

[1] 李泊汀:《融通文哲,出入汉宋——专访法国汉学家费扬教授》,中国文化院,2017年3月3日,http://www.cefc-culture.co/en/2017/03/li-boting-from-philosophy-to-literature%E2%94%80-an-interview-with-french-sinology-professor-stephane-feuillas/,2018年12月12日。

我以此切入，并且发现，苏轼或许是唯一一个自觉地对"假像"（illusion）这一概念作出反应的思想家，尤其是对于"假像"存在的需要作出了思考。这一面相我觉得非常现代、新颖，因为在一般的哲学中"假像"总是不好的，但在苏轼的诗词中，"假像"似乎具有一种特殊的力量。这一点深深吸引着我。总的来说，苏轼是一个充满力量的人，他的诗、词、书法皆如此，对于我而言，他就是一个当代人物，他的身上有很多普世价值值得我们研究。另外，虽然苏轼与李白、白居易有许多共同点，但一个最大的区别是：苏轼对于生活有着更加哲学的思考视角，因此，他会用更具哲学性的话语去表达自己，而不像李白、白居易那样单纯用诗人的语言。在我看来，当然苏轼是一位伟大的诗人，但同时他也是宋代最伟大的哲学家之一，固然，他的创作样态可以是诗词、散文或注疏，但是整体而言，皆可见出他对于人性和自然的种种看法。所以他不仅是一位生活中的哲学家，更是一位有"话语"（discours）的哲学家。①

费扬认为，苏轼既经历了传奇跌宕的一生，诗词意象充满象征性，又是宋代士大夫的典型，有自成一体的哲学思想，还是个"当代人物"，身上的普世价值时至今日仍有其重要意义。由此可见，费扬对苏轼的关注与重视并非出于偶然。一方面，苏轼作为宋代士大夫阶层的代表性人物，他与王安石、司马光等人共同致力于重新创造中国的传统，致力于强化、强调个体生命的价值与个人的创造力，故而苏轼便成为费扬对宋代士大夫群体研究中不可或缺的代表性人物；另一方面，苏轼在宋代士大夫群体中有其独特性，苏轼汲取儒、释、道三家的精神养分，通过诗、词、散文、注疏、书法等多种书

---

① 李泊汀：《融通文哲，出入汉宋——专访法国汉学家费扬教授》，中国文化院，2017年3月3日，http：//www.cefc-culture.co/en/2017/03/li-boting-from-philosophy-to-literature%E2%94%80-an-interview-with-french-sinology-professor-stephane-feuillas/，2018年12月12日。

写表达自己独特的哲学思想,作为宋代伟大的文学家与哲学家,他以多重身份展现出时至今日依旧具有活力的普遍价值,这成为费扬对苏轼进行持续性翻译与研究的深层动因。

正如费扬所说:"我开始尝试将哲学与文学结合,从更广泛的角度探求他们的思想,现在我的关注重心之一就是带有哲学性的文学。苏轼就是一个很有趣的例子,一方面他为《易经》作注,并有大量的哲学作品——'论',与此同时,要真正了解他对于变化和人性的看法,就不得不读他的诗作,因为这当中有不少蕴含哲理的作品,所涵盖的思想甚至比他的注疏还要多。"①

正因为苏轼独特的哲学思想并不限于哲学书写之中,而是散见于注疏、散文、诗作等文学书写之中,所以费扬通过将哲学与文学相结合,以文学书写补充哲学书写的方式探求苏轼的哲学世界,从而展开对苏轼古代散文的翻译工作。可以说,作为译者的费扬其翻译目的与马古烈、赫美丽均不相同,费扬的翻译行为直接指向的是他本身的研究,他的翻译是他研究的基础性工作,是他整体中国哲学研究工作中不可或缺的一环,而费扬作为苏轼研究专家反过来又为苏轼散文的翻译提供了有力的学术理论支持与保障,同时,他的"翻译→研究→翻译"的工作模式,形成了独具特色的因研究而有翻译,因翻译而推动研究的双向良性循环系统。

第二节 "赋"与"记"选文标准的确立

一 从文体切入,走出选文困境

苏轼是北宋中期文坛领袖,"唐宋八大家"之一,在散文、诗、

---

① 李泊汀:《融通文哲,出入汉宋——专访法国汉学家费扬教授》,中国文化院,2017 年 3 月 3 日,http://www.cefc-culture.co/en/2017/03/li-boting-from-philosophy-to-literature%E2%94%80-an-interview-with-french-sinology-professor-stephane-feuillas/,2018 年 12 月 12 日。

词、书、画等方面均取得了极高的成就。苏轼不仅在诗、词、散文三方面都有极高的造诣，体现了宋代文学的最高成就，而且流传于世的文学作品极为丰富，包括 2400 余首诗、800 余首词以及 2000 余页散文，他以纵横恣肆、清新豪健的笔锋写下自己进退自如、宠辱不惊的人生哲学。

费扬认为，要想理解苏轼、理解宋代士大夫的思想，就必须以他们的方式来思考。具体而言，宋代并没有哲学、文学的清晰分类，而是通过特定的写作方式进行不同主题的阐发与表达，而写作方式与文体相关，文体通过对写作词汇、写作内容的规范建立起一套具有严格限制的文体书写系统，士大夫需要在限定的文体系统内表达自己的主张，因此从文体形式入手成为了解苏轼思想体系的最佳路径。"对于我而言，不仅仅要将哲学与文学相结合，更要研究不同文学文体是怎样限制他们的思想的。如果他们在某种特殊的文体表达某种内容，而在另一种文体中有不同的表达，那么要了解他们的真实思想，就需要比对这些文体本身。我觉得，这种研究角度值得西方学界重视，因为西方哲学家一般不太重视文体的差异。"[①]

对于费扬而言，如何在苏轼体量极大的文学创作之中选择所要翻译的文本是他首先面临的问题。一方面，翻译文本的选择需要与自身的研究课题相关联，能够为研究前期的文本细读打下坚实的基础；另一方面，文本、篇目的选择又需要考虑到译本本身的完整性、可读性，尽可能在法国相对边缘化、占较少份额的中国古代文学图书市场之中打造出有特色、有分量的译本，从而占据一席之地。基于以上两方面的考量，费扬认为，从文体入手进行苏轼翻译和研究不失为一种两全其美的好方法，他选择以"赋"和"记"两种中国古代散文文体为切面，以点带面地串起一条贯穿苏轼人生旅程的纵

---

① 李泊汀：《融通文哲，出入汉宋——专访法国汉学家费扬教授》，中国文化院，2017 年 3 月 3 日，http：//www.cefc-culture.co/en/2017/03/li-boting-from-philosophy-to-literature%E2%94%80-an-interview-with-french-sinology-professor-stephane-feuillas/，2018 年 12 月 12 日。

线，同时也解决了文本选择的难题。

二 《东坡赋》与《东坡记》的选定

(一) 《东坡赋》与苏轼人生轨迹的呈现

《东坡赋》(*Un Ermite reclus dans l'alcool, et autres rhapsodies de Su Dongpo*) 于 2003 年由 Caractères 出版社出版，并收入其"经典"丛书 (Majeurs)，该丛书致力于出版世界文学中已故经典作家的作品，除《东坡赋》外，还出版有俄国诗人马赫姆别特·奥特米苏里 (Makhambet Utemissov, 1804—1846) 的《草原的红色艾草》[①]、犹太女诗人汉娜赫·西纳什 (Hannah Senesh, 1921—1944) 的《一刻》[②]、俄国诗人亚历山大·普希金 (Alexandre Pouchkine, 1799—1837) 的《青铜骑士》[③]，以及芬兰瑞典语女诗人伊迪特·索德格朗 (Edith Södergran, 1892—1923) 与瑞典女诗人卡琳·博耶 (Karin Boye, 1900—1941) 的合集《两个声音》[④] 等译作。

《东坡赋》是费扬的第一部中国古代散文译作，也是法国第一部苏轼散文译本，更是唯一一部苏轼赋作的全译本。费扬在《东坡赋》中依照赋作成文的先后顺序，译出包括《滟滪堆赋》《屈原庙赋》《酒隐赋》《前赤壁赋》《后赤壁赋》《洞庭春色赋》《天庆观乳泉赋》《黠鼠赋》等在内的全部 26 篇赋作。

在费扬看来，选择最先翻译苏轼的赋作有着多重的原因。

首先，苏轼是拥有多重身份的文学家，他丰富的经历最终都化为可贵的书写流传于世，他在文学和艺术上所达到的广度与深度是很少有人匹敌的。费扬在译本封底短短的三段文字中，用一整段的篇幅着重说明苏轼的多重身份，以佐证其文学成就的丰富性。文章

[①] Makhambet Utemissov, *L'Armoise rouge de la steppe*, Paris：Caractères, 2003.
[②] Hannah Senesh, *Un instant*, Paris：Caractères, 2004.
[③] Alexandre Pouchkine, *Le cavalier d'airain*, Paris：Caractères, 2004.
[④] Edith Södergran et Karin Boye, *Deux voix*, Paris：Caractères, 2011.

介绍说，苏轼是一位经历极其丰富的文人，很难想象，他将画家、诗人、书法家、思想家、高级官员、词作者、皇帝的老师、学者、经典注疏家、省长这些众多不同的身份集于一身，不仅擅长诗、书、画，而且对美食、酿酒、水利工程的建造等均有着浓厚的兴趣，虽遭受两次贬谪但最终得到赦免回朝。因此，无论是作为知名的文学家，还是几经挫折的官员，抑或是一个普通民众，苏轼都是一个内涵十分丰富且饶有趣味的阅读对象。

其次，苏轼一生共作26篇赋，均是他人生不同时间、不同经历的文学书写。费扬认为："26篇文章是苏轼沿着时间顺序的路径完成的，它们属于一个完备的整体，中国的编者将它们归在'赋'（la rhapsodie）这一文体类别之下。与苏轼书写的其他文类相反，这一文体伴随了他的整个诗人生涯。"[①] 费扬按成文先后顺序翻译和编排《东坡赋》的原因在于，他认为苏轼的所有赋作都是记录他人生重要时刻和思想转折时期的回响。比如：《滟滪堆赋》写于苏轼20岁进京赴任途经长江之时；《前赤壁赋》写于他被贬黄州之时；《沉香山子赋》写于被流放至海南岛期间；《三法求民情赋》反对严刑峻法，倡导慎狱恤刑；《复改科赋》赞美的是闱场考赋的积极作用；《飓风赋》流露虚无主义的思想等。这为读者在苏轼共计2000余页的散文作品中理出了一条难得的时间线。此外，苏轼的赋作与他的其他作品相比篇幅不是很大，在文体上自成一体，且能囊括苏轼人生的各个重要阶段，因此作为理解苏轼散文的最初切入点十分合适。

最后，苏轼的赋作不但在沿袭辞赋传统的基础上努力创新，而且写作主题愈加广泛，涉及"政治、艺术，还有对自我毁灭和廉洁的终极思考，对超然世外的追求，对隐遁世外的不为人知的圣贤的歌颂，对饮酒美食的热爱，对炼丹术的追求和友人间的欢愉享乐"[②]，

[①] Su Shi, *Un Ermite reclus dans l'alcool, et autres rhapsodies de Su Dongpo*, trans. Stéphane Feuillas, Paris：Caractères, 2003, p. 32.

[②] Su Shi, *Un Ermite reclus dans l'alcool, et autres rhapsodies de Su Dongpo*, trans. Stéphane Feuillas, Paris：Caractères, 2003, p. 36.

上至形而上的精神追求，下至凡人俗世的物质生活，都是其书写的对象，而且行文间时时流露出宋代文人的珍贵品质——"自然率直、有影响力、克己与良知、距离与幽默、自尊以及谈话的精妙艺术"①。

由此可见，费扬首选苏轼的赋作这一文体，以相对较少的篇幅勾勒出苏轼的人生轨迹，展现出苏轼多重身份催生的极为丰富的内容。同时，苏轼的赋作内容涵盖北宋的政治、哲学、历史、民俗、民情、奇闻轶事等众多方面。此外，苏轼作为宋代文学的代表性人物，他的赋作既继承了欧阳修开创的一代文风，又融入了古文放达不羁的气韵和诗歌的抒情意味，并因其文学性与艺术性成为辞赋文类的高峰。上述三方面共同构成了费扬选择苏轼的赋作作为苏轼散文首个全译本的动因。

(二)《东坡记》与苏轼哲学书写的呈现

《东坡记》是费扬翻译出版的另一本苏轼散文作品集，2010年由Les Belles Lettres出版社出版，收入"汉文法译书库"。"汉文法译书库"继承了Les Belles Lettres出版社双语丛书的传统，由法国著名汉学家程艾兰、法国巴黎高等实践研究院马克·卡利诺斯基（Marc Kalinowski,? —）教授和巴黎第七大学东亚语言文化系费扬教授共同担任主编，自2010年创立以来一直专注于古代中国文化及汉文文化中经典著作的出版工作，译介不同学科领域的汉籍经典，囊括哲学、历史、政治、宗教、诗歌、戏剧、散文等诸多学科与体裁的著作，已出版《法言》②《盐铁论》③《古诗十九首》《管子·心术篇》④《朱

---

① Su Shi, *Un Ermite reclus dans l'alcool, et autres rhapsodies de Su Dongpo*, trans. Stéphane Feuillas, Paris: Caractères, 2003, p.12.

② Yang Xiong, *Yang Xiong, Maîtres mots*, trans. Béatrice L'Haridon, Paris: Les Belles Lettres, 2010.

③ Huan Kuan, *La Dispute sur le sel et le fer*, trans. Jean Lévi, Paris: Les Belles Lettres, 2010.

④ Romain Graziani (trans.), *Ecrits de Maître Guan: Les Quatre traités de l'Art de l'esprit*, Paris: Les Belles Lettres, 2011.

陆：太极之辩》①《陆贾新语》《佛国记》②《洛阳伽蓝记》③《史通内篇》④《西厢记》⑤《元杂剧三种》⑥《杜甫诗全集·卷一》⑦《荀子》⑧《西京杂记》⑨《理惑论》⑩《杜甫诗全集·卷二》⑪ 等近 30 部中国古代经典著作，在短短的十年间就有如此厚重的翻译出版成果，实属难能可贵。

作为"汉文法译书库"首批问世的经典译作，《东坡记》是费扬继翻译《东坡赋》后的"倾力之作"。该译本是首个完整译出苏轼全部"记"类散文的欧洲译本，也是唯一一个全译本，书中以成文先后顺序依次译出记体散文 61 篇。⑫

费扬认为苏轼的"记"类散文具有多重的价值：第一，就内容

---

① Zhu Xi, *Zhu Xi, Lu Jiuyuan, Une controverse lettrée*, trans. Roger Darrobers et Guillaume Dutournier, Paris：Les Belles Lettres, 2012.

② Fa Xian, *Mémoire sur les pays bouddhiques*, trans. Jean-Pierre Drège, Paris：Les Belles Lettres, 2013.

③ Yang Xuanzhi, *Mémoire sur les monastères bouddhiques de Luoyang*, trans. Jean-Marie Lourme, Paris：Les Belles Lettres, 2014.

④ Liu Zhiji, *Traité de l'historien parfait*, trans. Damien Chaussende, Paris：Les Belles Lettres, 2014.

⑤ Wang Shifu, *Le Pavillon de l'Ouest*, trans. Rainier Lanselle, Paris：Les Belles Lettres, 2015.

⑥ Isabella Falaschi (trans.), *Trois pièces du théatre des Yuan*, Paris：Les Belles Lettres, 2015.

⑦ Du Fu, *Du Fu, Poèmes de jeunesse, Œuvre poétique I*, trans. Nicolas Chapuis, Paris：Les Belles Lettres, 2015.

⑧ Xun Kuang, *Ecrits de Maitre Xun*, trans. Ivan Kamenarovic, Paris：Les Belles Lettres, 2016.

⑨ Liu Xin, *Notes diverses sur la capitale de l'ouest*, trans. Jacques Pimpaneau, Paris：Les Belles Lettres, 2016.

⑩ Mou Rong, *Meou-Tseu, Dialogues pour dissiper la confusion*, trans. Béatrice L'Haridon, Paris：Les Belles Lettres, 2017.

⑪ Du Fu, *Du Fu, Poèmes de jeunesse, Œuvre poétique II*, trans. Nicolas Chapuis, Paris：Les Belles Lettres, 2018.

⑫ 参见 Su Shi, *Les Commémorations de Su Shi*, trans. Stéphane Feuillas, Paris：Les Belles Lettres, 2010, p. CXXIX。

而言，苏轼在继承文体主题的基础上锐意创新，扩充了"记"这一文体的范畴，内容包括对有德行的官员的颂赞，对名山大川游历与见闻的记录，对政治的思考，对历史的重读，对文人自传式的书写，对佛家和道家思想的思考，对艺术功用的探索，等等。费扬通过"记"的书写，不仅呈现了他对自然风物的描绘和对世道人生的思考，也阐明了他关于美学、佛学以及政治改革的理论主张。就文学与哲学的关系而言，《东坡记》"是苏轼全部文学创作之中哲学性最强的一部分"[①]，其中包含对象（image）的概念、卦法人物的作用（le rôle des figures hexagrammatiques）、自我文化的创新研究视角、理论性论辨的性质（la nature des débats théoriques）等哲学命题的思考。因此，《东坡记》对探讨宋代士大夫如何通过文学写作来深入探讨哲学问题，具有重要的研究价值。第二，就文体本身而言，"赋"与"记"作为苏轼散文书写的两个重要组成部分，可以通过文体对比，揭示苏轼在同一文体形式之下写作手法和内容的变化，并以此"分析在一个充满制度与规范的时代背景之下，话语策略与文学和思想之间的关联"[②]，与此同时，翻译出版《东坡记》"也是一种为苏轼写传记的新方法与新尝试"[③]。

通过对《东坡记》选文方式与特点的分析，可以看出，费扬选择《东坡记》作为翻译对象主要基于三方面的考量。其一，苏轼的"记"同"赋"的书写一样贯穿作者的一生，并且几乎成文年代都

[①] 李泊汀：《融通文哲，出入汉宋——专访法国汉学家费扬教授》，中国文化院，2017年3月3日，http：//www.cefc-culture.co/en/2017/03/li-boting-from-philosophy-to-literature%E2%94%80-an-interview-with-french-sinology-professor-stephane-feuillas/，2018年12月12日。

[②] "Stéphane Feuillas", Centre de recherche sur les civilisations de l'Asie orientale, 2018.12.10, http：//www.crcao.fr/spip.php?article203&lang=fr.

[③] 李泊汀：《融通文哲，出入汉宋——专访法国汉学家费扬教授》，中国文化院，2017年3月3日，http：//www.cefc-culture.co/en/2017/03/li-boting-from-philosophy-to-literature%E2%94%80-an-interview-with-french-sinology-professor-stephane-feuillas/，2018年12月12日。

可考，因此按成文先后顺序编排译文的方式也就成为书写苏轼人生传记的新方式。其二，苏轼的"记"内容涵盖范围不仅比他的赋作更广，而且文本数量也更多，涉及的主题多种多样，既有对自然景观的描写，也有对政治宗教的哲思，译本内容的丰富与深刻既可吸引读者的兴趣又可引导读者思考。其三，苏轼的"记"作为其哲学性最强的文学性文本，不但在文中对众多哲学命题有所阐发，而且能看到作为宋代士大夫代表人物的苏轼在历史语境中的话语策略和文学建构，因此，苏轼的"记"也是费扬本人研究苏轼哲学思想、宋代士大夫哲学思想的重要文献材料，是他研究工作中不可或缺的基础性资料。

可以说，费扬的《东坡记》是对《东坡赋》的继承与发展，是费扬从文体角度入手解读苏轼的方式，其翻译的最终目的指向宋代士大夫研究，因而费扬在翻译文本的选择上也是向他的学术研究靠拢，为他的学术研究服务。因此，在苏轼全部文学创作中哲学性最强的《东坡记》和数量不多但从他年轻时候到生命末期的作品都有选录、能够勾勒出东坡传记的《东坡赋》便成为苏轼翻译的首选。由此，以译本服务于研究的中国古代散文法译新趋势初露端倪。

第三节　以专业读者为导向的经典翻译

费扬作为 21 世纪以来活跃于法国译坛的新兴力量，通过翻译出版苏轼散文中不同文类的全译本，开创了法国以宋代文人士大夫苏轼为对象的中国古代散文作家专题翻译，并将翻译与学术研究深度结合，形成他别具一格的翻译与研究相互推动、相互促进的特点。费扬翻译实践为其宋代士大夫研究与苏轼研究服务，《东坡赋》《东坡记》两部译本不但都是全译本，而且均被选入"经典"类丛书。他的译文意义准确，文笔简洁文雅，富有韵律，同时辅以大量翔实的注释和富有见解的介绍性短文，费扬以其精湛的译笔、详尽的资料、扎实的文学功底、专业的学术研究成果为读者带来了厚重的经典译本，它们不仅成为读者深入了解中国古代文学与文化的读本，而且也成为专业读者学习与研究时参考的具有权威性的资料。

本小节选取《东坡赋》中的《前赤壁赋》和《东坡记》中的《李氏山房藏书记》两篇散文，通过与赫美丽、班文干同一篇目译文的比较，分析和探讨费扬的翻译策略与译文风格。

一 词义、句意的准确与简洁

费扬作为法国公认的苏轼研究专家，因其对宋代文学、宋代士大夫阶层的深入理解与研究，能够全面、精准地理解苏轼散文的词义与句意，这不但为他的翻译工作打下了坚实的基础，而且为他译文意义的准确性提供了保障。他的译文相较其他译者的译文，较少出现简化原文、漏译、错译的情况。

下文将以《前赤壁赋》[①]为例，选取其中三句，对比并分析费扬、赫美丽、班文干三人的译文：

（1）原文：清风徐来，水波不兴。举酒属客，诵明月之诗，歌窈窕之章。

费扬译：Une brise limpide soufflait doucement sans soulever les eaux. Tout en versant des coupes d'alcool à mes hôtes, je récitai le poème？ « À la clarté de la lune », modulant de la voix le quatrain sur la modeste jeune fille.

赫美丽译：Une fraîche brise soufflait avec nonchalance, pas une

[①] 《前赤壁赋》原文参见（清）吴楚材、吴调侯《古文观止》，中华书局2011年版，第860—864页。费扬译文参见 Su Shi, *Un Ermite reclus dans l'alcool, et autres rhapsodies de Su Dongpo*, trans. Stéphane Feuillas, Paris：Caractères, 2003, pp. 63 - 67。赫美丽译文参见 Martine Vallette-Hémery (trans.), *Les Formes du vent : paysages chinois en prose*, Paris：Albin Michel, 2007, pp. 46 - 48。班文干译文参见 Jacques Pimpaneau (trans.), *Anthologie de la littérature chinoise classique*, Arles：Philippe Picquier, 2004, pp. 391 - 393。

vague ne s'esquissait à la surface de l'eau. Je levai ma coupe pour convier mes amis à boire, et nous récitâmes l'antique poème *Apparition de la lune*, chantant le couplet sur «La belle solitaire».

班文干译：Soufflait lentement un vent frais qui ne soulevait aucune vague. J'ai levé ma coupe pour inviter mes compagnons à boire et j'ai récité un poème sur la lune qui brillait, chanson charmante.

此段是《前赤壁赋》的第一段，写苏轼与友人泛舟夜游赤壁的快乐。其中"举酒属客，诵明月之诗，歌窈窕之章"一句里的"明月之诗""窈窕之章"特指《诗经·月出》中的首段——"月出皎兮，佼人僚兮，舒窈纠兮，劳心悄兮"，描写的是先秦时代陈地汉族中一位女子在月光下歌月怀人的情景。费扬将它译为"je récitai le poème «à la clarté de la lune», modulant de la voix le quatrain sur la modeste jeune fille"（我吟诵诗歌《明月》，吟唱关于这位端庄年轻的女子的四行诗）；赫美丽则译为"nous récitâmes l'antique poème *Apparition de la lune*, chantant le couplet sur «La belle solitaire»"（我们吟诵古代诗篇月出，歌唱那描写"窈窕美人"的段落）；而班文干把这句译为"j'ai récité un poème sur la lune qui brillait, chanson charmante"（我吟诵一首关于明月的诗，是迷人的颂唱）。其中费扬、赫美丽二人将"明月之诗"处理为诗名，以书名号或斜体标出，班文干只译出字面含义"关于明月的诗"，并未对其中典故作出说明或加以注释。而对于"窈窕之章"的翻译，费扬采取文内解释的方法，译为"关于这位端庄年轻的女子的四行诗"，赫美丽则继续以书名号标注，表示"'窈窕美人'这一段"，相比之下，班文干的翻译较为潦草，仅译为"迷人的颂唱"，简化了原文。显然，费扬无论是对"明月之诗"诗名的处理，还是对"窈窕之章"进行的文内补充解释，都在意义的准确性上更胜一筹。

（2）原文：方其破荆州，下江陵，顺流而东也，舳舻千里，旌旗蔽空，酾酒临江，横槊赋诗，固一世之雄也，而今安在哉？

费扬译：Après avoir détruit Jingzhou, il allait fondre sur Jiangling, dérivant vers l'est sur le fleuve. Navires et barges s'étendaient sur mille lieues, étendards et bannières obscurcissaient le ciel. Il offrit une libation au fleuve, brandit sa lance et déclama ce poème. Telle fut bien la posture de ce héros incomparable, mais où est-il aujourd'hui?

赫美丽译：Après avoir détruit Jingzhou, il descendit le fleuve jusqu'à Jiangling. Sa flotte s'étendait sur mille li, ses bannières masquaient le ciel. Il offrit une libation au fleuve, puis, sans lacher sa lance, il composa ce poème. Où est-il aujourd'hui, ce héros sans égal en son temps?

班文干译：Il s'était emparé de Jingzhou et avait descendu le fleuve jusqu'à Jiangling. Ses bateaux qui suivaient le courant vers l'est s'étendaient sur mille lieues, ses étendards cachaient la vue du ciel. Il se versa du vin, s'approcha du fleuve et, sa hallebarde en main, il composa ce poème. Il fut certes le héros de toute une génération, et à présent où est-il?

"横槊"一词表示横执长矛，费扬译为"brandit sa lance"（举起他的长矛），赫美丽译为"sans lacher sa lance"（没有松开他的长矛），班文干译为"sa hallebarde en main"（他的戟在手中）。"横"作为动词，表示横着举起、横着拿起，虽然三位译者都未译出"横着"的方向性，但相较"没有松开"和"在手中"，只有费扬用"brandir"（举起）这一动词表达出举起的动作，较为接近原意。"槊"作为古代的兵器，指长矛、长枪，班文干选择"hallebarde"（戟）一词，虽然表示14—17世纪的枪钺结合的兵器，力图表现原文的古风古韵，但在兵器形态上因为多出钺的结构而与长矛不符，费扬、赫美丽所译"lance"（长矛）一词则更为准确。

（3）原文：况吾与子渔樵于江渚之上，侣鱼虾而友麋鹿，驾一叶之扁舟，举匏尊以相属。

费扬译：Nous nous sommes embarqués sur cet esquif aussi frêle qu'une feuille, nous portons toast sur toast dans des coupes de coloquinte.

赫美丽译：Nous avons pêché et coupé du bois sur les îles du fleuve; nous avons été les compagnons des poissons et les amis des cerfs; nous avons navigué sur une barque frêle comme un roseau et levé nos coupes pour nous convier à boire.

班文干译：A plus forte raison qu'adviendra-t-il de vous, de moi, des pêcheurs et bûcherons au bord du fleuve, de nous qui avons pour compagnons poissons et crevettes, pour amis daims et chevreuils, qui avançons sur un esquif semblable à une feuille, qui levons gourdes et coupes en nous invitant les uns les autres à boire？

苏轼在《前赤壁赋》中先后四次描写喝酒的情景，依次为"举酒属客""酾酒临江""举匏尊以相属""洗盏更酌"，其中"举匏尊以相属"一句的"匏尊"指用葫芦做成的酒器，"匏"指葫芦，"尊"同"樽"，指酒器。费扬译为"des coupes de coloquinte"（药西瓜制成的酒杯），赫美丽译为"coupes"（酒杯），班文干译为"gourdes et coupes"（葫芦和酒杯）。就词义而言，费扬译为"药西瓜制成的酒杯"，虽然药西瓜与葫芦不同，但同属葫芦科且形状相近，较之赫美丽略去"匏"不译和班文干把"匏"和"尊"译为两种物品的误解，费扬的翻译更为贴合原文。就上下文而言，苏轼以"渔樵""鱼虾""麋鹿""一叶之扁舟""匏尊"一系列体现微小、简陋、脆弱、原始的名词表现自己与友人境遇的困顿颓唐，从而与上文曹操志得意满、趾高气扬的氛围形成鲜明对比。苏轼在此句中不用"酒""盏""杯"等词，而是通过"匏尊"二字与之前的名词共同构成悲凉的氛围，因此"匏"字在文中产生了比字义本身更大的作用。从这一角度而言，赫美丽省略"匏"而只译"尊"的做法看似微不足道，实则损害了对原文意境的传达。相较而言，三位译者中费扬的译文最为贴近原文。

二 文雅、书面化的语言

费扬的译文不但注重语义层面的严谨准确，而且对用词、句式都采取审慎的态度加以考量，形成了译文文雅、书面化的语言风格。当然，若要分析译文的语言特色和语言风格，单看一句或一段实则难以体味其中的节奏和韵味，但因受篇幅所限，在此仅举几例①并结合与赫美丽、班文干译文的对比，对费扬译文的语言风格做一解析。

（1）原文：苏子曰："客亦知夫水与月乎？逝者如斯，而未尝往也；盈虚者如彼，而卒莫消长也。盖将自其变者而观之，则天地曾不能以一瞬；自其不变者而观之，则物与我皆无尽也，而又何羡乎！且夫天地之间，物各有主，苟非吾之所有，虽一毫而莫取。惟江上之清风，与山间之明月，耳得之而为声，目遇之而成色，取之无禁，用之不竭。"

费扬译：«-Pourtant, répartis-je, connais-tu l'eau et la lune? L'onde ne cesse de passer mais jamais ne s'en va; la lune croît et décroît sans être entamée. Sous l'angle du changement, le ciel et la terre n'existent pas même le temps d'un battement de cils; sous l'angle de la permanence, les choses, tout comme nous, sont infinies. Qu'avons-nous à leur envier? En outre, dans la nature, tout ce qui existe a un maître, et si ce n'est pas mon bien, je ne saurais en prélever la moindre parcelle. Seule la brise limpide sur le fleuve et la lune étincelante entre les monts s'offrent à nos sens, spectacle pour nos yeux et musique pour nos oreilles. Nous en jouissons sans limites, en profitons sans fin. »

---

① 本小节中例（1）出自《前赤壁赋》，原文参见（清）吴楚材、吴调侯《古文观止》，中华书局2011年版，第860—864页。费扬译文参见 Su Shi, *Un Ermite reclus dans l'alcool, et autres rhapsodies de Su Dongpo*, trans. Stéphane Feuillas, Paris: Caractères, 2003, pp. 63 – 67。赫美丽译文参见 Martine Vallette-Hémery (trans.), *Les Formes du vent: paysages chinois en prose*, Paris: Albin Michel, 2007, pp. 46 – 48。班文干译文参见 Jacques Pimpaneau (trans.), *Anthologie de la littérature chinoise classique*, Arles: Philippe Picquier, 2004, pp. 391 – 393。

本小节中例（2）（3）出自《李氏山房藏书记》，原文参见张文治《国学治要》，北京理工大学出版社2014年版，第1464—1465页。费扬译文参见 Su Shi, *Les Commémorations de Su Shi*, trans. Stéphane Feuillas, Paris: Les Belles Lettres, 2010, pp. 84 – 89。班文干译文参见 Jacques Pimpaneau (trans.), *Morceaux choisis de la prose classique chinoise*, Tome II, Paris: You Feng, 1998, pp. 39 – 51。

赫美丽译：Je lui répondis：«As-tu regardé l'eau et la lune? L'une passe mais jamais ne s'en va, l'autre croît et décroît, mais est toujours la même. Si l'on estime que tout est éphémère, le ciel et la terre ne durent que le temps d'un clin d'œil. Si l'on estime que tout est permanent, nous sommes éternels, comme tout autour de nous. Pourquoi ces vaines plaintes? Certes, tout en ce monde appartient à quelqu'un; si ce n'est à moi, je ne puis m'en approprier la plus infime part. Mais la brise fraîche qui souffle sur le fleuve, la lune claire qui brille entre les monts deviennent musique pour nos oreilles et couleur pour nos yeux.»

班文干译：Je rétorquai：«Connaissez-vous aussi l'eau et la lune? Elles passent comme ce courant, mais sans jamais partir. Le plein et le vide sont comme elles et finalement il a ni disparition ni prolongation. Si l'on considère ce qui se transforme de soi-même dans l'univers, rien ne résiste, même le temps d'un clin d'œil; et si l'on considère ce qui reste sans se transformer, alors tout est infini, et moi aussi. Qu'envierions-nous? En outre, dans le monde, chaque chose a un maître. Si quelque chose ne m'appartient pas, je ne peux en saisir la moindre parcelle. Mais la brise sur le fleuve, la lune sur les montagnes, que mon oreille transforme en sons, et monœil en couleurs, rien ne m'interdit d'y puiser et je peux en profiter sans fin.»

此段是《前赤壁赋》的第四段，是苏轼针对客人感慨生之无常所作的哲学阐述，也是《前赤壁赋》的高潮部分。苏轼以江水、明月作比，提出"逝者如斯，而未尝往也；盈虚者如彼，而卒莫消长也"的观点，进而从变与不变的辩证角度说明人无须羡慕日月天地之长盛不衰，体现了苏轼豁达的宇宙观和人生观。在行文中，苏轼以对仗的方式清晰地列出事物的阴、阳两面，简洁直观；同时以排比的句式层层递进，涌现出雄浑澎湃的气势，构成全文的高潮部分。费扬将"逝者如斯，而未尝往也；盈虚者如彼，而卒莫消长也"一句译为"L'onde ne cesse de passer mais jamais ne s'en va; la lune croît et décroît sans être entamée"（波浪不停地流过，却从未逝去；月亮圆缺,却未有减损);赫美丽译为"L'une passe mais jamais ne s'en va, l'autre croît et décroît, mais est toujours la même"(一个流过,却从未逝去,另一个圆缺,却一直是一样的);班文干译为"Elles passent comme ce courant, mais sans jamais partir. Le plein et le vide sont comme elles et finalement il a ni disparition ni prolongation"(它们就像这流水般流过,却并未逝去。像它们一样的满与空,最终既不消失也不延长)。就原文句意而言,"逝者如斯"指水,"盈虚者如彼"指月,费扬以"l'onde"(波浪)、"la lune"(月亮)译出,赫美丽以"l'une"(一个)、"l'autre"(另一个)对应前一句的"l'eau"(水)、"la lune"(月),二者均运用分别对应的译法。而班文干以"elles"(它们)总指前一句的水和月,意为水和月都流动、都圆缺,实为错译。就结构而言,原文两个分句相互对仗,写水、月二者动与静的辩证关系,费扬、赫美丽二人的译文较好地保留了原文的结构,通过水、月两个分句对应原文,而班文干则受上句将水月统称为"elles"的影响,因此把水的"逝""往"和月的"盈虚""消长"依旧处理在一起,以"le plein et le vide"(满与空)对应"ni disparition ni prolongation"(既不消失也不延长),从而失去了原文两个分句的对偶结构和对偶韵律。就意境而言,费扬译"盈虚者如彼,而卒莫消长也"时,选择动词"entamer"(削减、损害)的被动态,且前半句的"s'en"和后半句的"sans"由于读音相同而在朗读时产生类似汉语韵脚交叠的效果。相比较而言,赫美丽所译"mais est toujours la même"(却一直是一样的),班文干所译"le plein et le vide sont comme elles"(像它们一样满与空),虽然准确表达了句意,但显得过于口语化,这类译句穿插在译文中导致译文整体上时而文雅时而口语化,使得原文参差疏落、深致情韵的笔调和意韵大打折扣。可以说,费扬通过动词的运用、句式结构的对偶、词汇发音的交叠等方式使得译义在语级和语境层面上都较好地贴合了原文,显得更加书面、文雅、富有韵律。

(2) 原文:士之生于是时,得见《六经》者盖无几,其学可谓难矣。而皆习于礼乐，深于道德，非后世君子所及。

费扬译：Rares furent sans doute les gentilshommes qui purent à l'époque voir les Six Classiques. Etudier leur était bien difficile ; pourtant tous pratiquèrent les rites et la musique et eurent une profonde intelligence de la Voie et de la vertu, inégalée par les hommes de bien des générations ultérieures.

班文干译：Parmi les lettrés nés à cette époque, il n'y en eut sans doute que quelques-uns qui purent lire les Six Classiques. On peut donc dire que leurs études étaient difficiles. Pourtant tous pratiquaient les rites et la musique, approfondissaient la vertu, à un niveau que les hommes de bien des époques postérieures n'ont jamais atteint.

《李氏山房藏书记》是苏轼记述李氏勤学苦读和家中藏书情况的一篇散文，他从历史角度考察了书的发展和作用，批评了当时科举士子"束书不观，游谈无根"的浮躁之风。此段接上文"左史"《易象》《诗经》的例子，说明孔子时代求书之难，学习条件之艰苦，因为是对先秦时代的追忆，所以行文颇有古风古意。与班文干的译文相比，费扬的译文在句式结构和用词上都更为多变。比如"士之生于是时，得见《六经》者盖无几，其学可谓难矣"一句中，"盖无几"的含义班文干以"il y a"（有）、"ne que"（只是）表达，费扬则以"rare"（少有）引导倒装句表达；"其学可谓难矣"的含义，班文干以"on peut donc dire que"（人们于是说）引导主系表结构的宾语从句，费扬则以动词作主语的简单句译出，虽然表达的含义相同，但班文干的译文在语级上停留在通用语的层面，费扬的译文则更接近雅语，其文雅化、书面化的语言更为贴近原文的语级。与班文干的译文相比，费扬的译文整体不仅句式和用词灵活多变，且更加侧重书面语的表达，注重汉语古文的炼句和气韵，因此，费扬的译文更多呈现出比较文雅的语言风格。

（3）原文：而书固自如也，未尝少损。将以遗来者，供其无穷之求，而各足其才分之所当得。是以不藏于家，而藏于其故所居之僧舍，此仁者之心也。

费扬译：Les livres sont toujours là comme autrefois, sans qu'aucun n'ait été détérioré ou perdu. Il les a laissés à la disposition de ceux qui viendraient là pour qu'ils puissent satisfaire leur quête inépuisable [de savoir] et que chacun selon son talent ou ses dons, reçoive en partage ce qui est échu. C'est pour cette raison qu'il les a conservés, non dans sa famille, mais dans ces cellules où il a autrefois résidé, témoignage certain d'un coeur épris d'humanité.

班文干译：Et les livres sont bien comme avant, ne sont même pas un peu abîmés. Il voulait les laisser en héritage à ceux qui recherchent sans fin, afin que chacun satisfasse ce que son talent et ses dons lui méritent d'obtenir. C'est pourquoi il les conserva, non pas chez lui, mais dans cette demeure de bonzes où il avait jadis habité. C'est là la mentalité de quelqu'un qui a le sens de la solidarité.

此段中，费扬译文和班文干两人的译文依然在语级上呈现出雅语和书面语的区别，例如"autrefois"（过去）与"avant"（以前），"sans qu'aucun n'ait été détérioré ou perdu"（没有任何一本被损毁或遗失）与"ne sont même pas un peu abîmés"（没有一点损坏），"c'est pour cette raison que"（为此）与"c'est pourquoi"（这是……的原因），"témoignage certain de"（见证某种）与"c'est là"（这就是），不论是对副词短语、动词短语的选择还是对原因从句的句型应用，费扬的译文均尽可能简洁、书面、文雅，从而使译文整体上保留了原文辞赋生动雅致的语言风格，较好地保留了原文所表达的意境与韵味。

三 注释精深、考据翔实

费扬作为学者型译者，译文的准确、简洁、文雅是他对于自己的翻译工作的基本要求。作为学术研究者，他力求将原文所蕴含的中国古代的历史、思想与文化更为全面地介绍给读者，故而他为译文增加了丰富详尽的注释，并对相关文献与历史问题进行细致翔实的考据，为读者理解原文句意、了解原文典故及其历史背景提供了有益而丰富的资料，同时也为他进一步深入研究苏轼散文、研究宋代文学提供了可靠的保障。

班文干的《中国古典散文选》和费扬的《东坡记》分别出版于 1998 年、2010 年，两部译作都译有《李氏山房藏书记》，为进行有效的比对和评析提供了可能。《中国古典散文选》和《东坡记》虽然都是中法双语对照译本，但在译文的编排上不尽相同：班文干的译本分为上下两册，每册选取九篇散文（或选段）译出，每篇散文由写作背景介绍、汉语繁体原文与拼音注音、注释、法语译文依次组成；费扬译本为全译本，按成文年代先后顺序译出苏轼"记"类散文 61 篇，每篇散文由写作背景介绍、汉语繁体原文与法语译文组成，写作背景介绍在前，原文与译文在后，按左页原文、右页译文的方式对照排列，其中左页原文下注原文考据，右页译文下列注释。倘若翻看两个译本，则会发现一个有趣的现象，即班文干所做注释更倾向于释义，而费扬所做注释在释义的基础上还对文献出处、人物关系、历史背景进行了说明，因此，费扬译本右页的译文注释往往长于译文本身。这里将列举一二，并给予说明。

比如《李氏山房藏书记》[①] 第二段中，费、班二人均对"老聃""韩宣子"《易象》《鲁春秋》"季札""左史倚相"加以注解，例如：

（1）原文：老聃

班文干注："丹：老子，姓李，名耳，字伯阳，谥（shi nom post-

---

① 《李氏山房藏书记》原文参见张文治《国学治要》，北京理工大学出版社 2014 年版，第 1464—1465 页。费扬译文参见 Su Shi. *Les Commémorations de Su Shi*, trans. Stéphane Feuillas, Paris：Les Belles Lettres, 2010, pp. 84 – 89。班文干译文参见 Jacques Pimpaneau（trans.）, *Morceaux choisis de la prose classique chinoise*, Tome II, Paris：You Feng, 1998, pp. 39 – 51。

hume）丹"

费扬注："Lao Dan est identifié depuis les *Mémoires historiques* de Sima Qian à Laozi. Confucius se serait rendu auprès de lui pour l'interroger sur les rites, se serait fait sévèrement tancer et l'aurait comparé à un dragon qu'on ne peut attraper ni sonder. Cf. *Shiji* 史记, vol. 7, juan 63, p. 2140. Il n'est pas sûr que Su Shi accepte ici cette assimilation."

班文干的注释仅说明老聃（耽同丹——笔者注）是老子，姓李，名为耳，字为伯阳，谥号为丹，所以在文中写作"老聃"，班文干仅照搬古汉语的解释，并未用法语再进行解释。费扬的注释不但说明老耽即老子，而且进一步指出老聃的出处源于《史记》第七册第六十三卷（即老子韩非列传第三），其中记述了孔子问礼于老子，却被老子严厉训诫，进而感叹"吾今日见老子，其犹龙邪！"的场景。最后费扬还指出，单从译者的角度并不能确定苏轼在《李氏山房藏书记》中所写"老耽"是否源于对《史记》内容的领会。相较而言，班文干仅对原文人名指称何人这一表层意义进行了解释，费扬则在此基础上，对该人名的初始文献、文献上下文内容做了进一步的解答，为人物"重建"其历史舞台，并结合上下文对作者意图进行了谨慎而合理的"揣测"，并且坦陈尽管他对文献史料做了尽可能深入的考证，但依然存在一些未解之谜，这也体现出费扬作为学术研究者客观、严谨与审慎的科学态度。

（2）原文：韩宣子适鲁，然后见《易象》与《鲁春秋》。

班文干注：韩宣子（VIe siècle avant J-C）：dignitaire du royaume de Jin。

易象：易：易经 *Classique des Mutations*；象 fait partie des *Dix Ailes* 十翼 shi yi, est divisé en deux chapitres；le 大象 explique un tigramme dans son ensemble, le 小象 en explique les traits。鲁春秋：*Annales du royaume de Lu*, sur lesquelles se serait basé Confucius pour rédiger le *Chun-qiu* 春秋。

费扬注：Le vicomte Xuan est un haut dignitaire du pays de Jin appartenant à l'une des trois grandes familles. Le *Commentaire de Messire Zuo* rapporte qu'il se rendit en ambassade à Lu, y découvrit les deux textes mentionnés et se serait exclamé: «Les rites de la dynastie des Zhou sont entièrement préservés à Lu!» [*Zuozhuan* 左传, *Duc Zhao* 昭公, 12ᵉ année].

Les *Signes de Mutations* sont sans doute deux commentaires attribués à Confucius par la tradition, explicitant, pour le premier, les hexagrammes à partir des symboles attachés) chacun des deux trigrammes constitutifs, et pour le second, les lignes individuelles.

Les *Printemps et Automnes* seraient le seul écrit de la main de Confucius. Chronique sèche et enregistrement de faits apparemment disparates, ce texte a été interprété, depuis la dynastie des Han, en termes de louange et de blame [*baobian* 褒贬], les moindres notations étant censées traduire un écart par rapport à la norme rituelle.

两位译者分别对此句中的"韩宣子"《易象》《鲁春秋》加以注解。班文干解释"韩宣子"是"公元前6世纪晋国的达官贵人"。费扬注释为"宣子是晋国的一位高官，是当时三大家族之一的子嗣。据《左传》记载，韩宣子出使鲁国，见《易象》与《鲁春秋》，于是感叹'周礼尽在鲁矣！'（左传·昭公二年）。""《易象》"一词，班文干注释为："易即《易经》，象属于《十翼》，象分为两篇，大象解释作为整体的八卦，小象解释各卦卦象。"费扬注释为："《易象》相传是孔子所作两篇注疏，第一篇解释构成八卦的各种符号，第二篇解释单个的线条。""《鲁春秋》"一词，班文干注释为："鲁国的编年史，孔子以此为基础编写了《春秋》。"费扬注释为："《春秋》可能是孔子唯一自己动笔所写的著述。干瘪的编年史和明显不一致的事实记载，这一文本自汉代起被阐释，有褒有贬，最细微的评注都被视为与礼仪规范有所偏差的解读。"

对韩宣子的注释，班文干与上文注解"老耽"一样，只解释其人，费扬的解释则更进一步，说明《左传》中记载韩宣子出访晋国的历史事件，同时说明他对《易象》《鲁春秋》的感慨之词，注释从侧面印证译文中所写的古代藏书之难；对"易象"的注释，班文干是将"易"和"象"的含义分开，说明其是《十翼》中的一章，费扬则将两字合并解释，与班文干的注释意义相同；对《鲁春秋》的解释，班文干把"鲁"与"春秋"拆开，强调是鲁国的编年史，费扬则将"鲁春秋"等同于孔子所作《春秋》①，进而对《春秋》的内容和汉代后的演变做了简短的说明。

通过上文中费扬与班文干译文的注释的对比，可以看出，班文干的注释是对原文中的人名、专有名词、典故等进行基本的释义，解释其在文中表达的字面含义，为阅读扫清障碍；费扬的注释则是在解释字面含义的基础之上，对相关典籍、历史背景、人物关系作出更为详尽、深入的介绍，同时标明参考文献与典籍出处，为读者对原文的理解提供了更多的参照。此外，费扬还为需要进一步深入研究原文的读者标明相关典籍的页码索引，让读者有文可考，有据可依，做到让读者能"知其然"且"知其所以然"。费扬译本中类似的例子可谓比比皆是。

为了给专业读者提供更加精准、全面、翔实的译本，除上述细致深入的注释外，费扬还以1986年由孔凡礼点校、北京中华书局出版的《苏轼文集》为底本，进行《东坡赋》与《东坡记》的翻译工作，同时他参考现存数个《东坡文集》底本，通过严格的对比与考据对原文字、词、义进行修正，也为他添加注释、撰写前言提供了多重的资料参照。关于这些细节，费扬在其《东坡赋》的序言中曾这样写道：

> 本书译文的底本是根据1986年由孔凡礼点校，由北京中华书局出版的《苏轼文集》。我删去赋类中的最后一篇，实为其子

---

① 《春秋》本指先秦时代各国的编年体史书，但后世不传，现在通常指唯一留存至今的鲁国的《春秋》，即孔子根据鲁国史官所编之史书重新修订而成的《春秋》。

苏过所作。至于阅读导引与注释，我主要从以下两部著作中受益：孙民版《苏东坡译注》（巴蜀书社，1995年，成都），包括用现代汉语的修订和评注；1937年出版，由Cyril Drummond Le Gros Clark 翻译的几近全译本的具有开创性的 *The Prose-Poetry of Su Tung-p'o*（苏东坡的散文诗）（Parangon Book Reprint，1964，New York）。①

从他的《东坡赋》序言可以看出，费扬在为译本编写注释时不仅关注和参考了中国国内权威的苏轼研究论著，而且参考欧美同一主题下的其他译本，反映出费扬作为译者的学术敏感性和专业性。

另外，费扬在《东坡记》的序言中也有类似的陈述：

> 我忠实于每篇"记"的各个版本，并在之后提及其中的变化，除非有相反的说明，否则不做修正。为此，我参阅了以下文本：
> ——宋本《东坡集》，现存30卷，藏于北京图书馆，名《集甲》；
> ——南宋郎晔选注的苏轼文集《经进东坡文集事略》，收为《四部丛刊》中的《郎本》；
> ——明代（1468年）程宗刻本《苏文忠公全集》中7集里的前集和后集收入的大部分的记；
> ——吕祖谦（1137—1181）所编总集《宋文鉴》中的9篇文本。②

---

① Su Shi, *Un Ermite reclus dans l'alcool, et autres rhapsodies de Su Dongpo*, trans. Stéphane Feuillas, Paris：Caractères, 2003, p. 37.

② Su Shi, *Les Commémorations de Su Shi*, trans. Stéphane Feuillas, Paris：Les Belles Lettres, 2010, p. CIV.

虽然只有短短几行字，但仅从"30 卷""文集""全集""前集""后集"等词便足以令读者一窥费扬为修正、考据、释义所做的大量的、极为艰苦的工作以及所付出的巨大心力。费扬以孔凡礼版《苏轼文集》为底本，辅以现存北宋、南宋、明代的抄本、刻本，可谓是尽其所能地接近原始文献，从根本上保证了译本的可靠性、可读性、规范性、学术性。同时，费扬通过对照比较不同古文底本中的评注，为译本的注释提供了更为多元的理解与参照，也为专业读者与研究者进一步研究原文提供了有据可依的路径。

第四节 研究导向下的学术翻译观

相较中国古代散文法译的"拓荒者"马古烈采取的整体翻译策略，赫美丽为开拓中国古代散文法译图书市场采取的文类翻译策略，费扬专注于苏轼散文翻译的策略则是与其学术研究的紧密结合。

费扬在读博士期间即已通过对张载的研究进入宋代哲学的研究领域，随着研究的深入，他的研究对象从张载一人扩大至宋代士大夫阶层。在研究的过程中，费扬发现宋代士大夫哲学思想的研究素材并不局限于他们纯哲学的书写，而是散见于诗、词、散文、注疏、书法等多种文学表达样式之中。因此，费扬意识到他的研究工作需要通过文学研究来支撑，辅助于其哲学研究，也只有对哲学书写与文学书写进行综合、整体的把握，才能够进入宋代哲学研究的内核，由此费扬跨入了宋代文学的研究领域。在宋代士大夫群体中，苏轼极具代表性的文学成就、哲学成就、历史际遇和普遍价值及其超越前人的文学成就和自成一派的哲学思想，使之成为研究宋代士大夫阶层哲学无法绕开的对象，从某种意义上看，费扬对苏轼的关注既是自觉的选择，也是必然的结果。

出于研究的需要，深入研读苏轼文学文本成为费扬研究工作中必不可少的基础性环节，这其中译本发挥着重要的作用。然而，众所周知，能为学术研究服务的多为学术性、经典性、权威性译本，这类译本不但能够保证译文的准确性，而且辅以大量的注释、详尽的导言、丰富的参考文献以及人名、年代、专有名词附录等。一方面这类译本可与原文文献两相对照提高阅读效率，另一方面也为该领域的学术研究在庞杂的原始文献中理出一条清晰可循的研究路径，从而大大加快研究的速度，扩展研究的范围，可以说，学术性译本是学术研究的"先遣部队"。然而，苏轼作为宋代文学的高峰，虽然他的诗、词、赋在20世纪已被收录于多部法国出版的中国古代诗选、中国古代文学选和中国古代文学史中，却只有零星几篇代表作译出，虽然能够基本满足一般读者初步了解苏轼的需要，但若要以此为基础从事文学研究则相差甚远。有鉴于此，自己动笔有目的、有体系地翻译苏轼散文作品似乎成为费扬"不得已"而为之的选择，在某种意义上，苏轼散文译本的接连出版，实际是作为专业读者的费扬在其学术研究需求下催生的产物。

当然，仅有专业读者的需求尚不足以催生译本的问世，出版商还需要通过对法国出版市场现状的考量来制订相应的出版计划，比如完成拟定选题、寻找译者、翻译、校对、设计印刷、宣传策划等一系列环节后，译本才能被推向市场。诚如前文所言，20世纪下半叶，尤其是20世纪80年代以来，中国古代散文乘着中法文化交流日益频繁的热烈浪潮，与中国古代诗歌、中国古代小说一道迎来前所未有的出版繁荣期，一批主题鲜明、小开本、低价格的中国古代散文选集成功地打开了法国图书市场，受到了法国大众读者的欢迎，这一潮流的余波通过赫美丽新译本的接连问世延续至21世纪。但是，随着这一热潮的逐渐褪去，21世纪以来的中国古代文学法译显现出回落的趋势，一方面老一辈汉学家、中国古代文学译者如戴密微、桀溺、雷威安、谭霞客等扛鼎之人相继离世，另一方面新一辈汉学家的学术兴趣与研究角度发生了转化，如同中国学者陈友冰所言，"为了适应时代的变化，很多汉学研究人员也对自己的专业方向重新定位，由中国历史文化等传统汉学转向中国现代社会经济、当代文学和现代汉语等适用类型的教学和研究"①,深耕中国古代文学翻译与研究的学者不断减少。与此同时,"认识东方"丛书最终在其主编谭霞客逝世后,于2011年结束了长达半个世纪的出版历程,作为法国最具代表性、权威性的推介中国古代文学的系列丛书暂时退出了历史舞台,这无疑是中国古代文学法译的巨大损失。在市场萎缩、译者减少、译者队伍青黄不接、主流丛书停办的时代背景之下,重新制定中国古代散文的出版策略显得尤为重要,因此,出版社把目光投向了更有收藏价值、读者群体更稳定的高质量学术性译本的出版,以少量、持续的发行策略努力度过中国古代散文法译的低潮期。而费扬以翻译带动研究、以研究推动翻译的译介思路恰逢这一历史机遇,故而以费扬为代表的一批具有研究者与译者双重身份的学者得以发掘。同时,法国出版社的以汉学研究"滋养"汉学译本,以高质量的学术性译本满足专业读者的目标定位,借助于费扬这类学者型译者的翻译工作最终得以实现。费扬正是得益于其学术翻译的策略,不仅在中国古代散文的法译中实现了翻译与研究的双向互补,而且在图书出版市场也稳占一席之地。

综上所述,费扬在翻译工作中所体现的学术翻译观是多种因素共同作用的结果。首先,费扬的学术翻译观以研究为导向,鉴于法国图书市场存在苏轼散文的翻译空白,以及自身宋代士大夫哲学研究工作对苏轼散文译本的需求,费扬以满足自身学术研究需求为目的,开始从事苏轼散文译本的翻译工作。其次,费扬的学术翻译观以研究为基础,作为宋代哲学与宋代文学研究专家,费扬对苏轼的关注与研究由来已久,学术研究上的积累无疑为他的翻译工作提供了巨大的助力,不但帮助作为译者的费扬对苏轼散文创作的时代背景、人物关系、写作场景、人生轨迹、哲学思想等方面有了更为深刻的理解,而且已有的研究积累实际替代了费扬大部分苏轼散文翻

---

① 陈友冰:《二十世纪中国古典文学在法国的流播及学术特征》,《人文与社会》2007年第10期。

译的前期准备工作，不仅节省了翻译时间，而且大大提高了翻译效率。最后，费扬的学术翻译观顺应了图书市场发展的趋势，在 21 世纪中国古代文学法译全面萎缩、译者群体减少、大众读者流失的形势下，市场对中国古代散文的关注逐渐回归到业内人士之中，出版社以准确度高、学术性强的权威译本满足专业读者的学习和研究需求。此外，出版商出版策略的转变，相对稳定的专业读者群体的精准定位，无疑为费扬翻译理念的实现提供了良好的外部条件，费扬也因此拥有了苏轼研究领域的权威学者与知名译者的双重身份，并在市场萎缩的现状下不仅继承和延续了中国古代散文的法译传统，而且切实推动了中国古代散文法译向学术化的转向。

第三部分

接受研究:学者与大众视野中的中国古代散文

第 六 章

法国学者对中国古代散文的研究

20世纪以来，中国古代散文的法译取得了显而易见的成果和发展，相较而言，中国古代散文在法国的研究与批评显得薄弱，并未形成一定的体系，迄今仅有三部文学史类著作和数篇学术论文、译本书评出版与发表。

第一节　中国古代散文史

一　马古烈与《中国文学史：散文卷》的出版

20世纪上半叶马古烈不但翻译出版了法国第一部迄今为止收录散文最多、时代跨度最长、涉及散文家最多、内容与体量最丰富的中国古代散文选集《中国古文选》，而且是第一个系统研究中国古代散文的法国汉学家，也是百年来唯一出版有中国古代散文研究著作的法国汉学家。他于1929年出版了《中国艺术散文的演变》[①]，此后该书于1949年以"中国文学史：散文卷"之名再次出版，这部重

[①] Georges Margouliès, *Evolution de la prose artistique chinoise*, Munich：Encyclopadie Verlag, 1929.

新出版的《中国文学史：散文卷》① 基本沿用了《中国艺术散文的演变》的内容，仅在原有基础上添加了目录，以方便读者查阅。

实际上，巴黎 Payot 出版社曾在 20 世纪 40 年代邀请马古烈撰写《中国文学史》，作为"历史图书馆"（Bibliothèque Historique）丛书中的一种。马古烈认为应按照中国古代文学"诗"与"文"两个传统进行书写，因此将中国文学史分为两卷，即《中国文学史：诗歌卷》与《中国文学史：散文卷》，以阐述中国古代文学的发生、发展与演变，于是以 1929 年版的《中国艺术散文的演变》为底本，修订后出版了《中国文学史：散文卷》。为了便于直观了解和分析这部著作的内容，现将该书目录列表如下（参见表2）：

表 2　　　　　　　　马古烈《中国文学史：散文卷》目录

章节	目录
	引言
第1章	上古文学概览　在焚书之前　经典著述　史家记事
第2章	哲学家　春秋时期　战国时期　四大学派：鲁、秦、齐、楚
第3章	屈原与楚辞　辞赋
第4章	西汉　政治走向与文学趋势　贾谊与司马相如　大赋
第5章	政治热情减退　西汉的衰落　司马迁　西汉末年
第6章	东汉　班固　历史与文学著作　辞赋的发展　东汉末年　散文中诗学因素的凸显
第7章	汉朝灭亡后政治与思想的发展　陆机　六朝散文的风格　陶渊明
第8章	政治复苏的开端　谢灵运　自然之爱的发展　佛家哲学
第9章	最早的文学总集：《文心雕龙》与《文选》
第10章	北朝文人　各种趋势的混杂　中国的统一：隋朝
第11章	唐朝的来临　古典主义的预备阶段　艺术反响　政局混乱与复古倾向
第12章	诗歌的古典主义　著名诗人的散文作品　杜甫　李白
第13章	中国古典主义大师：韩愈　柳宗元
第14章	唐朝的衰落　艺术反响

---

① 参见 Georges Margouliès, *Histoire de la Littérature Chinoise*: *prose*, Paris: Payot, 1949, pp. 335-336。

续表

章节	目录
第15章	宋朝建立　古典主义的普及与推广　文学的大繁荣时期：11世纪　欧阳修　三苏
第16章	儒学思想的统一与古典主义最后的成果　朱熹　政治外患　鞑靼统治下的北方文人　宋朝灭亡
第17章	元朝　拟古与文艺的衰落　风格的损毁
第18章	元朝灭亡　国家繁荣与文学复苏　模仿的方式　说理与抒情
第19章	政局动荡　16世纪文学的复兴　文学结构宽松　以模仿代替直接灵感　叙事的发展
第20章	满族人掌权　文学批评与学术　仿古　缺乏独创性　方苞　姚鼐　扬州学派
第21章	政治衰弱　散文的反映：散文　曾国藩　白话文

马古烈将文学的演变置于历史发展的背景下进行阐述，充分认识到朝代更替、政局起伏对文学的影响，在此基础上，他着重梳理历代散文的演进历程，同时对其中具有代表性的散文流派、散文家以及散文作品进行重点介绍。

比如在叙述魏晋南北朝时期的散文史时，马古烈首先提纲挈领地对当时诗文发展的趋势进行阐述，他指出魏晋时期的文学创作中存在两种风向，一种是对辞赋繁复华丽文风的推崇备至，一种是对诗文重返理性质朴的期待渴求，前者成为骈文的发展方向，后者成为散文的发展未来。"马古烈认为，在魏晋南北朝这三个多世纪中，第一种诗歌辞赋仍然是中国文学的主体，直到齐梁之时，文学创作的散文化逐渐成为一种趋势。这种走向规范化的趋势类似16、17世纪之交古典时期之初的法国文学。"[①] 随后他在第7章和第8章中对魏晋南北朝时期的"竹林七贤"、陆机、陶渊明、谢灵运等散文家做出了较为中肯的评价。他评价"竹林七贤"领袖嵇康的散文"常以老庄之道鞭挞传统礼法，虽然辞达而理举，却多为长篇累牍。玄学易理往往难以言明，故而作者若有意清彻阐述，便不能不仔细剖析，正反相驳，反复答辩，偶尔难免有冗词之嫌。奇特之处在于，尽管嵇康完全以超脱礼法为追求，但未能脱离儒家学说的分析和理说方

---

① 车琳：《浅述两汉魏晋南北朝散文在法国的译介》，《国际汉学》2015年第3期。

式。其思想阐述之所以困难，文章之所以冗长，正是因为过于玄妙的思想与过于逻辑的表达方式之间的不相协调。"① 马古烈十分欣赏西晋文学家陆机的散文作品，认为他的作品中文学价值比政治诉求更为突出，是西晋时期散文崇尚文学之美的体现。此外，马古烈还将陶渊明与王羲之、谢灵运与陆机两组人物相较视之。他认为陶渊明与王羲之二人的散文均文字质朴且不刻意讲求格律，虽是散文，却仍能看出是由诗人写就，进而对陶渊明颇具汉代风格的朴素文风进行分析，认为散文风格随时代而起伏改变，"倘若六朝之文以陶渊明的文体为严格规范，唐朝韩愈提倡的古文运动便就无由而生了，这种质朴而诗意的风格当然不会成为古文运动的批判对象"②。至于山水诗人谢灵运，"马古烈将之与陆机相提并论：二人虽然性情不尽相同，但在人生经历上不乏类似之处，都是出身名门，曾经参与政务，却遭贬抑，终遇杀身之祸；二人的文学成就中诗赋、散文的比例也大体相当，而且好用四六韵文，并且'他们代表了一个时期文人风度的发端与终结'"③。

马古烈评价中国古代散文时并非一味褒扬，在肯定散文家文学成就的同时也会指出其中的不足。在分析韩愈散文时，马古烈一方面称其为古文、散体文和骈文的集大成者，另一方面也指出韩愈散文的缺陷，认为韩愈由于反对六朝以来的骈俪文，使得自己的散文记人记事多，描写自然风物少，散文的诗意不足。同时，马古烈认为韩愈作为唐宋八大家之首发出复兴儒学、回归古文的呼声，但也表现出对崇佛信佛潮流的强烈抵触，这一立场虽有其必要性和合理性，却依然有失公允。在分析苏轼散文时，一方面，马古烈肯定了苏轼赋作的文学成就，认为他的赋作吸收了前人笔法的优点，并以鲜明的对话引出议论的方式阐明作者自身的立场与观点，"特征最为

---

① 车琳：《浅述两汉魏晋南北朝散文在法国的译介》，《国际汉学》2015 年第 3 期。
② 车琳：《浅述两汉魏晋南北朝散文在法国的译介》，《国际汉学》2015 年第 3 期。
③ 车琳：《浅述两汉魏晋南北朝散文在法国的译介》，《国际汉学》2015 年第 3 期。

明显的便是《秋阳赋》，它与宋玉的《风赋》结构类似，又与欧阳修的《秋声赋》声气相通"①；另一方面，马古烈对于苏轼睥睨六朝之文颇有微词，认为他为了歌颂韩愈的古文运动功绩而赞同其否定六朝诗文的态度是不可取的，"韩愈之言可以理解，因为出于论战需要而往往言辞激烈；而苏轼的轻率态度则令人不解"②。

  《中国文学史：散文卷》出版于1949年，但它沿用的是《中国艺术散文的演变》的内容，实际是马古烈在20世纪20年代的研究成果。马古烈在写作过程中一方面参考了俄、德、英、法、中文的多部文学史资料，如《中国文学史材料》③《中国文学论稿》④《中国文学史》⑤《中国文学》⑥《中国古文选》⑦《唐诗》⑧《中华大文学史》⑨等书，另一方面大量参阅诸如《十三经注疏》《易经》《诗经》《汉魏业书》《国语详注》《楚辞集注》《全上古三代汉魏六朝文》《古文苑》《贾太傅新书》《说文解字》《论衡》《三国志》《笺注陶渊明集》《文心雕龙》《梁昭明太子集》《全唐文》《史通通释》《欧阳文忠公集》《王阳明先生全集》《康熙字典》《曝书亭集》《惜抱轩诗文集》《曾文正公诗文集》等中国古文典籍，以此写成了这部高水准的中国古代散文通史，在20世纪20年代实属不易。像马

---

  ① 车琳：《唐宋散文在法国的翻译与研究》，《北京大学学报》（哲学社会科学版）2016年第5期。

  ② 车琳：《唐宋散文在法国的翻译与研究》，《北京大学学报》（哲学社会科学版）2016年第5期。

  ③ Vassilieff, *Matériaux pour l'histoire de la littérature chinoise*, Moscow, 1854.

  ④ Schott, *Entwurf einer neschreihung des chinesischen litteratur*, Berlin, 1854.

  ⑤ Wilhelm Grube, *Geschichte der Chinesichen Literatur*, Munchen：C. H. Beck, 1902.

  ⑥ Herbert Allen Giles, *Gems of Chinese Literature*, Shanghai：Belly and Walsh limited, 1883.

  ⑦ Georges Margouliès, *Le Kou-wen chinois：recueil de textes avec introduction*, Puris：Librairie Orientaliste, 1926.

  ⑧ Marquis d'Hervey-Saint-Denys, *La poésie de l'époque des Thang*, Paris：Amyot, 1862.

  ⑨ 参见 Georges Margouliès, *Histoire de la Littérature Chinoise：prose*, Paris：Payot, 1949, p. 317。

古烈这样既博览群书又有扎实古文功底的汉学家在法国可谓是前无古人,后无来者。截至目前,马古烈的这部《中国文学史:散文卷》依然是法国唯一一部用法语写成的中国古代散文史,马古烈以一人之力将中国古代散文的研究带到如此高度着实令人钦佩。

二 班文干《中国文学史》中的"唐宋散文"专题

班文干作为巴黎东方语言学院中文系教授,为了丰富法国汉语专业学生的阅读,专门翻译出版了《中国古典散文选》,还为学生阅读古文提出自己的四点建议和具体方法。除了翻译中国古代文学外,班文干作为法国汉学家编写出版了《中国文学史》[1],该书出版于1989年,从黄帝、尧舜写起,以五四运动结尾,全书以专题的形式论述,比如"诗经""楚辞""文化""文学观的诞生""刘勰之后的文学观""诗歌""唐代的三位伟大诗人""唐宋散文""中国戏剧""历史主题""现代文学",等等,别开生面地将中国文学史的历史事件串联起来。

《中国文学史》中介绍中国古代散文的篇幅并不多,仅有"唐宋散文"一章,班文干在其中主要介绍了韩愈、柳宗元和欧阳修。

他从古文运动讲起,认为"韩愈和柳宗元二人发起的古文运动旨在提倡古文、反对骈文,倡导回归朴质的书写风格"[2]。班文干在简要回顾韩愈的政治生涯之后,主要结合论说文阐述其文学思想。他认为韩愈所写《原道》是为阐发其文以载道的思想,表明的是恢复古道、推崇儒学的政治诉求,《原道》探讨的是如何追求道之根本,韩愈希望通过复兴先秦古文书写、恢复朴拙文风,以为文之道体现儒家仁义道德的基本观念,从而达到倡导儒学、抨击佛道的目的。班文干认为韩愈的文章在语言风格上雄浑有力,内容的现实性

---

[1] Jacques Pimpaneau, *Chine: Histoire de la Littérature*, Arles: Philippe Picquier, 1989.

[2] Jacques Pimpaneau, *Chine: Histoire de la Littérature*, Arles: Philippe Picquier, 2004, p. 265.

和思想性强,如《论佛骨表》《师说》《祭鳄鱼文》皆是针砭时弊的力作。此外,班文干也注意到韩愈散文中抒情性的一面,认为这位以犀利笔锋、抨击现实著称的散文大家心中也充满柔情,他特别在《中国文学史》中翻译了《祭十二郎文》里的重要段落,赞赏其自然的文风和质朴的情感,认为"他摒弃了当时追求绮丽的文风,质朴的情感时至今日依然能感动现在的读者"[①]。

对于柳宗元,班文干通过《小石城山记》分析他的怀疑论思想,认为《小石城山记》作为《永州八记》的最后一篇,探讨的是"造物主之有无"这一哲学问题,柳宗元在其中怀疑是否有造物主的存在,表明了他对唯心主义天命论持怀疑态度,这与他深受佛家思想和道家思想影响有关。此外,班文干指出柳宗元在古文运动中倡导"文道合一""以文明道",提出要以文章内容为根本,书写形式为辅助,做到既不能"文而无质",也不能"质而无文",同时在语言风格上回归到简洁有力,反对空泛华丽和陈词滥调。

关于欧阳修,班文干认为他的散文作品在古文运动中起到了承上启下的纽带作用。班文干指出,古文运动的浪潮起源于韩愈等人的疾呼,到了北宋欧阳修的手中,骈文在诗文系统中已不占据主导地位,古文的地位经他的推动越发巩固。班文干赞赏欧阳修朴实平易且充满趣味的文风:"西方读者不必受自身文化影响,把这些推崇朴素古道的中国古代文人想象成缺乏生活情趣的老古板,欧阳修就曾写过著名的《醉翁亭记》,表达在山林中游赏宴饮的乐趣。"[②] 班文干在《中国文学史》中对中国古代散文着墨较少,主要是通过介绍古文运动与唐宋八大家,展示中国古代散文发展中的黄金时代,让法国读者对这一文体有基本的认知。

---

① Jacques Pimpaneau, *Chine*: *Histoire de la Littérature*, Arles: Philippe Picquier, 2004, p. 265.
② 车琳:《唐宋散文在法国的翻译与研究》,《北京大学学报》(哲学社会科学版) 2016 年第 5 期。

三 雷威安《中国古代、古典文学》中的"古代散文"专论

雷威安是法国著名汉学家、翻译家、《金瓶梅》研究专家。他1925年11月24日出生于天津，是名法国钟表匠的儿子。1937年他离开天津返回法国，在凡尔赛、马赛、克勒蒙费朗度过中学时光。1945年开始在巴黎东方语言学院修读文学与东方学，并在索邦大学学习汉语、日语、印地语和梵语，从此与东方语言结缘。毕业后在河内、京都和香港的法语学校任教，进一步接触和研读东方文化。1969年回国后进入法国高校工作，从此，开始专门从事中国文学的教学与研究工作。

雷威安将自己的关注点定位在中国古代小说，尤其是中国白话文学，明清小说和历代话本。在获得法国国家文学博士学位后，他首先从翻译着手，自20世纪70年代起便出版了一系列中国古代文学作品，这其中包括《凌蒙初：狐女之爱》(1970)、《金瓶梅词话》(全译本)(1985)、《西游记》(全译本)(1991)、《孔子》(1993)、《不了情》(1993)、《聊斋志异》(选译本)(1996)、《中国古典爱情诗百首》(1997)、《牡丹亭》(1998)、《中国古代神奇故事》(1998)、《孟子》(2003)等书，译著成果颇为丰硕。雷威安除了从事中国文学作品的翻译外，他还同时进行中国古代文学的研究，早在1971年便出版了专门论著《中国长短篇小说之研究》[1]，之后每隔十年他都会推出一部研究专著，如《17世纪中国白话短篇小说》[2]《中国古代、古典文学》，此外，他还主编了《中国文学词典》。[3] 雷威安从翻译到研究，从中国古代文学到中国现当代文学，其一生笔耕不辍，

---

[1] André Lévy, *Etudes sur le conte et le roman chinois*, Paris: Ecole Française d'Extrême-Orient, 1971.

[2] André Lévy, *Le conte en langue vulgaire du xviie siècle*, Paris: Institut des hautes études chinoises, 1981.

[3] 唐铎：《〈金瓶梅〉在法国——试论雷威安对〈金瓶梅〉的翻译与研究》，《明清小说研究》2019年第1期。

出版著作颇丰，内容涉猎极其广泛，他的中国文学的翻译作品和研究论著在世界汉学界均有较大影响。

雷威安尽其毕生精力投身中国文学的翻译与研究，在其64岁时出版了极具分量的《中国古代、古典文学》，收入"我知道什么?"丛书（Que sais-je?）。尽管全书仅一百多页，是一本普及性读物，概览性地介绍了中国古代文学的基本情况，但因其内容全面、脉络清晰、深入浅出，故而深受法国读者的欢迎。

《中国古代、古典文学》共分为四章，其中第二章"古代散文"（La prose classique）专论散文。

雷威安首先介绍中国古代"诗"与"文"的文学传统，随后从"文"与"质"的定义出发界定中国古代散文的概念。他说："'文'的含义从'书写'逐渐变成'文学'，它的意思是'装饰、文雅'，与'质'的意义相反。'质'意指'本质、朴实'，文与质是传统文学批评的两条相辅相成的主线。""而狭义的'文'即是指散文（prose），与追求'质朴简洁'的诗相反，必然是'华丽秀美'的。"①

雷威安认为，中国古代散文历史悠久，篇目极多，体裁丰富，包括论辩、序跋、奏议、书说、赠序、诏令、传状、碑志、杂记、箴铭、颂赞、辞赋、哀祭，等等，这为翻译和阅读带来了巨大的困难。他认为法国汉学家应重点关注萧统的《文选》、姚鼐的《古文辞类纂》、吕祖谦的《宋文鉴》、黄宗羲的《明文海》以及吴楚才、吴调侯的《古文观止》等文选，通过散文选集介入中国古代散文是一个行之有效的方法。

雷威安分"叙事艺术与史家记事""古文运动""小品文的黄金时代""文学批评"四节介绍中国古代散文："叙事艺术与史家记事"介绍了《左氏春秋》《穆天子传》《史记》等史传类散文的文学成就与意义；"古文运动"介绍了韩愈、柳宗元、欧阳修、苏轼的文

---

① André Lévy, *La littérature chinoise ancienne et classique*, Pairs: Presses Universitaires de France, 1991, p. 31.

学思想并选译了部分散文段落;"小品文的黄金时代"介绍了明清时期以袁宗道、袁宏道、袁中道、李渔、袁枚为代表的小品文的创作高峰;"文学批评"则介绍了中国古代文论《典论·论文》《文赋》《文心雕龙》《诗品》《沧浪诗话》的基本情况。

在"叙事艺术与史家记事"一节中,雷威安在介绍《左氏春秋》《穆天子传》《史记》之前,首先提出历史在中国古代文学中的重要作用,并总结三点原因:第一,中国高雅文学中没有史诗这一体裁;第二,许多杰出的中国古代作家曾写过历史著作,或为历史著作添加了某些篇章、评论、颂赞等,而这些书写很多成了中国古代散文的名作名篇;第三,司马迁的《史记》作为史家著书的第一个代表作,对后世的文人墨客影响深远,可以说,在《史记》诞生后的两千年间,一直吸引并影响着中国文人的创作。因此,中国古代的历史著作形成与古代散文间千丝万缕的联系。对于《史记》的文学成就与影响,雷威安的评价也是富有见地的。首先,《史记》开创的结构、体制,即十二本纪、三十世家、七十列传、十表、八书,基本成为后世官家写通史、纪传、通考、通典的模板;其次,《史记》虽是官家著书,却能够实事求是,能批评当朝者并揭露时弊,给予历史人物客观的、公允的评价,这在官方历史中是不多见的;最后,《史记》以前的历史著作基本是记言记事,写人较少,从《史记》开始有了独立成篇的以记人为主的散文,并且情节丰富、细致,故事性强,大大增加了文学性与可读性,其中戏剧冲突强烈的段落后来被改写为小说和剧本的也不少。"可以说,中国历史学家中从没有哪一位像司马迁这样,像小说家一样写作,这在《史记》的七十列传中尤为明显。"[1]

雷威安在《中国古代、古典文学》中对中国古代散文的发展与演变的介绍相对系统,把古代散文放在与诗歌、小说、戏曲同等重要的位置上进行讨论,对秦汉史传体散文、唐宋八大家、明清小品

---

[1] André Lévy, *La littérature chinoise ancienne et classique*, Pairs: Presses Universitaires de France, 1991, p. 35.

文和古代文论均有简明清晰的介绍,既体现了中国古代散文在历史长河中的兴衰沉浮,又突出了中国古代散文的重要时期与代表人物,在短短几十页论述中做到详略得当、举重若轻,体现出一位学术大家的风采。《中国古代、古典文学》作为一本面向法国读者介绍中国古代文学基本情况的小册子,通过提取诗歌、散文、小说、戏曲中的代表性阶段、代表性人物进行以点带面式的介绍,从而大致勾勒出中国古代文学的演变历程。虽是一本入门性书籍,但作为法国汉学界研究中国古代文学的权威专家之一,雷威安在介绍文学概况的同时,字里行间仍不时闪现着对中国古代文学的理解与思考,体现了一位权威汉学家对中国古代文学发展脉络的宏观把控,对中国古代文学的熟知及其对文学问题认识的深度与广度。

第二节　中国古代散文学术论文

一　中国古代俗赋的专论《晏子赋》

"俗赋是收集在《敦煌变体文》中不属于变文的一类作品,它们是上承魏晋南北朝的杂赋和俳谐文,下启通俗诙谐之作的一类作品,是唐代通俗文学的一支。"[1] 马古烈最初注意到俗赋并开始研究是源于伯希和的发现,他于1900年在敦煌遗书中发现了俗赋写本,并于1908年将大量敦煌文献带回法国,包括汉文文献2700余号、藏文文献4000余号,还有梵文、回鹘文、于阗文等文种的珍贵文献,共计7000余号。这些文献藏于法国国家图书馆(Bibliothèque nationale de France),并按照语言分类专门为伯希和设立数个特藏,其中"伯希和特藏2564号"和"伯希和特藏3460号"[2] 中就包含《晏子赋》和

---

[1] 冯平、刘东岳、牛红涛:《中国古代文学简史》,中国环境科学出版社2006年版,第88页。

[2] Georges Margouliès, "Le 'Fou' de Yen-Tseu", *T'oung Pao*, Vol. XXVI, 1929, p. 25.

《燕子赋》的两篇手稿。马古烈敏锐地发现两篇"'Fou' de Yen-tseu"（Yanzi 赋）不属于高雅文学，而是具有明显的民间文学、通俗文学的特征。随后马古烈注意到两篇手稿虽然都被伯希和注音为"Yen-tseu"，实则为两个不同的故事：一个是《燕子赋》，讲述黄雀强夺燕巢，燕子向凤凰控诉，黄雀被凤凰判罪的故事；一个是《晏子赋》，讲述晏子出使梁国时，梁王因他短小丑陋，设辞讥笑，反为晏子所讽刺的故事。马古烈在进行对照阅读后，马古烈认为，《晏子赋》比《燕子赋》更具研究价值，因为"它是这一文类的文本中一个很好的样本"[①]。马古烈通过对照"伯希和特藏 2564 号"和"伯希和特藏 3460 号"中《晏子赋》的手稿原文，一边标出两个版本在用词上的不同，一边查漏补缺，最终完成了《晏子赋》原文的考订工作，并在此基础上对《晏子赋》进行了全文翻译。与此同时，他展开了对《晏子赋》的研究。

马古烈发现，俗赋作为唐代通俗文学的一种，在中国国内长期未受到重视。马古烈是较早关注到中国古代民间艺术俗赋的汉学家，他于 1929 年在著名汉学期刊《通报》上发表论文《晏子赋》，专论中国古代俗赋。

马古烈对《晏子赋》的研究主要分为文本细读和源流考证两个方面，文本细读作为源流考证的基础，源流考证作为文本细读的结果，二者相辅相成，最终对以下三个方面进行了考察。

其一，《晏子赋》与《晏子春秋》的关系问题。《晏子春秋》是记载春秋时期齐国政治家晏婴言行的一部历史典籍，由史料和民间传说汇编而成，因其思想非儒非道，所以在秦始皇时代被视为离经叛道之作，成为禁毁书目之一。马古烈发现，写于唐代的《晏子赋》与先秦时期的《晏子春秋》第六章中的故事颇为相似，但《晏子赋》的情节比《晏子春秋》中的更为丰富。通过比对两个文本的故

---

① Georges Margouliès, "Le 'Fou' de Yen-Tseu", *T'oung Pao*, Vol. XXVI, 1929, p. 25.

事情节,并请教法国汉学家马伯乐对相关文献的意见后,马古烈认为,《晏子赋》与《晏子春秋》中故事的相似性并不能说明唐代的《晏子赋》源于先秦时期的《晏子春秋》,《晏子春秋》与《晏子赋》实际是同一民间故事流传至后世时的众多版本中的两个,《晏子春秋》并非晏子故事的源本。

其二,《晏子赋》体现了民间口语文学通俗性和对话性的特点。马古烈发现《晏子赋》拥有比《晏子春秋》更为丰富的情节描写,并且与高雅文学不同,《晏子赋》的语言通俗易懂,且多通过问答、对话、举例的方式铺陈情节,这三种方式源于日常生活并且留存在民间文学书写之中,成为民间文学的重要特点。

其三,《晏子赋》源于民间故事,也属于民间文学,并对民间文学的研究起到积极的作用。《晏子赋》的故事源于春秋时期齐国政治家晏婴出使梁国的历史事实,《晏子赋》和《晏子春秋》的存在为后世之人研究民间故事在数个世纪中如何不断叙述、改写历史题材提供了清晰可循的路径。

《晏子赋》是一篇关于中国古代俗赋的专论,其中不仅包括马古烈对《晏子赋》文本的细致分析,而且留存下首个《晏子赋》法语译文,这种将翻译与研究相结合的论述方式在早期法国汉学研究中较为常见,这主要是因为当时根本没有所要研究对象的法语译文。马古烈以刚出土不久的敦煌遗书为第一手资料,对其中两个版本的唐代俗赋《晏子赋》进行考订,并在此基础上译成法语,不但作为其论文《晏子赋》中的重要组成部分,也成为法国迄今为止唯一的俗赋译文。马古烈因其对赋体演变和文体考辨的深入细致的研究,成为法国汉学界俗赋研究的先驱者,他的某些研究观点对中国国内鲜有的《晏子赋》研究也不失为有益的补充。

二 宗教研究视角下的《试解读〈桃花源记〉》

1985年,里昂大学学者莱昂·托马(Léon Thomas,？—)在《宗教历史杂志》上发表《试解读〈桃花源记〉》一文。莱昂·托马首先在论文中对《桃花源记》进行了全文翻译，他在文中写道："《桃花源记》的叙述与小说的写法极为相似，但这篇仅320字的短文又具有中国古代诗歌简洁、质朴、文雅的语言特点。"① 因此，莱昂·托马将《桃花源记》从文体上将其归为"散文诗"（poème en prose）。随后他在介绍陶渊明的生平时提出问题"陶渊明是否是无神论者"②，并认为《桃花源记》是为世人揭开陶渊明信仰与思想体系的重要资料。

莱昂·托马指出，整个魏晋南北朝时期都处于战乱和纷争之中，魏晋南北朝文学也是典型的乱世文学，文人们在乱世之中最容易感慨人生短促、生命脆弱、祸福无常，从而形成了文学的悲剧性基调，以及构建于悲剧基调之上的及时行乐、辽阔放达的情感表达。

莱昂·托马认为当时道家学说盛行，老庄思想、魏晋玄学都对陶渊明产生了影响。具体而言，桃花林和渔夫的意象颇具道家色彩和象征意义。桃花林象征着长生和永恒，"芳草鲜美、落英缤纷"的美景使渔夫"甚异之"，不同寻常的美景似乎不存于俗世，渔夫初见桃花林的表现为桃花林营造出一种神话的意境；渔夫是引领读者从俗世到仙境的领路人，作为凡夫俗子偶然窥见秘境，最终"不复得路"，体现出道家"天机不可泄露"的思想。而《桃花源记》中对桃花源这一乌托邦的设想，也体现出陶渊明对"回归本源"的向往和对"小国寡民"的憧憬。莱昂·托马还认为："陶渊明所想象的乌托邦不是一个怪诞不经的场所，这里可以看到无所不在的'道'不受任何羁绊，发挥着至善至美的作用；桃花源里的景象完全是《道德经》第八十章中描写的'小国寡民'安居乐业、自给自足的生活。""甚至《桃花源记》中'鸡犬相闻'一句几乎脱化自《道德

---

① Léon Thomas, "'La source aux fleurs de pêcher' de Tao Yuanming, Essai d'interprétation", *Revue de l'histoire des religions*, tome 202, n°1, 1985, p. 60.

② Léon Thomas, "'La source aux fleurs de pêcher' de Tao Yuanming, Essai d'interprétation", *Revue de l'histoire des religions*, tome 202, n°1, 1985, p. 1.

经》第八十章中'鸡犬之声相闻'。"①

至于萨满教对陶渊明的影响,莱昂·托马认为,萨满和巫术根植于中国远古文明之中,《桃花源记》中渔夫不惧不畏,"缘溪行,忘路之远近",探访的路径常常是岩洞、溪流、山间隧道,这与萨满教所探索和追求神秘宇宙的路径是一致的。陶明渊内心实际上是在追求萨满出神幻象中呈现出来的超自然意象,让头脑达到穿越时空境界的萨满文化氛围,超脱于纯粹的世俗世界,进入人类理想的生活场景"桃花源",体现出陶明渊具有一种超越时空地域限制的、萨满幻象所具有的神话式的感知方式与思维方式,"桃花源"在某种程度上也就成了陶渊明某种类似萨满特殊意识状态下的唯美幻想产物。因此,莱昂·托马说《桃花源记》的思想内涵具有了一定的萨满教色彩,并认为,随着国际新显学——萨满学的兴起与拓展,有关《桃花源记》将会出现新的不同以往的解读。

莱昂·托马首先将《桃花源记》翻译成法语,然后详细查阅并研究了陶渊明生平经历,阅读了陶渊明的大量作品。认为虽然陶渊明曾在官府多次任职,但多次不堪吏职,眷恋故乡旧居,渴望园林生活,在他厌倦了也看透了官宦生活之后。他是中国第一位田园诗人,被称为"古今隐逸诗人之宗"。然后,通过对《桃花源记》进行文本细读与分析,提取出陶渊明一系列表现回归本源、小国寡民、追求神秘的意象和隐喻,认为陶渊明从一开始的想为官一展宏图,到不堪吏职,从不得已为谋求生路离开家乡,但又无法摆脱对田园生活的眷念,直至走向政治态度的明确和思想上的成熟,最后依然辞官归家闲居,选择隐居生活,正式开始了他的归隐生活,直至他生命的结束。在他看来,陶渊明归隐的选择与中国传统的道家学说、老庄思想、魏晋玄学对他的影响是分不开的,而这些传统中国文化中所蕴含的哲学思想,对身处精神紧张、心灵困顿的现代人都具有十分有益的借鉴价值。因此,他认为道教思想和萨满教思想对陶渊

---

① 车琳:《浅述两汉魏晋南北朝散文在法国的译介》,《国际汉学》2015年第3期。

明的思想与写作有着明显的影响。莱昂·托马的《试解读〈桃花源记〉》这一学术论文从宗教视角出发分析中国古代散文文本，不仅在法国是一次全新的尝试，也为中国国内有关《桃花源记》的解读提供了新的视角。

三　文学演进论视域下的《现代文学初期对古代散文的继承》

赫美丽作为法国著名的汉学家和翻译家，在其 25 年的译介生涯中，共出版了 8 部中国古代散文的译著，内容主要涉猎游记类散文。在她的辛勤耕耘和积极推动下，以中国古代山水、园林、建筑等风物为主题的游记类散文成为法国中国古代散文翻译中最为重要的内容和类别，赫美丽也因此成为法国最为重要的中国古代散文译者之一。作为中国古代散文的重要译者，赫美丽应邀参加了 1991 年在巴黎七大举办的学术研讨会"20 世纪远东文学中的书写方式"（Modes d'écriture dans les littératures extrême-orientales au 20ᵉ siècle）。在这次研讨会上，赫美丽提交了论文并做了发言，题目为"现代文学初期对古代散文的继承"（Héritage classique de la prose quand s'instaure une littérature moderne）。后来，此次研讨会上的部分发言经整理合集成《20 世纪的远东文学》，并以论文集的形式于 1993 年由 Philippe Picquier 出版社出版。

赫美丽首先在《现代文学初期对古代散文的继承》一文中对历来在中国古代文学中占据重要地位的中国古代散文给予了充分的肯定，认为中国古代散文具有悠久的历史，因种类繁多、内容丰富、题材多样对之后的中国文学产生了重要影响。她在文中写道："试问中国现代散文在形成之初是否继承了中国古代散文的某些部分，这部分是否比我们认为的更多，是否占据着更为重要的位置？"[1]

赫美丽指出，辛亥革命后的中国涌现出一批革新旧有文化的思

---

[1] Martine Vallette-Hémery, *Littératures d'extrême-orient au XXe siècle*, Arles：Editions Philippe Picquier, 1993, p. 24.

潮，新文学运动便是其中之一。新文学运动源于政局动荡，列强欺凌和民族自觉。自鸦片战争后，中国受列强环伺，侵凌压迫，不断被迫割地赔款，国家内忧外患，情形十分严峻，于是一批有识之士号召民族自觉，不遗余力地追寻民族图强之路，不少革新运动因而产生。这些运动的影响不限于政治方面，亦刺激知识分子反思中国文化、思想、文学，随之引起对普及教育的需求，从而积极推动了新文学运动的产生。赫美丽还写道，新文学运动来自"言文一体"的要求，文言文作为旧文学工具已不合时宜，不能适应新时代及报章杂志的需要，加之西方新学的刺激，一切新学术和新思想必须以一种新文体方能通畅表达。因此，当时一些具有进步思想的有识之士提倡白话文，以普及和开放教育，力图改进民智。此外，赫美丽认为新文学运动受维新运动、废除科举、西洋文化等因素的影响，这是破旧立新的标志，尤其文学方面深受西方文学思潮和理论的影响，而此时林纾、严复等人大量译介西洋文学作品，对新文学运动起了发酵作用，促使中国文学另辟蹊径，走上了新的发展探索之路。

然而，赫美丽也指出，新文学运动提倡的废旧立新实际与"旧"有紧密的联系，"对于变革者们而言，梁启超等人提出的文学革新都是文化的反映，而这种文化依然是朝向过去的"[1]。赫美丽认为，虽然传统上学界认为是胡适和陈独秀提出了新文学运动中的口号与主张，认为文学革命是要建设新文学运动理论，树立明确的改革方向，但新文学运动的文学主张实际是部分地继承中国古代文学脉络。"文学革命的第一个宣言仍是用文言写成，这并不奇怪。1915年创刊的《新青年》杂志对文学革命有着决定性的作用，但直至1918年《新青年》杂志才发表首篇白话文章。不论是陈独秀号召青年奋起反抗，还是李大钊高亢响亮的呼声，其中都有古代文学的影了，李大钊更

---

[1] Martine Vallette-Hémery, *Littératures d'extrême-orient au XXe siècle*, Arles: Editions Philippe Picquier, 1993, p. 24.

是参考了中国古代哲学并引用了古文经典。"① "当然最有趣的例子是胡适于1917年发表的《文学改良刍议》,他在其中提出了'文学改良'的八点建议。胡适是文学革命初期最为激进的代表之一,他提倡写作白话诗,并且出版一部白话文写成的中国古代文学史。"②

赫美丽逐一分析了胡适《文学改良刍议》中的改良建议,指出八条建议中大部分早已在中国古代文学中有过充分的论述,她认为,胡适所谓的改良建议实际是对中国古代文学传统的继承:

(1)"一曰,须言之有物。"胡适认为不能像"正统"文人那样空谈道德,要有高远的思想或真实的情感。这一要求在古代文学中比比皆是。

(2)"二曰,不摹仿古人。"这条建议在过去已有人提出。胡适认为"一时代有一时代之文学",且当今只有白话文学能够与世界第一流的文学比肩。

(3)"三曰,须讲求文法。"对于文意清晰通达的担心在传统文学中也是一直存在的。

(4)"四曰,不作无病之呻吟。"这是对当代青年自发性悲观消极的影射。但以苦痛作为灵感的写作方法,在古代的牢骚、感伤、哀叹文章中已经被发挥得淋漓尽致。

(5)"五曰,务去滥调套语。"论述文是科举考试的一部分,这种写作方式对文学有损害。

(6)"六曰,不用典。"这条建议触及了一个根本性问题,但也最易引起争议。尽管胡适的论述非常细致,但有些典故人尽皆知,所以完全可以言明自己的思想。不过,有时典故的运用的确使文章变得难以理解,并且也表现出以自己的方式进行

---

① Martine Vallette-Hémery, *Littératures d'extrême-orient au XXe siècle*, Arles: Editions Philippe Picquier, 1993, p. 25.

② Martine Vallette-Hémery, *Littératures d'extrême-orient au XXe siècle*, Arles: Editions Philippe Picquier, 1993, p. 25.

表达的能力不足。

（7）"七曰，不讲对仗。"对仗在最古老的文章里就存在，但的确对仗格律的严格应用是导致文章矫揉造作、空洞无物的一个原因。

（8）"八曰，不避俗字俗语。"这是说用白话写作，言语自然且接近口语。胡适列举中国古代小说、但丁、路德的例子，以说明古代文学中，不论中外，均会用浅近的文字进行表达。这条建议最具有建设性，却在实践中走向了反面（语言粗俗是对白话文最严重的抨击之一）。①

赫美丽认为这份《文学改良刍议》是一份继承了古代文学传统的文学批评大纲，其中除第五、六两点建议外，其余六条在古代文学中早已做过许多讨论。"不论是《文学改良刍议》的文字（文言文），还是其讨论的问题与建议均继承了古代文学的传统，并且胡适也没有提出要用什么来替代原有的传统，唯一的新建议就是不受限制地运用白话文。"②

除上述观点之外，赫美丽在文中还以鲁迅、周作人的杂文为例，探讨现代杂文对古代政论散文传统的继承；以朱自清、郁达夫为例，讨论古代散文中的风景与追忆主题在现代散文中的延续；以周作人、叶圣陶为例，思考明清小品文对现代小品文的影响。赫美丽希望从现代散文作家入手，通过对文学运动与散文作品的分析，说明新文学运动虽然号召推倒陈腐的古代文学，但新文学在其诞生和发展初期实际继承了相当部分的中国古代文学传统，现代散文同现代小说一样，充分体现了"新"对"旧"的继承与发展，而且历史悠久、源远流长、种类繁多、内容丰富的中国古代散文也一直是现代散文的养分与宝藏。

---

① Martine Vallette-Hémery, *Littératures d'extrême-orient au XXe siècle*, Arles：Editions Philippe Picquier, 1993, pp. 25 – 26.

② Martine Vallette-Hémery, *Littératures d'extrême-orient au XXe siècle*, Arles：Editions Philippe Picquier, 1993, p. 26.

本节中讲述并讨论了法国汉学家的《晏子赋》《试解读〈桃花源记〉》和《现代文学初期对古代散文的继承》三篇学术论文，它们从文学角度分别探讨了中国古代散文的文学价值、美学价值以及对现代散文的影响，尽管只有寥寥三篇，但在法国数量极为少见的从纯文学角度探讨中国古代散文的学术论文中，可以说鹤立鸡群，不仅在20世纪的法国古代汉学研究中，即便是在21世纪的研究中也少有来者。这三篇文章从最早的1929年发表，经历半个世纪后于1985年和1993年才有新的研究成果问世，可见这些研究成果来之不易，也显示出中国古代散文的研究在法国仍属于尚未开垦的研究领域。

第三节　中国古代散文译本书评

书评通常是对图书内容和形式进行客观评述的文章，一般会对图书内容的思想性、学术性、知识性、艺术性、趣味性等给予分析。因而书评常常被看作具有一定个人见识和观点的推广性学术文章，是对书籍进行的价值评判，因此书评不仅要有实证性还要有个人的独创性。除前面两节中有关散文史类的著作和关于中国古代散文某些篇章的学术论文外，作为中国古代散文在法国接受情况的相关译本的研究与批评性书评仅有两篇，它们均是发表在学术期刊上的译本评述。

一　《〈中国古文选〉与〈文选中的赋〉》

1927年艾米勒·加斯帕东在《法国远东学院学刊》杂志上发表书评《〈中国古文选〉与〈文选中的赋〉》。艾米勒·加斯帕东曾就读于马赛教区管辖的师范大学（Ecole normale du ressort du rectorat de Marseille），精通德语、英语、西班牙语。他在第一次世界大战时参军并被派往德国。战争结束后，他于1919年起在法国国立东方语言学院（Ecole des langues orientales）学习汉语和俄语，毕业后于1926

年起任职于法国远东学院（Ecole française d'Extrême-Orient），从事汉语语言与语史学研究。《〈中国古文选〉与〈文选中的赋〉》写于加斯帕东任职后不久，虽然是对马古烈接连出版的两部中国古代散文选的介绍，篇幅也不长，但言辞颇为犀利，评价也倾向于否定。

加斯帕东在文中介绍了"文选"与"古文"指代的含义，并简要列举几部现存的中国古代文集，如《古文苑》《文选补遗》等。随后他分别就马古烈对古文的界定、对古文文类的阐述、译文的翻译风格等方面进行了评价。

加斯帕东在文中首先肯定了马古烈为译介《中国古文选》所做的努力，包括撰写了长篇的序言，对中国古文的定义、分类、历史演变都进行了详细叙述，并赞赏他在前人基础上整理、编译众多中国古文选段等所付出的辛劳，但他文章的核心和落脚点却在于对马古烈古文分类与翻译方法的否定。加斯帕东认为，马古烈为《中国古文选》撰写的长篇序言是为了定义何为"古文"，同时概述这一文体的历史，并标明这一文体的文学价值和历史价值。然而，他在文中表示他对为马古烈定义古文的方式感到"遗憾"。加斯帕东认为，"与其说马古烈是在运用某种理论方法定义'古文'，不如说他是按着某种大纲在行事"[①]；他认为《古文辞类纂》将古文之所以分成十三类，更多是基于"风格"（style）而非"文体"（genre），马古烈基于《古文辞类纂》的分类依次介绍每一类古文的做法"加剧了这一分类方式的武断性"[②]。此外，加斯帕东认为，《〈文选〉中的赋》"没有在任何一个部分想着把形式研究和主题研究区分开来，作者也没有想着把论文限定在某些确定的事实之内"[③]，因此，他认为马

[①] Emile Gaspardone, "Georges Margouliès: Le Kou-wen chinois et Le Fou dans le Wen-siuan", *Bulletin de l'Ecole française d'Extrême-Orient*, Tome 27, 1927, p. 383.

[②] Emile Gaspardone, "Georges Margouliès: Le Kou-wen chinois et Le Fou dans le Wen-siuan", *Bulletin de l'Ecole française d'Extrême-Orient*, Tome 27, 1927, p. 383.

[③] Emile Gaspardone, "Georges Margouliès: Le Kou-wen chinois et Le Fou dans le Wen-siuan", *Bulletin de l'Ecole française d'Extrême-Orient*, Tome 27, 1927, p. 385.

古烈的译文"最终让人们迷失了方向"①,"虽然他的译文为学生们服务,却拘泥于字面含义,似乎常常是冗长而模糊不清的……马古烈忘记逐字翻译只是忠实原文这条路径上的一个必要步骤而已,真正的忠实需要对句子进行调整"②。

从加斯帕东的上述这些文字评述中看得出,他对马古烈《中国古文选》和《〈文选〉中的赋》译本的评价持否定态度。具体而言,加斯帕东认为马古烈对古文的分类不具有创新性,他既没有提出更为符合西方文学理论框架的分类依据,也没有对《古文辞类纂》的分类方法进行修正,完全是沿用中国古代传统的文体框架;他同时批评马古烈逐字翻译的翻译方法导致译文含义模糊、冗长难读,认为逐字翻译并未实现马古烈忠实原文的目标,反而产生相反的效果。关于这一点,本书已经在第二部分第一章做过详细阐述,论证了马古烈采用逐字直译的翻译方法的深层动因,即:当时法国读者尚处于接受中国古文的初级阶段,首要任务是让读者理解文本大意,因此马古烈主动选择搁置文雅的、富有艺术性的语言表达,待法国读者跨过接受的初级阶段,对古文有基本了解后,再呈现更为意译的、流畅的译文。但从另一方面来说,马古烈的译文在某种程度上确如加斯帕东所说,是"糟糕的语言"③。加斯帕东对其的翻译给予批评,单从一个学者型读者的接受角度来看,他的观点不仅是可理解的,而且对译者本人和众多读者来说都是有益的。因为书评者要表达和陈述自己阅读后的感受和观点,对图书的思想性、学术性、知识性给予实事求是的批评本应是理性书评具备的基本特点,这也体现出加斯帕东严谨的学术态度。因此,从学术评论的角度看,这篇

---

① Emile Gaspardone, "Georges Margouliès: Le Kou-wen chinois et Le Fou dans le Wen-siuan", *Bulletin de l'Ecole française d'Extrême-Orient*, Tome 27, 1927, p. 385.

② Emile Gaspardone, "Georges Margouliès: Le Kou-wen chinois et Le Fou dans le Wen-siuan", *Bulletin de l'Ecole française d'Extrême-Orient*, Tome 27, 1927, p. 385.

③ Emile Gaspardone, "Georges Margouliès: Le Kou-wen chinois et Le Fou dans le Wen-siuan", *Bulletin de l'Ecole française d'Extrême-Orient*, Tome 27, 1927, p. 387.

书评有利于中国古代散文翻译在法国引起关注和讨论，也有利于其向着更高质量的发展，对译者本人来说也是一种鼓励和鞭策。仅此一点，在20世纪30年代中国古代散文刚刚进入法国的早期是非常难能可贵的。至于加斯帕东将马古烈译本语言表达方面的不足仅仅归结于译者语言水平不够，并未察觉译者做出这一翻译选择的深层动因，从马古烈在译本序言中所表达的翻译目的、所采取的翻译策略来看，加斯帕东批评具有一定的片面性。

此外，从读者接受角度来讲，书评也是一种阅读推广，对于激发读者购书和阅读的兴趣会产生一些作用，因为通常书评会为读者选择阅读、购买、理解图书提供一定的参考，书评作为一种文化传播的媒介具有文化传播的导向作用。从这一点讲，加斯帕东对《中国古文选》与《〈文选〉中的赋》译著的评论性文章，对20世纪早期中国古代散文的翻译与推广并未起到积极的推动作用。此后虽未能再看到译者与评论者之间的探讨与商榷，但这篇评论对于在法国刚刚崭露头角的中国古代散文翻译来说无疑是不小的滞碍。

二 《评论张岱的〈陶庵梦忆〉》

弗朗索瓦兹·萨邦的《评论张岱的〈陶庵梦忆〉》是法国学界关于中国古代散文译本的第二篇书评，其作者弗朗索瓦兹·萨邦是法国人类学家、汉学家。她于1967年毕业于法国国立东方语言文化学院（Ecole nationale des langues orientales vivantes）中文系，并于1973年在北京留学，1978年获得巴黎第七大学博士学位，长期从事历史人类学中科技史与饮食史的研究工作。目前并无资料明确显示弗朗索瓦兹·萨邦何以成为《陶庵梦忆》这部描写中国古代生活艺术作品的书评人，兴许是基于她对汉语以及中国饮食文化的热爱。

1996年弗朗索瓦兹·萨邦撰写的书评《评论张岱的〈陶庵梦忆〉》在《中国研究》杂志发表，对小品文的文类界定、作品主题的多样性、作品的文学价值和历史价值、译文水平等方面给予简要却热情洋溢的评价。她认为，《陶庵梦忆》所属的小品文在文类上是难以界定的，只能将其中的文本合为一体，作为一幅展现古代长江流域人民道德与习俗的长卷进行整体阅读。《陶庵梦忆》的一大特点是描写主题的丰富多样，涉及文人生活的方方面面，这也正是人们阅读此书的乐趣之所在。"当我们随着作者的笔触逐渐进入他的世界，我们进得越深，获得的愉悦也越多，其中还伴有美的享受。"[1]除了美的体验外，弗朗索瓦兹·萨邦认为《陶庵梦忆》既有高雅精妙的语言，又有古代中国的风土人情，因此它具备文学与历史的双重价值。弗朗索瓦兹·萨邦对《陶庵梦忆》的译者布丽吉特·德布勒-王的翻译工作给予了极高的评价，认为布丽吉特·德布勒-王在现今中国人对古文原文都难以理解的情况下完成法文的翻译，实在令人敬佩和赞叹。"欣赏外国文学中的风味并非总是容易的，但这本书的译文极为成功，让我们体会到了其中的风味，每当我们困惑于法语译文并翻看原文时，我们都惊讶于译文的质量之高，并意识到翻译的困难不会小。"[2]另外，"这一文体既有纪实性又有文学性，翻译的基调很难把握，她的译文不仅优美文雅，而且贴合原文"[3]。从弗朗索瓦兹·萨邦的书评中可以感受到她对《陶庵梦忆》法译本毫不掩饰的赞美之词。

　　从本章的论述中可以发现，20世纪以来法国汉学家对中国古代散文的研究成果数量并不多。在学术著作方面，马古烈的《中国文学史：散文卷》是法国迄今为止出版的唯一一部中国古代散文研究著作，班文干的《中国文学史》和雷威安的《中国古代、古典文学》中，中国古代散文史部分也仅占整部论著的一个章节。这三部文学史类著作都是以介绍中国古代文学为主，其间夹杂着作者的立

---

[1] Françoise Sabban, "Compte rendu: Zhang Dai, Souvenirs rêvés de Tao'an", études chinoises, Vol. XV, n°1-2, printemps-automne 1996, p. 215.

[2] Françoise Sabban, "Compte rendu: Zhang Dai, Souvenirs rêvés de Tao'an", études chinoises, Vol. XV, n°1-2, printemps-automne 1996, p. 216.

[3] Françoise Sabban, "Compte rendu: Zhang Dai, Souvenirs rêvés de Tao'an", études chinoises, Vol. XV, n°1-2, printemps-automne 1996, p. 217.

场与评价,严格意义上讲,它们尚与真正的文学史研究论著存在一定差距。在学术论文方面,仅有从文学角度进行分析的《晏子赋》《试解读〈桃花源记〉》《现代文学初期对古代散文的继承》等寥寥数篇文章,这些论文的研究主题十分零散且没有延续性,缺少对某一类问题、某一类译者、某一类现象的系列跟踪与论述,更鲜有对同一学术问题的关注与争鸣。在理论性书评方面,也仅有《〈中国古文选〉与〈文选中的赋〉》《评论张岱的〈陶庵梦忆〉》两篇有关中国古代散文的书评,且两者的发表时间相隔近50年。可见,近百年来中国古代散文在法国的研究仍处在小众和边缘的状况,甚至可以说至今都尚未展开。

造成上述结果的原因是多方面的。首先,通常情况下文学翻译一般走在文学研究之前,而翻译成法语的中国古代散文本就屈指可数,与中国古代诗歌、古代小说的法译相比更是显得体量薄弱,进展迟缓,故而法国客观上对中国古代散文的认识有限,进行研究的自然少之又少。其次,中国古代散文研究在法国除马古烈外并没有真正专精此领域的汉学家,也没有形成一支自己的研究队伍,这与法国学术研究的基本体制相关。费扬曾说:"在法国,要研究汉学,必须先做一个研究者,必须发表成果,对于学者来讲,要面对社会上的压力……因为真正从事研究,需要深入阅读文本,需要大量的时间。如果要做真正有趣的、新鲜的研究,我们需要回归学者(scholar),而不只是当研究者(researcher)。"[①] 最后,法国汉学家对中国古代文学的研究方向发生了转变。早期的汉学研究以历史、哲学、文学为主,而随着谢和耐教授开启了新的研究路向,科学、医药等从技术性角度出发的研究越来越多,中国的科学成就也渐受重视。相比于哲学和文学而言,近年来研究者更加关注历史学或科

---

① 李泊汀:《融通文哲,出入汉宋——专访法国汉学家费扬教授》,中国文化院,2017年3月3日,http://www.cefc-culture.co/en/2017/03/li-boting-from-philosophy-to-literature%E2%94%80-an-interview-with-french-sinology-professor-stephane-feuillas/,2018年12月12日。

学领域，从纯文学角度批评中国古代散文并不是学术研究的主流。因此，20世纪下半叶以来的中国古代散文研究成果大多是汉学家研究的副产品，是当他们的研究课题与古代散文沾边时产生的一两篇连带性成果，此类研究性成果少且不成系统也就"顺理成章"了。

第 七 章

法国大众对中国古代散文的接受

广义地说，文学翻译中的接受者既包括译者，也包括读者。读者作为文学翻译中的最终环节在以往的研究中较少被关注，然而如同谢天振在其著作《翻译研究新视野》中所言："如果我们承认文学翻译的最终目的是文学交流，那么我们不难认识到，脱离了读者接受的文学翻译就是一堆废纸，毫无价值可言，因为只有在读者的接受中，文学翻译才能实现其文学交流的目的。"[①] 要了解法国读者对中国古代散文的接受情况，则需关注始自中国古代散文译本，终至法国读者这一传播路径中的各个环节。一个译本的问世不但需要经过选题、翻译、校对、设计、印刷、宣传、策划、销售等众多环节，而且需要译者、编委会、出版商、书店人员、图书馆馆员等的通力合作，最终使读者购买、阅读并使理解译作成为可能，从而实现译本的接受与传播。关于译本与译者，我们已在前文进行了详细的叙述，本章将阐述出版社、图书馆、书店三大主体为中国古代散文在法国的传播与接受所做的努力，并以此一探法国读者的接受现状。

第一节 出版社发行宣传对接受的推动

20世纪以来，中国古代散文在法国的翻译、研究、传播与接受

[①] 谢天振：《翻译研究新视野》，福建教育出版社2015年版，第78页。

既经历了蛰伏沉寂的寒冬岁月,也经历了繁花似锦的译介热潮。中国古代散文百年间在法国译介所取得的成绩离不开法国译者与汉学家的卓绝努力,同时也得益于法国出版机构持续的热情与投入,他们对中国古代散文翻译与研究工作的支持为法国读者带来众多完整、丰富、有深度的译本与著述,系列图书、丛书的出版更是成为中国古代散文在法国译介历程中不容忽视的重要载体。

一 译本权威性的逐步确立:伽利玛出版社与"认识东方"丛书

伽利玛出版社(Les Editions Gallimard)成立于1911年,前身是由著名作家纪德(André Gide,1869—1951)在1908年创办的《新法兰西杂志》(la Nouvelle Revue française)。1911年,纪德为《新法兰西杂志》成立了出版工作室,并邀请加斯东·伽利玛(Gaston Gallimard,1881—1975)代其管理,原因在于"他足够有钱,能给杂志的财务添砖加瓦;足够无私,能不计较短期利益;足够谨慎,能把此事办好;足够听话,能执行创始人其实是纪德的指示"[1]。在伽利玛的悉心经营下,杂志工作室的规模逐渐扩大成为出版社,加之会聚了一批法国著名的作家与批评家,因此伽利玛出版社发行了众多名家名作。到20世纪60年代,克罗德·伽利玛(Claude Gallimard,1914—1991)作为第二代掌门人逐渐接手伽利玛出版社的管理工作。克罗德在出版社内部进行了大刀阔斧的改革:在组织架构上更新并扩大编辑队伍,新设青少读物编辑部;在出版内容上,在保持已有文学类出版物优势地位的基础上积极涉足人文社科类和心理分析类作品;在销售发行上推出以低廉价格为卖点的口袋书系列,其中"Folio"丛书迄今已发行近千种,至今长盛不衰。这一系列举措为出版社带来新的生机以及巨大的经济效益。

1959年,联合国教科文组织通过决议,以选译东方国家名著出版为目标的"认识东方"丛书正式落户伽利玛出版社。负责这项工

---

[1] 胡小跃:《加斯东之后,谁主沉浮?》,《书城》2011年第4期。

作的是比较文学大师、著名作家、批评家艾田蒲和法兰西院士罗歇·卡约，1991年起由谭霞客接任丛书主编，直至2010年谭霞客去世，丛书中断出版。"认识东方"丛书下设多个子系列，包括：阿拉伯语、孟加拉语、汉语、韩语、古埃及语、埃及语、印地语、日语、马来语、蒙古语、巴基斯坦语、波斯语、菲律宾语、藏语、越南语，等等。在半个世纪的历程中，汉语系列共出版38部译作，其中25部为古代文学译本，译本包括9部古代诗集、9部古代小说、4部古代散文集、2部神话集以及1部戏曲集，其中4部古代散文译本《浮生六记》《徐霞客游记》《陶庵梦忆》《南山集》分别于1968年、1993年、1995年、1998年问世。

"认识东方"丛书出版的中国古代散文译作虽然数量不多，仅占中国古代文学译作总数的六分之一，但影响力持久而深远。首先，丛书编委会由权威汉学家领衔、专业汉学家与学者组成，其选择翻译的均是中国古代的经典作家和经典文本，他们不但对中国古代文学在整体上有较好的把控，而且能对文本选题做到优中选优，从译介源头上把好关。其次，编委会选择的译者均为该领域颇有建树的汉学家或汉语译者。他们有的是该领域的研究专家，如马迪厄（先秦神话与文学专家，译有《楚辞》）；有的集汉学家与翻译家身份于一身，如谭霞客（远东地区研究专家与翻译家，译有《水浒传》、《徐霞客游记》）；有的则是博士研究课题与译本直接相关，如布丽吉特·德布勒－王（研究并译有《陶庵梦忆》）、戴廷杰（研究桐城派并译有《南山集》），等等。译者扎实的专业素养和古文功底为译出译文忠实、注释详尽的译本提供了强有力的保证。最后，得益于伽利玛出版社蜚声国际的绝佳声誉和众多一流汉学家在半个世纪中的通力合作。收录于"认识东方"丛书中的作品不但成功跻身世界经典文学之列，而且与伽利玛出版社的"七星文库"（Collection de la Pléiade）形成联动，使该丛书成为法国译介中国古代文学最具权威性与影响力的丛书。四部中国古代散文译作位居其中，不仅译文品质得到极大的保障，而且丛书在五十多年间逐步建立的专业、权威的形象为其赢得了稳定的读者群,有利于对亚洲文学、中国文学感兴趣的法国读者通过丛书平台接触、了解进而阅读中国古代散文作品,是为法国读者与中国古代散文译本间搭建的一座长期而稳定的桥梁。

二 低价小开本的持续发行:毕基埃出版社与"毕基埃口袋书"丛书

与伽利玛有着百余年的悠久历史不同,毕基埃出版社(Editions Philippe Picquier)成立于1986年。20世纪80年代对于法国出版业而言是一个充满机遇和挑战的时代,当时的读者对法国之外的世界愈发好奇,因此许多小型出版社将其视为值得放手一搏的历史机遇,开始系统发掘和译介外国文学作品。毕基埃出版社无疑是其中一个异常成功的例子,出版人菲利普·毕基埃不但发现了法国读者需求的深刻变化,而且发现新一代的译者梯队已逐渐成熟,同时亚洲文学中众多重要作家的作品在当时的法国却无人知晓。一面是日益扩大的读者需求,一面是积蓄已久的亚洲文学宝库,加之为二者间搭建桥梁的译者队伍也颇具实力,于是毕基埃出版社于1986年在阿尔勒成立,开始专注于对亚洲文学作品和文化作品的出版发行工作。

毕基埃认为,法国的出版行业长期以来对亚洲文学的翻译出版不成系统,译介的往往是汉学家重视的作家作品,或是出版社偶然间碰到并感兴趣的作品,而"亚洲,特别是中国、日本与韩国,有不少重要的作家和伟大的文学作品,值得带领读者去发现、去关注"[1]。因此,毕基埃出版社在30余年间致力于发掘包括中国、日本、印度、韩国、越南、印尼、泰国等国在内的亚洲国家的文学和文化作品,迄今已出版书籍逾1200种,不但出版范围广,形式灵活多样,出版内容也十分丰富。就其出版的中国文学作品而言,中国

---

[1] 祝一舒:《翻译场中的出版者——毕基埃出版社与中国文学在法国的传播》,《小说评论》2014年第2期。

现当代文学占比较大，中国古代文学作品的出版数量相对较少，但仍发行了《自然天堂：中国园林散文》《影梅庵忆语》《苏东坡：关于自我》，重版了《袁宏道：云与石（散文）》《菜根谭》《幽梦影》等中国古代散文译本。

经过三十多年的发展，毕基埃出版社已成长为一家颇具影响力的亚洲文学专业出版社，它的成功离不开明确的市场定位与灵活的出版策略。毕基埃出版社一开始就确定了明确的出版主线，即在主攻文学类图书的同时涉猎文化类和历史类著作。同时毕基埃出版社始终秉持系统译介亚洲文学的方针，对于亚洲文学作品的选择格外重视书籍类型的多样化。毕基埃认为不但要翻译现当代小说和古代小说，而且应该关注侦探小说、诗歌、散文等，为法国读者的阅读提供多种多样的东方元素与阅读场域应该成为出版商市场定位的根本原则。

此外，毕基埃通过推出"毕基埃口袋书"丛书的方式，以低廉的价格持续发行小开本的具有入门性或消遣性的读物，吸引更为广泛的大众读者群体购买图书，中国古代散文译作在毕基埃出版社的发行同样受惠于这一出版策略。根据法国出版行业信息网站"Edistat"发布的图书出版信息，现将其中的中国古代散文法译本出版信息[①]摘录并汇总，具体见附录二。

通过分析附录二"中国古代散文法译本出版信息汇总表"，我们发现毕基埃出版社发行的 6 部中国古代散文译作中，3 部译作由出版社自行组织译者翻译并发行，另外 3 部则是购买其他法国出版社的译作版权后进行的重版。不论初版是何家出版社，毕基埃的重版译本在定价上均只有初版价格的 50%，且均把它们收入"毕基埃口袋书"丛书，将发行价控制在 5.1 欧元至 7.5 欧元之间，这样的定价在所有法国出版社发行的中国古代散文译本中是最低的。同时，毕基埃出版社官网为方便读者购书专门设置了作家姓名、作品体裁、作品主题、丛书类别等不同关键词的分类检索，大大提高了读者查

---

① 编者注：译本按初版年代排序，信息来源为 www.edistat.com。

阅的速度，也方便读者在查阅自己所需图书时，顺便浏览相关作品，从而达到广泛宣传和更多推介的目的。除传统的书店销售途径外，毕基埃出版社还开发了电子图书的出版与销售，不但拓宽了的销售渠道，顺应年轻消费者的消费习惯，而且线上电子书的销售也推动了纸质书的线下销售。得益于清晰的市场定位与经营策略，毕基埃出版社的图书品种不断增加、作品内容愈加丰富，在中国文学的翻译出版方面赢得了稳定的读者群。在法国本土稳健发展的同时，毕基埃出版社通过在比利时、瑞士、加拿大等国设立出版点，不断开拓海外市场，不遗余力地推广亚洲文学，吸引更多的读者走进并了解多元的东方文化。

三 双语学术典籍的重新定位：美文出版社与"汉文法译书库"

美文出版社（Les Belles Lettres）成立于1919年，是全球知名的出版各国古代文本的出版社，始终致力于出版各个学科领域中标志着人们知识进步的著作，其中就包括著名的"法国大学丛书"（La collection des Universités de France）。该丛书专门出版从古代到公元6世纪中期的希腊文与拉丁文著作，迄今已出版800余种，出版的书籍以原文与法文译文对照的方式印刷，并对原文内容辅以导论、简介，在译文中添加注释、批注，以便读者对照学习。

从2010年起，美文出版社延续出版双语丛书的传统，开始涉足古代中国文化及汉文文化中经典著作的出版工作，并将之命名为"汉文法译书库"（Bibliothèque Chinoise），由法国著名汉学家程艾兰、法国巴黎高等实践研究院教授马克·卡利诺斯基和巴黎第七大学东亚语言文化系教授费扬共同担任主编。马克·卡利诺斯基将"汉文法译书库"比作法国的"中华书局"或"商务印书馆"，因为"它们都历史悠久且以出版经典古籍类作品闻名于世"[①]，该书库旨

---

① ［法］克莱尔：《法国"汉文书库"主创：让人享受汉学文化》，沪江法语，2013年11月11日，https://fr.hujiang.com/new/p541819/，2019年10月13日。

在译介多学科领域的汉籍经典，囊括哲学、历史、政治、宗教、诗歌、戏剧、散文等诸多学科与体裁的著作，十年间已出版译著27部，译介成果卓著。

如何在汗牛充栋的古代典籍中选择出版的书籍是编委会的首要任务。据"汉文法译书库"丛书协调人玛丽-何塞·杜普（Marie-José d'Hoop，？—）介绍，丛书选题会由主编程艾兰、马克·卡利诺斯基、费扬主持，经过与法国汉学教授们深入探讨后拟定出版书目。丛书以"汉文"而非"中文"为重点意味着丛书更多是面向能代表中国古代文学、文化的作品，因为"在法国，中国现当代文学的相关书籍已经有很多，很多人可能看过就算了，但是愿意购买古籍类书籍的读者，一定会去认真'读'书，而不只是'看'书"①。"出版'汉文法译书库'系列对现代法国人来说也是一个很好的机会，他们能通过这些书去好好了解中国文化，学习中国文学，并由此接触中国古代哲学家的思想。"②

出版重心从"中文"向"汉文"转移实际是进入21世纪以来，美文出版社面对中国古代文学法译市场出现的萎缩现象所采取的一项重大举措。2010年，"认识东方"丛书汉语书系即将停止发行，这一法国最具代表性和权威性的中国古代文学推介平台即将退出历史舞台。与之相伴的是老一辈汉学家相继离世，中国古代文学译介乏人的翻译现状。中国古代文学图书市场在经过20世纪七八十年代的热潮后逐渐冷清，大众读者不断减少，译本成为专业汉学家与专业读者的"小众读物"，译本的学术化与经典化转向成为度过出版寒冬的重要方式，也成为"汉文法译书库"的立身之本。据程艾兰介绍，丛书中的每一部都要耗费译者若干年的工夫，甚至是毕生的精力和心血，他们既要从事教学工作，又要承担翻译任务，还要进行

---

① ［法］克莱尔：《法国"汉文书库"主创：让人享受汉学文化》，沪江法语，2013年11月11日，https：//fr.hujiang.com/new/p541819/，2019年10月13日。

② ［法］克莱尔：《法国"汉文书库"主创：让人享受汉学文化》，沪江法语，2013年11月11日，https：//fr.hujiang.com/new/p541819/，2019年10月13日。

学术研究，因此"这一系列不仅是'书'，也更多是译者有关'汉学'的研究成果"①，每部译作不但包括背景介绍、简介、导论、对照译文，还包括极为详细的注释、批注、年表、词汇汇编、地图、索引，等等，其中注释和批注"都是属于译者的原创，而不是随便东拼西凑来的"②。"汉文法译书库"打破20世纪出版发行对文学、哲学、历史、政治、宗教的学科划分，重回中国古代典籍本身，立足于译介经典，采取以汉学研究推动汉学翻译，以汉学翻译反哺汉学研究的翻译出版策略，通过为专业读者提供学术性、经典性、权威性的全译本，力图在中国古代文学法译图书市场萎缩的大环境下探索出译介与传播的新路径。"汉文法译书库"坚持翻译、研究与文化传播并重的出版理念，它的问世与持续出版体现出典籍翻译与汉学发展相辅相成的互动关系，不仅为中青年汉学家提供了一个发表译作与研究成果的良好平台，也为"汉文法译书库"的图书出版聚集了相对稳定的译者队伍，保证了译本质量的高水准。在法国新一代汉学家的共同努力下，美文出版社与"汉文法译书库"不仅成为21世纪以来中国古代文学法译出版的主要阵地和重要成果，也成为法国当代汉学界具有代表性的出版机构和汉译丛书品牌。

第二节　高等院校图书馆馆藏现状

图书馆作为读者接触各类图书的场所是中国古代散文在法国获得接受与传播的重要途径。法国的图书馆可大致分为国家图书馆、高等院校图书馆、学校图书馆、专门图书馆和公共图书馆五大类，其中高等院校图书馆因其藏书的规模、专业教学与专业阅读的集中

---

① ［法］克莱尔：《法国"汉文书库"主创：让人享受汉学文化》，沪江法语，2013年11月11日，https://fr.hujiang.com/new/p541819/，2019年10月13日。
② ［法］克莱尔：《法国"汉文书库"主创：让人享受汉学文化》，沪江法语，2013年11月11日，https://fr.hujiang.com/new/p541819/，2019年10月13日。

需求，能够较为客观地反映专门学科和专门类别图书的真实收藏情况。因此，我们选取由法国高等教育书目机构（Agence bibliographique de l'enseignement supérieur）负责营运的"大学文档系统"（Système Universitaire de Documentation，简称Sudoc）[①]作为研究对象，对其中的数据进行统计与分析，考察法国高等院校与研究机构中的中国古代散文译本的馆藏情况，并以此从侧面探究法国读者群体对中国古代散文译本的接受现状。

"大学文档系统"是法国高等教育机构图书馆共享的图书系统，系统内收录了法国大专院校、研究型图书馆以及资源中心的联合目录，并提供法国161所高校的1536处图书馆及图书资源中心的1300万条图书文献信息和相关资讯（如地理位置、联络资料及服务项目等）。它的服务对象以大学生、教师与研究人员为主，信息更新至2019年1月1日并覆盖法国各大区及省市。

通过检索统计我们发现，"大学文档系统"中共有19部中国古代散文法译本，在161所法国高等院校中目前已购入中国古代散文译本的图书馆共计56所，分属于56所高等院校，其中29所是该校总馆，27所是该校的比较文学、文学或社科图书分馆（如图6所示）。

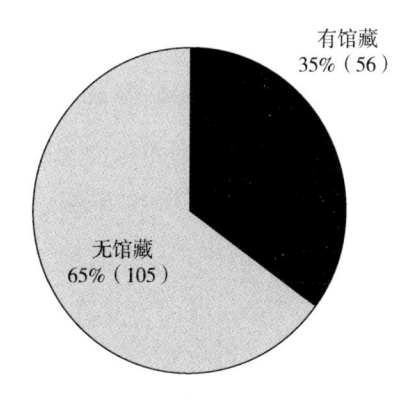

图6　已购入译本的法国高校图书馆占比示意图

[①] 参见网址 http://www.sudoc.abes.fr。

从图 6 中可以看出，即便是在专业、学术图书馆藏较多的高等院校，中国古代散文类的图书与论著占比也不多，仅占整个高校总数的 35%，而且仅有 56 所学校有馆藏。此外，56 所图书馆对中国古代散文译本的馆藏数量也各不相同，据"大学文档系统"数据显示，法国目前出版的 19 部中国古代散文译本中，购入 16 部译作以上的图书馆共 3 所，购入 11—15 部译作的图书馆共 10 所，购入 6—10 部译作的图书馆共 7 所，购入 1—5 部译作的图书馆共 36 所，分别占图书馆总和的 5%、18%、13%、64%（如图 7 所示）。

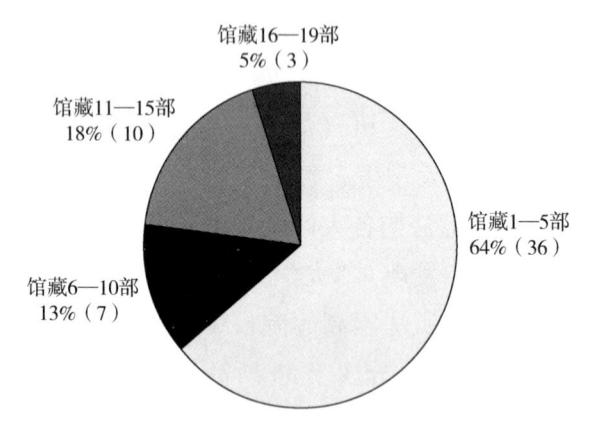

图 7 法国高校图书馆馆藏译本数量分布示意图

从上述图表和统计数据可以大致勾勒出法国高等院校对中国古代散文译本的馆藏现状。首先，数据库所涵盖的 161 所高等院校和研究机构中仅有 56 所高校购入了中国古代散文的法译本，仅占高校总数的 1/3，即 2/3 的法国高校并未对中国古代文学中的散文类目予以关注，也未曾传播。其次，1/3 购入中国古代散文译本的法国高校中有超过一半（64%）的院校馆藏量少于 5 部，说明法国高校图书馆即便有馆藏，多半也只是零星的、不成系统的收录，中国古代散文在文类上作为统一整体的观念尚未在法国形成。最后，法国全部购入中国古代散文译本的高校图书馆只有两所，分别为法国国立东方语言文化学院图书馆（19 部）、艾克斯－马赛大学（Université d'Aix-Marseille）大学图书馆（19 部），然后是里昂第三大学（Université Jean Moulin Lyon 3）图书馆（16 部），而这三所高等院校对中国古代散文译本的系统馆藏与其悠久的中文教学和汉学研究传统息息相关。法国国立东方语言文化学院的前身可追溯至 1669 年，自 1840 年起即教授中文，是法国汉学研究的权威学术机构，法国总统马克龙称其为"法国与欧洲汉学跳动的心脏"；里昂第三大学中文系（成立于 1973 年）与里昂中法大学（Institut franco-chinois de Lyon，成立于 1921 年）有着一衣带水的关系，系中开设汉语、粤语、闽南语等课程，汉学研究中心也历史悠久。其中，艾克斯－马赛大学是法国高校中规模最大的一所大学，其艺术、语言、文学和人文学部的前身是著名的人文科学大学普罗旺斯大学（Université de Provence），该校在亚洲研究、亚洲语言、美学等领域处于领先位置。可以说，三所高校的中文系不但历史悠久，而且其汉学研究也在法国具有很高的学术声誉，显然，它们是距离中国文学与文化最近的教育科研阵地，对中国古代文学的认识与研究最为深入，对中国古代散文的接受与传播也最为全面。

通过分析法国高等院校与研究机构对中国古代散文法译本的馆藏现状可以发现，法国高校中购入中国古代散文译本的学校属于少数，即便那些购入译本的学校，多数馆藏也是零星且不成系统的，而个别能购买全部或大部分译本和论著的学校都是法国高校中具有悠久中文教学和汉学研究历史的院校。因此，从统计数据和分布情况可以看出，中国古代散文在学校读者群体中的传播是以中文系为中心逐渐向外扩展，且影响力层层递减。可以说，中国古代散文作为一个整体的文类观念在法国尚未形成，法国高等院校的接受与传播并不广泛且整体尚停留在初级阶段，大部分法国高等院校将中国古代散文译本与著作作为中国文学的一部分进行馆藏，其接受行为具有一定的偶发性。

第三节　书店销售与读者反馈

读者是文学翻译中的最终环节，文学翻译只有有了读者的接受才能实现其文学交流的目的。图书销售直接面向读者，是显示读者接受状况的重要指标。法国的图书销售分为线上销售与线下销售两个渠道，线上销售渠道主要被法国文化产品和电器产品零售业巨头 FNAC 和美国零售业巨头 Amazon 掌控，线下销售渠道则包括法国境内的 25000 个图书销售网点，其中 2500—3000 家为书店，而前 1200 家书店占据了法国出版行业近 75% 的线下销售额。[①]

法国书业杂志《读书周报》（*Livres Hebdo*）在 2019 年发布的"法国年度线下书店排名"（Livres Hebdo 2019）中，通过对销售业绩的综合评估选出了法国线下书店前 400 强，其中位于巴黎的 Gibert Joseph 书店蝉联排名第一。

不论是线上销售还是线下销售，书店销售既是完成译本从译者翻译到读者阅读的最后一道环节，也是分析读者接受程度的重要指标。笔者经过对 FNAC、Amazon 和 Gibert Joseph 三大零售销售平台上中国古代散文译本销售与评价的统计分析[②]，发现在共计 19 部中国古代散文译作中，上述三家在售的译作分别为 16 部、15 部和 11 部。其中读者反馈最多的平台当属 Amazon，共有 17 人对 8 部译本进行了评价，具体在售译本和参与评价的人次（详见图 8），FNAC 平台有 2 人对《菜根谭》《苏东坡：关于自我》两部译本进行了评价，Gibert Joseph 平台则无人对其中任何一部图书给出评价。

据图 8 所示，中国古代散文评价人次的统计数据以中国古代小

[①] "Environnement sectoriel, combien de librairies?" Syndicat de la Librairie Française, 2016-02-22, http://www.syndicat-librairie.fr/environnement_sectoriel_combien_de_librairies_.

[②] 数据来源：www.fnac.fr，www.amazon.fr，www.gibert.com。

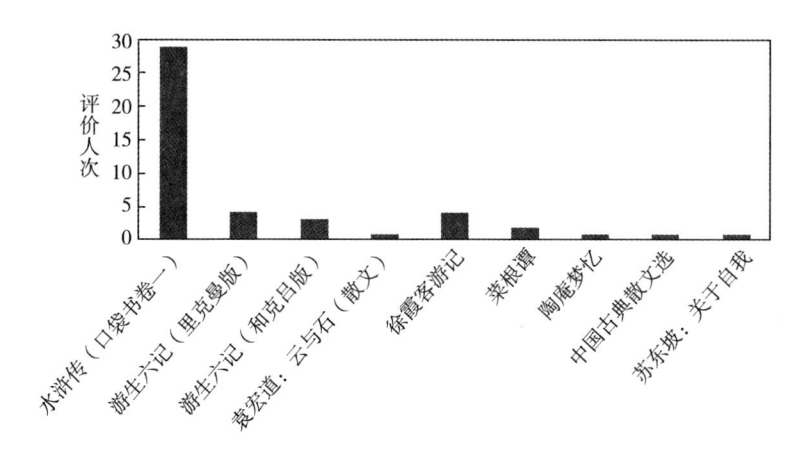

第七章 法国大众对中国古代散文的接受 225

图 8 Amazon 平台在售译本与评价人次示意图

说法译本《水浒传》的小开本口袋书为参照组。笔者通过在 Amazon.fr 网站检索"中国古代文学""中国古代诗歌""中国古代小说"等关键词后发现，中国古代小说的读者反馈最多，其中排名第一的即为《水浒传》口袋书，因此将《水浒传》口袋书作为参照组对考察法国读者群体的接受与评价具有一定的参照价值。

此外，我们对 Amazon 平台读者对上述图书的评分星级也做了相应的统计，具体见图 9：

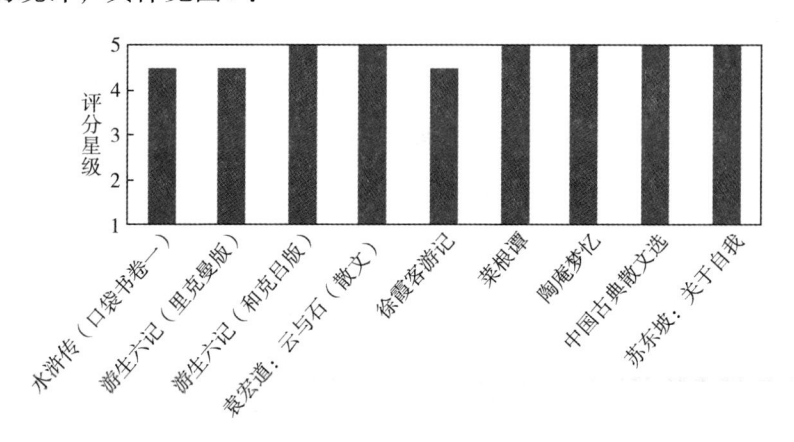

图 9 Amazon 平台读者评价星级示意图

从图9读者评价星级示意图来看，获得星级最高的是《浮生六记》（和克吕版）、《袁宏道：云与石（散文）》《菜根谭》《陶庵梦忆》《中国古典散文选》《苏东坡：关于自我》，它们共同获得了五星的评级，其他三本虽然没有获得最高评分，但也紧随其后，评分差距很小。

从上述法国FNAC、Amazon和Gibert Joseph三大零售销售平台上中国古代散文译本销售与评价来看，法国读者群体对中国古代散文的接受显现出三个特点：其一，中国古代散文译作获得的读者反馈极为稀少，即便在读者评价最多的Amazon平台也仅有8部译作存在评价，即超过一半的中国古代散文译作没有得到任何评价；Amazon平台上存在的评价共计17次，并且没有任何一部译作的评价人次超过5次，这与《水浒传》口袋书29人次的评分数量存在一定差距，也从侧面反映出法国读者对中国古代散文的阅读与接受在群体数量上依然十分有限，与上节所述法国高校图书馆馆藏译本分布与数量的现状基本吻合。其二，尽管对图书的评价次数不能完全代表接受人数的多寡和接受程度的高低，但至少能反映出法国读者群体数量并不庞大。其三，虽然法国的中国古代散文的读者有限，但阅读并愿意在销售平台做出评价的法国读者对中国古代散文法译本的评分却很高，如图9所示，8部译本的平均分高达4.76星（满分为5星），其中14人打出5星、2人打出4星、1人打出3星，不少法国读者对译本所展现的中国山水之美、诗意书写、生活艺术、爱情故事称赞有加，他们认为译文水准精良，注释详尽有趣，且能在阅读中获得美的享受。

20世纪以来，一些法国出版社参与到中国古代散文的翻译出版工作之中，它们在译本的选择、翻译文本的编辑与出版、译本的推广与传播等环节中扮演着至关重要的角色。这些出版社顺应时代的浪潮，因时制宜地采取不同的出版发行策略，其中既有伽利玛出版社在半个世纪中持续出版的经典性、权威性译本与其"认识东方"丛书系列，也有毕基埃出版社以低廉价格发行的小开本消遣性译本

"毕基埃口袋书"，还有美文出版社以推广中国古代典籍为己任的"汉文法译书库"，这些出版社大多将汉学翻译与汉学研究相结合，它们在百年间逐渐为法国读者架起一道理解中国古代散文的桥梁，无论是在主观上还是客观上，它们都为中国古代散文在法国的传播与接受做出了自己艰苦的努力。然而如同前文所述，法国汉学家对中国古代散文的研究成果呈现出零散特点，法国大众对中国古代散文的接受也十分有限。这一点在高校图书馆馆藏与书店销售平台评价中均有体现：中国古代散文译本馆藏仅覆盖了三分之一的法国高校图书馆且馆藏图书的数量较少，它们对所藏译本的选择显示出一定的偶然性；书店销售平台上超过一半的中国古代散文法译本无任何评价，即便有评价的译本，其评价人次也均不超过五次。这些数据真实地反映了中国古代散文在法国极为小众和边缘的现状。

结　　论

　　中国古代散文历史悠久、源远流长，在三千多年的历史与文化演进中产生了大量的散文家与散文作品，取得了无比丰硕的成果，"就数量而言，在中国古代文学史上，古代散文为最大宗"[①]。然而，中国古代散文作为一个历经数千年演变，范畴不断变化的庞大文体系统，其概念与范畴的界定在中国学界迄今为止仍未得出统一、明确的认识，这成为中国古代散文研究中的一大难题。这一难题随着中国古代散文在法国译介历程的展开也进入法国学者与译者的视野，加之法语中没有与汉语"中国古代散文"概念完全对应的词汇与表达，使得原本界限模糊的概念变得更加复杂，也成为法国学者与译者面临并亟须解决的首要问题。然而，中国学界长期未能解决的难题，法国译者与学者同样无法凭一己之力找到答案，这就直接导致了中国古代散文法译在最初的文体界定与范畴划定上遭遇了其他中国古代文学文体（如中国古代诗歌、中国古代小说等）在法国不曾遭遇的困难。法国译者不得不在含混、模糊的中国古代散文范畴内为法国读者构建中国古代散文的文体框架，其不稳定性也迫使译者采取从特定文体、特定时期、特定作家入手的方法界定中国古代散文，从而造成中国古代散文译本在分类上出现重叠、空缺或错位的现象，阻碍了中国古代散文作为一个完整文体概念在法语环境中的确立，并对中国古代散文译本在法国的销售与传播产生了一定的不

[①] 郭预衡：《中国散文史》，上海古籍出版社2002年版，第1页。

利影响。经法国汉学界的长期研究与论证，最终普遍以法语中的"prose"一词指代中国古代散文语境中的"散文"，从而规避了汉语中指代不明和概念界限不清的问题。法国学者认为，"prose"是与"诗"相对的一种书写的外在形式，可以与先秦诗、文二分的文学观念相统一，同时可以与"relation de voyage""essai""nouvelle"等文学文体进行类比。这一界定也为框定本书的研究对象提供了理论依据。

中国古代散文虽然历史悠久，但直到20世纪方才作为文学文本进入法国读者的视野。20世纪上半叶，马古烈以一己之力拉开中国古代散文法译的大幕。《中国古文选》不仅是法国出版的第一部中国古代散文法译本，也是迄今为止收录散文最多、时代跨度最长、涉及散文家最多的法译中国古代散文选集。《〈文选〉中的赋》承接《中国古文选》，翻译了最具代表性的三篇赋文。得益于马古烈经年累月的伏案翻译，中国古代散文首次较为系统、完整地呈现于法国读者面前，马古烈也成为对中国古代散文研究影响最为深远的法国权威汉学家。相比20世纪上半叶马古烈翻译的一枝独秀，20世纪下半叶的中国古代散文法译出现了一波翻译热潮，11部中国古代散文译本相继在这一时期出版，这其中不但有继承《中国古文选》书写传统的《南山集》和《中国古典散文选》，更有包括《袁宏道：云与石（散文）》《浮生六记》《菜根谭》《冒襄：影梅庵忆语》等在内的一批展现山水风景、婚姻生活、哲学思想、生活艺术等主题的中国古代散文译本汇聚，形成这一时期的译介主流。此外，更多专业汉学家与职业译者投身于中国古代散文翻译，译者队伍明显壮大，他们深厚的中国语言与文化功底成为产出高质量译本的有力保证。与之相应的是近10家法国出版社参与到中国古代散文的出版发行中来，它们以更为多样的出版形式与发行方式，有计划、有组织地出版中国古代散文译本与论著，推动了中国古代散文译本在法国的传播。进入21世纪后，一方面，中国古代散文法译延续了历代散文选、山水游记等的翻译传统，《自然天堂：中国园林散文》《娑罗馆清言》《荆园小语》的相继出版是赫美丽对20世纪下半叶山水游记与清言语录翻译实践延续与探索的结果；另一方面，以费扬、班文干为代表的法国汉学家分主题、分文体地译介苏轼散文，相继出版《东坡赋》《苏东坡：关于自我》《东坡记》三部译作，不但使苏轼成为唐宋八大家中在法国流传度最广的，也使苏轼散文翻译成为21世纪中国古代散文法译的新热点与新亮点。

在中国古代散文法译的百年历程中，译者起到了至关重要的作用。他们不但需要面对法国读者尚不了解中国古代散文这一东方古代文体的现状，而且需要对中国古代散文三千多年发展史中积累的无数散文篇章进行甄选，因此，法国译者在历史语境中对翻译文本的选择和对翻译策略的应用集中体现了译者群体对中国古代散文有意识的接受与阐释，这其中马古烈、赫美丽、费扬三位译者最具代表性。

马古烈编译的《中国古文选》是一部以朝代为纲、选取自春秋至明末著名篇目的历代散文选集，集中体现了马古烈对中国古代散文的整体翻译观。他对翻译对象的选取主要遵循中国古代文学传统的选文路径系统，同时以其汉学家的眼光有意识地增加唐、宋两代散文的翻译篇目，以便读者对中国古代散文有一简明扼要却较为完整的认识。20世纪初的法国本土读者对中国古代散文的了解尚处于一片空白的阶段，马古烈在翻译时尽可能保留源语中的陌生信息，甚至有意牺牲译文的雅韵，力图最大限度地保留原文含义与形式，做出了受历史语境制约的折中选择。赫美丽在她的译介生涯中先后翻译出版8部中国古代散文译作，并以其鲜明的文类翻译而独具特色，在她的努力下，山水游记和清言小品作为独立的文类译本进入法国读者的视野。赫美丽在持续译介山水游记与清言小品类散文作品的过程中，其选文标准始终坚持选取该文类最具代表性的名家名篇，达到充分体现山水游记与清言小品的最高文学成就、呈现中国古代散文文学美与艺术美的目的。而她的选题策略意在突出山水游记中中国名山大川的风景之美、古代文人阶层的生活艺术以及古代儒释道哲学思想的糅合与张力，突出清言小品中儒释道三家思想的融合、语言的简明以及语言留白中的哲学思考，两种文类的译介既相互独立又相互关联，最终形成合力共同推动中国古代散文在法国的译介与传播。赫美丽对文类翻译的选择是深思熟虑后的结果，她的译文力求语言简明、通俗易懂，其文本主题的选择一方面突出中国古代自然景观与士人生活的异域风情，以新奇性吸引读者关注；另一方面突出园林、自然、哲学等法国读者业已熟知并喜爱的文学元素，因普遍性获得读者共鸣。费扬在21世纪翻译的《东坡赋》《东坡记》两部苏轼散文集，体现出他的学术翻译观。两部苏轼散文译本的出版既是费扬宋代士大夫和苏轼研究的必然选择，是他作为专业读者在其学术研究下催生的产物，也是他进行宋代士大夫和苏轼深入研究时的前期准备。翻译作为研究的基础性工作成为费扬工作中不可或缺的一环，费扬作为苏轼研究专家又为其翻译提供了有力保障，从而形成研究催生翻译、翻译推动研究的双向良性循环系统。最终，费扬以满足专业读者的学习与研究需求为目标，完成了准确性高、学术性强的经典译本，在中国古代散文法译图书市场萎缩、译者队伍青黄不接、主流丛书停办的不利条件下，为中国古代散文法译开辟了新的道路，并推动中国古代散文法译向学术化转向。

与翻译成果相比，中国古代散文在法国的研究成果要少得多，迄今仅有三部文学史类著作、数篇学术论文以及译本书评发表。马古烈的《中国文学史：散文卷》可谓是法国迄今为止唯一有关中国古代散文研究的著作，书中阐述了历史发展背景下文学的演进，通过对历代著名散文流派、散文家以及散文作品的介绍，详略得当地梳理了中国古代散文自上古至明清的发展历程，至今是法国读者学习中国古代文学史的必备参考书目。班文干的《中国文学史》与雷威安的《中国古代、古典文学》中均设一章对中国古代散文进行基本介绍，前者选取唐宋散文作为中国古代散文的代表，后者将散文与诗歌、小说、戏剧并置，简要阐述秦汉史传散文、唐宋八大家、明清小品文和古代文论，它们与马古烈的《中国文学史：散文卷》

互为补充，点面结合共同串起中国古代散文三千年的浮沉兴衰。法国有关中国古代散文的学术论文表现出对散文具体篇章文体、内容、意境、哲学思想的探究。《晏子赋》一文中认为，中国古代散文《晏子赋》属于中国古代民间艺术，是中国古代俗赋，但它作为唐代通俗文学的一种未受到中国学界足够的关注。《试解读〈桃花源记〉》一文则分析《桃花源记》中的意象和隐喻，提出陶渊明对"回归本源"的向往是深受中国道教和萨满教思想的影响，这一观点颇具新意。《现代文学初期对古代散文的继承》一文中，作者通过罗列众多事实，以文学演进论为基石批驳新文学运动的"废旧立新说"，论证中国现代文学在发展初期实则很大程度上继承了古代散文的精神。此外，尽管法国有关中国古代散文论著的书评寥寥，但均秉持实事求是的态度，以严谨的学术态度直抒胸臆，或有失偏颇或不吝赞美，为中国古代散文在法国的评介贡献了一份力量。

中国古代散文百年间在法国译介取得的成绩不仅得益于法国译者与汉学家的不懈努力，也离不开法国出版机构的大力支持。法国出版社在出版中国古代散文译本的工作中，在译本选择、文本编辑、译本推广等环节层层把关，因时制宜地制定出版发行策略，既有以出版经典权威译本为目标的伽利玛出版社，也有以发行小开本消遣类译本打开市场的毕基埃出版社，还有以学术性译本以飨专业读者的美文出版社，它们以多种多样的发行策略为中国古代散文在法国的传播与接受保驾护航。虽然法国出版社的助推作用有目共睹，但是法国读者对中国古代散文的接受依然十分有限，这也是不争的事实。高校图书馆馆藏与书店销售平台数据均从侧面反映出法国读者对中国古代散文的接受依然处于初步、偶发、零星的阶段。

本书的研究主体是中国古代散文，研究的核心是在以法语为载体的文化系统中中国古代散文的范畴与文本如何被界定、选择、阐释、接受、传播的问题，以及它们呈现出怎样的历史脉络与运作机制。除了回答以上问题之外，中国古代散文在法国的翻译与接受研究也涉及了一系列翻译的根本性问题。

第一，在中国古代散文法译的百年历程中，如何选择翻译文本，采用何种翻译策略是法国译者在译介过程中面临的核心问题，译者对翻译方法的选择实则是其翻译立场和文化立场的表达。马古烈受限于20世纪初法国本土读者对中国古代散文一无所知的历史现状，决定以原文本为旨归，尽可能保留原文的含义和风貌，采取直译的翻译策略；赫美丽则是借助中国文学法译的热潮的"东风"，以读者为旨归，突出中国古代散文的文学美和艺术美，强调中国古代散文中与法国文学共通的文学元素，采取意译的翻译策略；费扬面对图书市场萎缩、大众读者流失的景况，在避免极端化的直译或意译策略的同时，以学术研究为旨归，强调中国古代散文译本的学术性、权威性和经典性。然而，直译与意译并非仅仅是译者采取的具体翻译方法，其背后体现的是译者面对异国文化时的翻译立场与文化立场。语言的差异、思维的差异、文化的差异是人类需要翻译活动的根源所在，翻译的根本任务即是要克服语言之间的差异，达成思想和文化的沟通与交流。但在具体的翻译实践中，目的语系统虽然具有一定的开放性，但语言间的差异性却难以被克服，目的语系统在语音、词汇和结构等方面存在的排他性致使外来词汇、句法和结构不得不接受目的语境的本土化改造，这意味着异国文学势必经历一个充满冲突和痛苦的译入过程。译者所面临的困境即在于，翻译的根本任务是要克服语言间的差异，但语言之间的差异却是难以被克服，如何既要克服差异，又要保持差异便成为译者面临的"终极考问"。从这一角度出发，意译强调的是"可克服"，强调不同语言与文化之间的共通性；直译强调的是"不可克服"，强调不同语言与文化之间的非共通性。因此，直译或意译并非仅是译者在语言层面对翻译方法的选择和应用，更是译者关于自身翻译立场和文化立场的显性表达。

第二，中国古代散文在法国翻译与接受的程度与效度问题折射出跨文化交流的本质，同时也体现出文化之间关系的不平等性，以及不同文化对异语文化需求的差异。中国古代散文在20世纪作为文学类别进入法国读者的视野，实现了中国古代散文在法国译介的零的突破，然而百年间出版19部译本在数量上实属不多，显现出中国古代散文在法国依旧处在小众与边缘的事实与现状。诚如前文所言，翻译的目的在于实现思想和文化的沟通，这也意味着翻译通过语言的转换能够促进各民族之间的文化交流，翻译的本质即是跨文化交流。但是，文化之间的交流是一个复杂的、长期的动态过程，不仅受历史、政治、文化等因素的制约，而且文化输出国和文化输入国之间的关系往往是不平等的。比如法国学者程抱一就曾指出，"19世纪（中国）与西方文化的碰撞、对话，是在完全不平等甚至非常不幸的条件下进行的，毫无信赖，毫无诚意，缺乏互惠的条件"[①]。再如中国学者高方也指出，"在中法文学交流中，法国始终存在着'自我中心'主义，两者的文学关系不是平等的，而是表现出了某种等级"[②]。中国古代散文百年间在法国的译介情况也部分佐证了上述观点，显现出作为文学输入国的法国和作为文学输出国的中国在文学关系上的不对等，一定程度上反映了对异语文化的不同需求：当一个文化系统处于弱势地位时，身处其中的人们往往会将自身的理想寄托于异语文化，期待通过引入异语文化中的先进因素重构本国文化系统；而当一个文化系统处于强势地位时，人们通常会在异语文化中关注自身价值或精神体系的互通性，经由异语文化中的同质因素实现对自身文化系统的认同。跨文化交流的本质是通过他者的目光回望自我，在文化交流与碰撞的过程中实现对自我的认识、确立、重构和丰富，而不同文化之间价值和精神层面的差异与契合也成为文学交流、文化沟通的最深层动因。

第三，对文学译本中非文学因素或文学因素的侧重实则体现了"当下"与"过去"的辩证关系。纵观近400年的法国汉学研究以

---

① 钱林森：《和而不同——中法文化对话集》，南京大学出版社2009年版，第13页。

② 高方：《国际视野、问题意识与创新能力的培养——关于博士学位论文的选题与写作》，《学位与研究生教育》2012年第1期。

及20世纪中国现当代文学的法译历程,我们发现法国学界往往将中国文学视为考察中国政治、历史、文化的"晴雨表",形成了一种关注中国文学中非文学因素的研究传统,中国文学作品中的文学价值和审美价值长期处于次要地位甚至被直接忽略。而与之相对的,则是中国古代散文在20世纪法国的选择、翻译和接受过程中,被凸显的首要因素变为文学因素和美学因素,即便重译18、19世纪业已进入法国汉学家视野的中国古代典籍,20世纪中国古代散文作品的翻译和推广也转而强调其文学价值。究其原因,数百年前的法国汉学研究期待以中国古代文学观照当时的中国社会,20世纪法国学界对中国现当代文学的关注同样是为理解当下的现实中国,不论是过去还是现在,这一以文学返照社会,强调中国文学的非文学价值的视角强调的是"当下"。而中国古代散文之于20世纪的法国而言,不论在语言还是内容层面均已被视作"过去"的历史,中国古代散文作为中国文学的一部分,其文学因素第一次超越非文学因素成为中国文学译介的考察重点,中国文学中的文学价值和审美价值第一次超越了非文学的政治、历史、社会价值,法国翻译界和学界表现出对中国文学中文学性回归的期待。因此,当文化视角从"当下"转变为"过去"的时候,异语文学译介中对非文学因素的关注随之减弱,对文学因素的关注随之增强。然而,"过去"是由无数个曾经的"当下"组成,而每一个"当下"都终将成为"过去","过去"与"当下"之间存在着辩证的转换关系。从这一角度出发,中国古代散文法译中对"过去"的关注以及对文学因素的凸显,或许能让我们一窥中国文学外译的未来。

2002年,中国正式提出"走出去"战略,并在《国家十一五时期文化发展规划纲要》[①]中进一步完善了文化"走出去"战略。本书通过系统阐述和分析中国古代散文百年来在法国翻译与接受的历

---

① 参见《国家十一五时期文化发展规划纲要》,中央政府门户网站,2006年9月13日,http://www.gov.cn/jrzg/2006-09/13/content_388046.htm,2019年9月8日。

史脉络和运作机制，总结了中国古代散文法译历程中的现象、特点、趋势及其效果。具体而言，文学作品的译介行为与译介效果在译入语国家发生，并受到译入语国家译者系统、学术研究系统、出版赞助人系统，以及历史语境、政治语境、文化潮流等多重因素的影响和制约，文化之间关系的不平等性长期存在，这些因素不以源语国家的期待或意志为转移。这些对今后中国文学、中国文化"走出去"具有一定的启示性作用。只有认清中国文学外译的现实情况，理解并尊重文学外译的基本规律，我们才可能提出行之有效的意见和建议，切实推动中国文学、中国文化走出去。

鉴于跨文化交流的本质是以他者目光反观自我，并且文化交流视角下存在"当下"与"过去"的辩证关系，存在对异语文学作品中文学性回归的期待，中国文学走出去应致力于发掘深具文学性和美学性的中国文学作品，发掘能够促进目的语读者认知自我、重构自我，能够在文化价值层面和人类精神层面产生碰撞和交流的中国文学作品。从中国古代散文法译的具体经验出发，或许能为推动中国文学走向世界提出以下几点建议。

首先，通过对赫美丽翻译策略的分析，我们发现翻译对象的选择需要充分考虑大众读者的阅读期待与阅读需求。赫美丽选择翻译展现中国古代山水风光、生活艺术与哲学思想的山水游记与清言小品，是为了以东方情调吸引大众读者的同时获得与大众读者的精神联结。只有在选题与选文层面贴合读者的阅读兴趣，吸引读者购买并阅读中国文学作品，使之与读者间产生深层精神联结成为可能，才能实现中国文学在国外的持续出版，实现大众读者群体接受程度与接受数量的提升。

其次，通过对费扬翻译策略的分析，我们发现学术性译本与专业读者是市场萎缩时期支撑中国古代散文在法国译介的中坚力量。学术性翻译与研究不但相对不受市场因素或赞助人因素剧烈波动的影响，而且专业读者对学术性、权威性译本的需求长期存在，因此发掘专业领域的汉学家执笔翻译中国文学作品以满足业内人士的阅读需求应成为中国文学外译的长期策略。同时，加强中外高等院校和科研机构间的学术交流与合作，共同开展中国文学研究或跨学科研究，不仅能够支持专业学者、培养专业读者，而且能够促进学术研究与学术翻译的双向良性循环，为中国文学走出去的长期稳定发展提供保障。

最后，通过对法国出版机构发行策略的分析，我们发现中国古代散文译本的出版发行需要借助系列丛书的集合优势以及大型出版社、专业出版社的良好声誉。与单个译本的发行相比，系列丛书的发行更具系统性与持续性，而大型出版社能够通过对丛书权威性的确立以其良好的声誉持续吸引新的读者，专业出版社则能够通过聚焦中国文学，形成与特定读者群体的深度连接。针对特定读者群体、因时制宜地制定出版发行策略，能够为中国文学在国外的传播与接受保驾护航。

由于中国古代散文历史跨度长、内容庞杂、文体多样，加之篇幅所限，本书仅将研究的对象和重点框定于在法国被归在文学类别之下的中国古代散文，因此未能对涉及历史、哲学、政治、军事、科学等内容的中国古代散文予以研究。此外，本书侧重将中国古代散文法译中涉及的语言现象作为文学与文化研究的对象进行考察，较少涉及具体翻译语言的分析与研究，以及不同文本间翻译语言的横向比较研究。笔者希望以本研究为起点，将以上不足作为未来研究中有待改进之处，在此基础上深入研读，拓展研究视野，提高学术理论水平，将自己的中国古代散文法译研究不断向纵深处推进。

附 录 一

外文书籍与期刊译名列表

书籍译名

A

A Guide to Wenli Styles and Chinese Ideals
《文体与中文典型指南》
Anthologie de la poésie chinoise
《中国历代诗选》
Astronomie dans le Chou-king
《书经中的天文学》
Aux origines de la poésie classique en Chine, étude sur la poésie lyrique à l'époque des Han
《中国古典诗歌的起源——关于汉代抒情诗的研究》

C

Chine：Histoire de la Littérature
《中国文学史》
Chine et Christianisme
《中国和基督教》
Chinese Literature

《中国文学》
Coque fêlée
《散形》
Confucius Sinarum Philosophus
《中国哲人孔子》
Cursus litteraturae sinicae
《中国文化教程》

D

De l'Essence ou du nu
《本质与裸体》
Description Geographique, Historique, Chronologique, Politique, et Physique de l'Empire de la Chine et de la Tartarie Chinoise
《中华帝国全志》
Deux voix
《两个声音》
Dictionnaire de Littérature Chinoise
《中国文学词典》
Dix-neuf poèmes anciens
《古诗十九首》
Du Fu, Poèmes de jeunesse
《杜甫诗全集》

E

Ecrits de Maître Guan：Les Quatre traités de l'Art de l'esprit
《管子：心术篇》
Ecrits de Maitre Xun
《荀子》
écrits de Maître Wen：Livre de la pénétration du mystère
《文子：通玄真经》
Entwurf einer neschreihung des chinesischen litteratur

《中国文学论稿》

étude sur le confucianisme Han：l'élaboration d'une tradition exégétique sur les classiques

《汉代儒教研究，一种经典诠释传统的形成》

études sur le conte et le roman chinois

《中国长短篇小说之研究》

écrits sur Rousseau et les droits du peuple

《民约訳解及其他》

Evolution de la prose artistique chinoise

《中国艺术散文的演变》

F

Fêtes et chansons anciennes de la Chine

《中国古代歌谣与节日》

G

Gems of Chinese literature

《古文选珍》

Geschichte der Chinesichen literatur

《中国文学史》

H

Historia de las cosas más notables, ritos y costumbres del gran reyno de la China

《大中华帝国史》

Histoire de l'expédition chréstienne au royaume de la Chine

《耶稣会士基督教远征中国史》

Histoire de la Littérature chinoise：prose

《中国文学史：散文卷》

Histoire de la Littérature chinoise：poésie

《中国文学史：诗歌卷》

Histoire universelle de la Chine

《大中国志》

I

Idée générale du gouvernement et de la morale des Chinois
《中国政府及道德观》

Imperio de la China
《中华帝国史》

L

La Chine Antique
《古代中国》

La Dispute sur le sel et le fer
《盐铁论》

La formation du légisme：recherche sur la constitution d'une philosophie politique caractéristique de la Chine ancienne
《论法家思想的形成：对古代中国一种典型政治哲学形成的研究》

La littérature chinoise ancienne et classique
《中国古代、古典文学》

Le Monde chinois
《中国社会史》

La Morale de Confucius，Philosophe de la Chine
《中国哲学家孔子的道德箴言》

La poésie de l'époque des Thang
《唐诗》

L'Armoise rouge de la steppe
《草原的红色艾草》

L'Essai
《随笔散文》

L'Ombre d'un rêve
《幽梦影》

L'Oiseau triste

《悲伤的鸟禽》

Le cavalier d'airain

《青铜骑士》

Le Chou-king Traduit et annoté

《书经》

Le conte en langue vulgaire du xviie siècle

《十七世纪中国白话短篇小说》

Le «Fou» dans le Wen-siuan

《〈文选〉中的赋》

Le Kou-Wen chinois, recueil de textes avec introduction et notes

《中国古文选》

Le Pavillon de l'Ouest

《西厢记》

Le Symbolisme du dragon dans la Chine antique

《中国古代龙的象征》

Le voyage de Mingliaozi

《冥寥子游》

Les Commémorations de Su Shi

《东坡记》

Les Essais

《随笔集》

Les Formes du vent: paysages chinois en prose

《风形：中国风景散文》

Les Mémoires historiques de Se-ma Ts'ien traduits et annotés

《史记》

Les Nouveaux Propos de Lu Jia

《陆贾新语》

Les Paradis naturels: jardins chinois en prose

《自然天堂：中国园林散文》

Les poèmes de Cao Cao：155—220

《曹操的诗歌（155—220）》

Littératures d'extrême-orient au XXe siècle

《二十世纪远东文学》

M

Mao Xiang，La dame aux pruniers ombreux

《冒襄：影梅庵忆语》

Matériaux pour l'histoire de la littérature chinoise

《中国文学史材料》

Mémoire sur les monastères bouddhiques de Luoyang

《洛阳伽蓝记》

Mémoire sur les pays bouddhiques

《佛国记》

Meou-Tseu，Dialogues pour dissiper la confusion

《理惑论》

Morceaux choisis de la prose classique chinoise

《中国古典散文选》

N

Notes diverses sur la capitale de l'ouest

《西京杂记》

Notice sur le Livre Chinois I-king

《易经概说》

Nouveau avis du grand Royaume de la Chine

《大中华王国新见解》

Nouveaux avis du Royaume de la Chine，du Japon et de l'Etat du Roi de Mogor

《中华王国、日本、莫卧尔王国新见解》

Nouveaux Mémoires sur l'état présent de la Chine

《中国现势新志》

Nouvelle Relation de la Chine
《中国新纪闻》
Nuages et Pierres, de Yuan Hongdao
《袁宏道：云与石（散文）》

P

Pastourelles et magnanarelles. Essai sur un thème littéraire chinois
《牧女与蚕娘——中国文学的一个主题》
Pekinger Volkskunde
《北京民俗学》
Pentabiblion Sinense
《中国五经》
Propos anodins du Jardin d'épines
《荆园小语》
Propos détachés du pavillon du Sal
《娑罗馆清言》
Propos sur la racine des légumes
《菜根谭》

R

Randonnées aux sites sublimes
《徐霞客游记》
Récits d'une vie fugitive：mémoires d'un lettré pauvre
《浮生六记》
Recueil de la montagne du Sud
《南山集》
Religion und Kultus der Chinesischen
《中国的宗教礼俗》
Rêve ou Aube
《梦或者黎明》

S

Sinicæ Historiæ Decas Prima
《中国上古史》
Sinensi Imperii Libri Classici Sex
《中国六大经典》
Situations II
《境遇（二）》
Six récits au fil inconstant des jours
《浮生六记》
Souvenirs rêvés de Tao'an
《陶庵梦忆》
Su Dongpo：Sur moi-même
《苏东坡：关于自我》
Système des beaux-arts
《论美学》

T

Textes historiques：Confucianisme，Taoisme，Buddhisme
《历史文献：儒释道》
Traduction du Ta-hio
《大学》
Traduction du Tchong-yong
《中庸》
Traité de la Chronologie Chinoise
《中国纪年论》
Traité de l'historien parfait
《史通内篇》
Traité sur quelques points de la religion des chinois
《论中国宗教的若干问题》
Treize récits chinois：1918—1949

《十三个故事：1918—1949》
Trois pièces du théatre des Yuan
《元杂剧三种》

U

Ubersetzung des Zweiten Teiles der 24. Biographie Seu-Mà Ts'ien's（Kià-I）Mit Kommentar
《司马迁〈史记·屈原贾生列传第二十四〉译文与注释》
Un combattant comme ça
《这样的战士》
Un Ermite reclus dans l'alcool，et autres rhapsodies de Su Dongpo
《东坡赋》
Un instant
《一刻》
Un poète de cour sous les Han：Sseu-ma Siang-jou
《汉代诗人司马相如》

V

Vu par la petite fenêtre
《小窗自纪》

Y

Yang Xiong，Maîtres mots
《法言》

Z

Zhu Xi，Lu Jiuyuan，Une controverse lettrée
《朱陆：太极之辩》

期刊译名

B

Bibliographical Review of Sinology

《汉学书目杂志》
Bulletin de l'Ecole française d'Extrême-Orient
《法国远东学院学刊》

E

Etudes chinoises
《中国研究》

L

la Nouvelle Revue française
《新法兰西杂志》
Livres Hebdo
《读书周报》

R

Revue de l'histoire des religions
《宗教历史杂志》

T

T'oung Pao
《通报》

附 录 二

中国古代散文法译本出版信息汇总表

书名	出版社	出版年代	价格（欧元）	备注
中国古文选	Librairie Orientaliste	1926	不详	
《文选》中的赋：研究与文本	Librairie Orientaliste	1926	不详	
浮生六记（里克曼版）	Christian Bourgois	1982	9.15	
	10/18	1996	6.40	
	Lattès	2009	18.30	
浮生六记（和克吕版）	Gallimard	1977	6.90	
		1986	7.00	
袁宏道：云与石（散文）	P. O. F	1985	12.20	
	Picquier Poche	1998	6.60	
风形：中国风景散文	Nyctalope	2003	21.95	
	Albin Michel	2007	7.90	
影梅庵忆语	Picquier Poche	1998	5.10	
徐霞客游记	Gallimard	1993	30.20	
菜根谭	Zulma	1998	11.70	
		2002	11.70	
	Picquier Poche	2011	6.60	
		2016	7.00	
陶庵梦忆	Gallimard	1995	21.70	
幽梦影	Zulma	1998	13.57	
	Picquier Poche	2011	6.60	
南山集	Gallimard	1998	27.90	

续表

书名	出版社	出版年代	价格（欧元）	备注
中国古典散文选	You Feng	1998	13.80	上册
		2011	15.00	下册
自然天堂：中国园林散文	Philippe Picquier	2001	14.20	
	Picquier Poche	2009	6.60	
		2016	7.00	
娑罗馆清言	Séquences	2005	9.15	
东坡赋	Caractères	2003	18	
苏东坡：关于自我	Picquier Poche	2003	7.10	
		2017	7.50	
荆园小语	Caractères	2008	18.00	
东坡记	Les Belles Lettres	2010	35.50	

参考文献

一 中文

曹顺庆:《比较文学概论》,中国人民大学出版社 2011 年版。

曹一鸣:《中法古典园林的差异及形成原因》,《景观园林》2018 年第 6 期。

车琳:《浅述两汉魏晋南北朝散文在法国的译介》,《国际汉学》2015 年第 3 期。

车琳:《唐宋散文在法国的翻译与研究》,《北京大学学报》(哲学社会科学版)2016 年第 5 期。

陈必祥:《古代散文文体概论》,河南人民出版社 1986 年版。

陈独秀:《文学革命论》,《新青年》1917 年第 2 卷第 6 号。

陈友冰:《二十世纪中国古典文学在法国的流播及学术特征》,《人文与社会》2007 年第 10 期。

陈柱:《中国散文史》,华东师范大学出版社 2016 年版。

褚斌杰:《中国古代文体概论》,北京大学出版社 1984 年版。

戴俊霞:《诸子散文在英语世界的译介与传播》,安徽大学出版社 2014 年版。

董纯:《〈史记〉法文版译者:司马迁是全世界第一位全面论史者》,凤凰网,2015 年 11 月 6 日,http://inews.ifeng.com/yidian/46131629/news.shtml?ch=ref_zbs_ydzx_news,2018 年 12 月 10 日。

董纯：《巴黎发行〈史记〉全套法文版，法国两位译者工作跨越百年》，壹读，2015 年 7 月 31 日，https：//read01. com/oOPk0Q. html#. XkSQykdKjSE，2018 年 12 月 10 日。

方豪：《中国天主教史人物传》，中华书局 1988 年版。

冯平、刘东岳、牛红涛：《中国古代文学简史》，中国环境科学出版社 2006 年版。

高黛英：《法国汉学家戴廷杰访谈录》，《文学遗产》2005 年第 5 期。

高方：《国际视野、问题意识与创新能力的培养——关于博士学位论文的选题与写作》，《学位与研究生教育》2012 年第 1 期。

高璐夷：《明清耶稣会士中文典籍译介对中西文化交流的影响》，《出版发行研究》2018 年第 3 期。

顾伟列主编：《20 世纪中国古代文学国外传播与研究》，华东师范大学出版社 2011 年版。

郭绍虞：《中国文学批评史》，商务印书馆 2015 年版。

郭英德：《中国古代文体学论稿》，北京大学出版社 2005 年版。

郭英德主编：《中国古代散文研究文献论丛》，商务印书馆 2016 年版。

郭预衡：《中国散文史》，上海古籍出版社 2002 年版。

《国家十一五时期文化发展规划纲要》，中央政府门户网站，2006 年 9 月 13 日，http：//www. gov. cn/jrzg/2006 - 09/13/content_ 388046. htm，2019 年 9 月 8 日。

何谐：《法国耶稣会士的中国研究及对中西文化交流的影响》，《攀枝花学院学报》2007 年第 2 期。

胡小跃：《加斯东之后，谁主沉浮？》，《书城》2011 年第 4 期。

华少庠等：《儒学典籍四书在欧洲的译介与研究》，四川大学出版社 2016 年版。

黄正谦：《西学东渐之序章：明末清初耶稣会史新论》，香港中华书局 2010 年版。

计翔翔：《西方早期汉学试析》，《浙江大学学报》（人文社会科学版）2002 年第 1 期。

蒋勋：《美的历程》，湖南美术出版社2014年版。

康达维：《欧美赋学研究概观》，《文史哲》2014年第6期。

乐黛云、陈跃红、王宇根、张辉：《比较文学原理新编》，北京大学出版社2014年版。

李泊汀：《融通文哲，出入汉宋——专访法国汉学家费扬教授》，中国文化院，2017年3月3日，http://www.cefc-culture.co/en/2017/03/li-boting-from-philosophy-to-literature%E2%94%80-an-interview-with-french-sinology-professor-stephane-feuillas/，2018年12月12日。

李倩、张西平主编：《从〈黄侃日记〉看黄侃先生与海外汉学界之交游》，《国际汉学》第16辑，大象出版社2007年版。

刘敦桢：《中国古代建筑史》，中国建筑工业出版社2008年版。

刘世生、朱瑞青：《文体学概论》，北京大学出版社2006年版。

刘衍：《中国古代散文史》，高等教育出版社2004年版。

刘振娅：《文学与非文学的交织——论中国古代散文的文体特征》，《广西教育学院学报》1997年第3期。

吕若涵、吕若淮：《文类研究：百年散文研究的新思路》，《福建师范大学学报》（哲学社会科学版）2008年第5期。

吕武志：《唐末五代散文研究》，台湾：学生书局1989年版。

罗选民：《翻译与中国现代性》，清华大学出版社2017年版。

《潘立辉眼中的〈史记〉》，孔子学院，2016年7月6日，http://www.cim.chinesecio.com/hbcms/f/article/info?id=ef9f78a9887645118ad1be8f96820e4e，2018年12月10日。

漆绪邦主编：《中国散文通史》，首都师范大学出版社2014年版。

钱林森：《法国汉学的发展与中国文学在法国的传播》，《社会科学战线》1989年第2期。

钱林森：《法国汉学家论中国文学——古典诗词》，外语教学与研究出版社2007年版。

钱林森：《法国汉学家论中国文学——古典戏剧和小说》，外语教学与研究出版社 2007 年版。

钱林森：《和而不同——中法文化对话集》，南京大学出版社 2009 年版。

钱林森：《中国文学在法国》，花城出版社 1990 年版。

钱林森：《中外文学交流史》（中国—法国卷），山东教育出版社 2015 年版。

钱林森、齐红伟：《法国汉学之一瞥》（上），《古典文学知识》1997 年第 7 期。

申雨平：《西方翻译理论精选》，外语教学与研究出版社 2002 年版。

沈大力：《〈史记〉辉映塞纳河畔》，《人民日报》2015 年 8 月 9 日第 9 版。

沈大力：《〈史记〉全套法文版问世》，孔子学院，2016 年 7 月 6 日，http：//www.cim.chinesecio.com/hbcms/f/article/info？id = fc59ede767c74aaab34fbe9c8d563d45，2018 年 12 月 10 日。

沈大力：《法国汉学家倾力译〈史记〉》，《光明日报》2015 年 8 月 15 日第 12 版。

（北宋）苏洵、苏轼、苏辙：《三苏文选》，四川人民出版社 1983 年版。

孙晶：《西方学者视野中的赋——从欧美学者对"赋"的翻译谈起》，《东北师大学报》（哲学社会科学版）2004 年第 2 期。

谭家健：《中国古代散文史稿》，重庆出版社 2006 年版。

谭载喜：《西方翻译简史》，商务印书馆 2004 年版。

唐铎：《〈金瓶梅〉在法国——试论雷威安对〈金瓶梅〉的翻译与研究》，《明清小说研究》2019 年第 1 期。

唐铎：《中国古代散文在法国的译介》，《外语教学理论与实践》2020 年第 1 期。

童庆炳：《文体与文体的创造》，北京师范大学出版社 2016 年版。

童庆炳：《现代视野中的中华古代文论系统》，北京师范大学出版社 2016 年版。

王更生：《简论我国散文的立体、命名与定义》，《孔孟月刊》1987年第11期。

王论跃：《当前法国儒学研究现状》，《湖南大学学报》（社会科学版）2008年第4期。

王宁、钱林森、马树德：《中国文化对欧洲的影响》，河北人民出版社1999年版。

吴承学：《中国古代文体形态研究》，北京大学出版社2013年版。

吴承学：《中国古代文体学研究》，人民出版社2011年版。

（清）吴楚材、吴调侯：《古文观止》，中华书局2011年版。

吴迪华：《论清言小品的艺术成就与局限性——以〈菜根谭〉为例》，《甘肃联合大学学报》（社会科学版）2013年第5期。

吴伏生：《汉学视域——中西比较诗学要籍六讲》，学苑出版社2016年版。

夏达康、王晓平：《二十世纪国外中国文学研究》，学苑出版社2016年版。

谢天振：《当代外国翻译理论导读》，南开大学出版社2008年版。

谢天振：《翻译研究新视野》，福建教育出版社2015年版。

谢天振：《国内翻译界在翻译研究和翻译理论认识上的误区》，《中国翻译》2001年第4期。

谢天振：《译介学》，译林出版社2013年版。

徐啸志主编：《中国古代文学在欧洲》，河北教育出版社2013年版。

许光华：《法国汉学史》，学苑出版社2009年版。

许钧：《从翻译出发：翻译与翻译研究》，复旦大学出版社2014年版。

许钧：《历史的奇遇——文学翻译论》，南京大学出版社2015年版。

许钧：《文学翻译批评研究》，译林出版社2012年版。

闫纯德：《汉学和西方汉学世界》，《中国文化研究》1993年第1期。

杨乃乔主编：《比较文学概论》，北京大学出版社2002年版。

于小喆：《汉学给人感觉是形而上的好奇——访法国教育部汉语总督学白乐桑》，中国新闻网转载《光明日报》2014年1月14日，http：//www. hanban. edu. cn/article/2014 – 01/14/content_521730_2. htm，2018年12月20日。

袁行霈主编：《中国文学史》第3卷，高等教育出版社1998年版。

《翟思理》，华人百科，2016年1月1日，https：//www. itsfun. com. tw/% E7% BF% 9F% E7% 90% 86% E6% 80% 9D/wiki-0038975 – 6075855，2019年10月12日。

张国主：《明清传教士与欧洲汉学》，中国社会科学出版社2001年版。

张怀瑾：《文赋译注》，北京出版社1984年版。

张隆溪：《比较文学研究入门》，复旦大学出版社2008年版。

张首映：《西方二十世纪文论史》，北京大学出版社1999年版。

张文治：《国学治要》，北京理工大学出版社2014年版。

张西平：《中国与欧洲早期宗教和哲学交流史》，东方出版社2001年版。

张涌、张德让：《儒学与天主教会通过程中的儒家经典译介》，《深圳大学学报》（人文社会科学版）2011年第6期。

祝一舒：《翻译场中的出版者——毕基埃出版社与中国文学在法国的传播》，《小说评论》2014年第2期。

［德］顾彬：《中国古典散文》，李双志译，华东师范大学出版社2008年版。

［法］戴密微：《法国汉学的历史概况》，《亚洲学报》1966年第11卷。

［法］戴密微、秦时月：《法国汉学研究史》（上），《中国文化研究》1993年第2期。

［法］杜赫德：《耶稣会士中国书简集》，大象出版社2001年版。

［法］金丝燕：《文化转场：中国与他者》，中国大百科全书出版社2016年版。

［法］克莱尔：《法国"汉文书库"主创：让人享受汉学文化》，沪江法语，2013年11月11日，https：//fr. hujiang. com/new/p541819/，2019年10月13日。

[法] 雷米·马修、徐志啸：《跨国度的文化契合——汉学研究与中法文化交流的对话》，《文艺研究》2013年第5期。

[法] 罗贝尔·埃斯卡尔皮：《文学社会学》，上海译文出版社1988年版。

[法] 让-皮埃尔·里马、[法] 让-弗朗索瓦·希里内利主编：《法国文化史》（卷四），华东师范大学出版社2012年版。

[法] 汪德迈、[法] 程艾兰：《法国对中国哲学史和儒教的研究》，《法国汉学》1998年第1期。

[法] 朱利安：《François Jullien 访谈》，林志明译，《文化研究》2005年第1期。

[美] 勒内·韦勒克：《批评的诸种概念》，刘象愚、杨德友译，上海人民出版社2015年版。

[美] 勒内·韦勒克、[美] 奥斯汀·沃伦：《文学理论》，刘象愚译，江苏教育出版社2005年版。

[英] 杰里米·芒迪：《翻译学导论：理论与应用》，李德凤译，外语教学与研究出版社2014年版。

[英] 苏珊·巴斯奈特：《比较文学批评导论》，查明建译，北京大学出版社2014年版。

二 外文

Acquier Marie-Laure, "Prose d'idées, prose de pensée, un bilan", Cahiers de Narratologie, 2010.07.20, http://narratologie.revues.org/644; DOI: 10.4000/narratologie.644.

André Lefevere, *Translation, Rewriting, and the Manipulation of Literary Fame*, London/New York: Routledge, 1992.

André Lévy, *Dictionnaire de Littérature Chinoise*, Pairs: Presses Universitaires de France, 1994.

André Lévy, *La littérature chinoise ancienne et classique*, Pairs: Presses Universitaires de France, 1991.

André Lévy, "Un document sur la querelle des anciens et des modernes more sinico: de la Prose, par Yuan Zongdao (1560 – 1600), suivi de sa biographie, composée par son frère Yuan Zhongdao (1570 – 1623)", *T'oung Pao*, Vol. LIV, 1968.

Angelo Zottoli, *Cursus Litteratuae Sinicae, volumen primum pro infima classe, Procemium*, Shanghai: Tou-se-we, 1879 – 1883.

Annie Curien et Jin Siyan ed., *Littérature chinoise: le passé et l'écriture contemporaine—regards croisés d'écrivains et de sinologues*, Paris: Editions de la Maison des sciences de l'homme, 2001.

Babara Godard, "Language and Sexual Difference: the Case of Translation", *Atkinson Review of Canadian Studies*, Vol. 2, No. 1, Fall-Winter, 1984.

Charles Zaremba et Noël, Dutrait ed., *Traduitre: un art de la contrainte*, Aix-en-Provence: Publications de l'Université de Provence, 2010.

Christian Lamouroux, "Entre symptôme et précédent: Notes sur l'oeuvre historique de Ouyang Xiu (1007 – 1072)", *Extrême-Orient, Extrême-Occident*, Vol. 19, 1997.

Claude Roy trans., *L'Ami qui venait de l'an mil: Su Dongpo*, Paris: Gallimard, 1994.

Dai Mingshi, *Recueil de la montagne du Sud*, trans. Pierre-Henri Durand, Paris: Gallimard, 1998.

Dominique Combe, *Les genres littéraires*, Paris: Hachette, 1992.

Emile Auguste-Chartier, *Système des beaux-arts*, Paris: Gallimard, 1948.

Emile Gaspardonc, "Georges Margouliès: *Le Kou-wen chinois* et *Le Fou dans le Wen-siuan*", *Bulletin de l'Ecole française d'Extrême-Orient*, Tome 27, 1927.

"Environnement sectoriel, combien de librairies?", Syndicat de la Librairie Française, 2016.02.22, http://www.syndicat-librairie.fr/

environnement_ sectoriel_ combien_ de_ librairies_ .

Eugéne Eoyang et Lin Yao-fu ed. , *Translating chinese literature*, Bloomington: Indiana University Press, 1995.

Ferenc Tökel, *La Naissance de l'élégie chinoise: K'iu Yuan et son époque*, Paris: Gallimard, 1967.

Françoise Sabban, "Compte rendu: Zhang Dai, Souvenirs rêvés de Tao'an", *études chinoises*, Vol. XV, n°1 – 2, printemps-automne, 1996.

Georges Margouliès, *Histoire de la Litterature Chinoise: prose*, Paris: Payot, 1949.

Georges Margouliès, *La langue et l'écriture chinoises*, Paris: Payot, 1957.

Georges Margouliès, *Le Kou-Wen chinois*, Paris: Librairie Orientaliste, 1926.

Georges Margouliès, *Le «Fou» dans le Wen-siuan: étude et textes*, Paris: Librairie Orientaliste, 1926.

Georges Margouliès, "Le 'Fou' de Yen-Tseu", *T'oung Pao*, Vol. XXVI, 1929.

Georges Margouliès, *évolution de la prose artistique chinoise*, Munich: Encyclopädie-Verlag, 1929.

Gisèle Sapiro ed. , *Traduire la littérature et les sciences humaines: conditions et obstacles*, Paris: DEPS (Ministère de la Culture), 2010.

Herbert Allen Giles, *Gems of Chinese Literature*, Shanghai: Belly and Walsh limited, 1922.

Hong Yingming, *Propos sur la racine des légumes*, trans. Martine Vallette-Hémery, Paris: Zulma, 1994.

Hsu Sung-Nien ed. , *Anthologie de la Littérature chinoise: des origines à nos jours*, Paris: Librairie Delagrave, 1932.

Isabelle Rabut, "Le Sanwen: essai de définition d'un genre littéraire", *Revue de littérature comparée*, No. 2, 1991.

Isabelle Sancho, "Su Shi, Commémorations. Entretien: Marie-José D'Hoop et Stéphane Feuillas", Librairie Guillaume Budé, 2011.03.18, http://www.librairieguillaumebude.com/article-su-shi-commemorations-entretien-avec-stephane-feuillas-1-69617427.html.

Itamar Even-Zohar, "Polysystem Theory", *Poetics Today*, Vol. 1, No. 1/2, Special issue: Literature, Interpretation, Communication, 1979.

Jacques Leenhardt, *Dans les jardins de Roberto Burle Marx*, Arles: Actes Sud, 1996.

Jacques Pimpaneau trans., *Anthologie de la littérature chinoise classique*, Arles: Philippe Picquier, 2004.

Jacques Pimpaneau trans., *Morceaux choisis de la prose classique chinoise*, Paris: You Feng, 1998.

Jacques Pimpaneau, *Chine: Histoire de la Littérature*, Arles: Philippe Picquier, 2004.

Jean Bessière, "Littérature, littérature comparée et droit de la disparité", *Recherche Littéraire*, Bulletin de l'AILC/ICLA, printemps-été 2000.

Jean-Marie Schaeffer, *Qu'est-ce qu'un genre littéraire?* Paris: Seuil, 1989.

Jean-Paul Sartre, *Situations II*, Paris: Gallimard, 1948.

Jean-Pierre Diény, *Pastourelles et magnanarelles: essai sur un thème littéraire chinois*, Paris: Droz, 1977.

Jin Siyan et Lise Bois ed., *Promenade au coeur de la Chine poétique*, Arras: Artois Presses Université, 2013.

Karine Chemla ed., *L'Anthologie poétique en Chine et au Japon*, Saint-Denis: Presses Universitaires de Vincennes, 2003.

Li Jinjia, *Le Liaozhai zhiyi en français (1880 – 2004): étude historique et critique des traductions*, Paris: You Feng, 2009.

Léon Thomas, "'La source aux fleurs de pêcher' de Tao Yuanming, Essai d'interprétation", *Revue de l'histoire des religions*, tome 202, n°1,

1985.

Magdalena Nowotna et Amir Moghani ed. , Les traces du traducteur, Paris: INALCO, 2008.

Mao Xiang, Mao Xiang, La dame aux pruniers ombreux, trans. Martine Vallette-Hémery, Arles: Philippe Picquier, 1992.

Marc Lits, L'Essai, Paris: Séquences, 1995.

Marie Holzman, "La Littérature chinoise, présentation, chronologie et bibliographie", Magazine littéraire, N° 242, 1987.

Marielle Macé, Le Genre littéraire, Paris: Garnier-Flammarion, 2004.

Martine Vallette-Hémery trans. , Les Formes du vent: paysages chinois en prose, Paris: Albin Michel, 1987.

Martine Vallette-Hémery trans. , Les Paradis naturels: jardins chinois en prose, Arles: Editions Philippe Piquier, 2001.

Martine Vallette-Hémery trans. , Propos anodins du Jardin d'épines, Paris: Caractères, 2008.

Martine Vallette-Hémery, Littératures d'extrême-orient au XXe siècle, Arles: Editions Philippe Picquier, 1993.

Martine Vallette-Hémery, Yuan Hong dao (1568 – 1610): théorie et pratique littéraires, Paris: Collège de France, Institut des Hautes Etudes Chinoises, 1979.

"Martine Vallette-Hémery", Bnf Data, 2020.01.20, https://data.bnf.fr/fr/11927513/martine_ vallette-hemery/.

May Bourgi, Le Fu à l'époque des Trois Royaumes: le fu des Wei du début de l'ère Jian'an à la fin du règne de Cao Pi (196 – 226), Paris: INALCO, 1996.

Muriel Détrie ed. , France-Asie, un siècle d'échanges littéraires, Paris: You Feng, 2001.

Odile Kaltenmark, La Littérature chinoise, Paris: Presses universitaires de France, 1948.

Paolo Magagnin, "La traduction et la lettre, ou le ryokan du lointain: vers une pratique de la différence dans la traduction des langues orientales", *Impressions d'Extrême-Orient*, Vol. 2, 2011.

Philippe Postel, "La littérature comparée et les études chinoises", *études chinoises*, hors-série, 2010.

Pierre Kaser, "Hommage à Jacques Dars", *études Chinoises*, Vol. XXX, n°1 - 2, 2011.

Pierre Kaser, "Récits de voyages. Littératures d'Asie et traduction", 2017. 10. 07, https://leo2t.hypotheses.org/865#more-865.

Pierre-Henri Durand, *Lettrés et pouvoirs: un procès littéraire dans la Chine impériale*, Paris: Editions de l'EHESS, 1991.

Pierre-Henri Durand, "Zhang Chao et les Ombres de Rêves ou les amitiés d'un éditeur au temps de l'empereur Kangxi", *Bulletin de l'Ecole française d'Extrême-Orient*, Tome 95 - 96, 2008.

"Prose", Larousse: des dictionnaires et une encyclopédie gratuit, 2020. 01. 02, https://www.larousse.fr/dictionnaires/francais/prose/64451?q=prose#63724.

"Prose", Lexique, 2020. 01. 23, http://www.ecoles.cfwb.be/ismchatelet/fralica/importskynet/refer/lexique/lexiquehtm.

Régis Poulet, "France-Asie, un siècle d'échanges littéraires", La Revue des Ressources, 2010. 07. 11, https://www.larevuedesressources.org/france-asie-un-siecle-d-echanges-litteraires,591.html.

Rémi Mathieu, *Le « Mu tianzi zhuan »: traduction annotée, étude critique*, Paris: Collège de France, Institut des hautes études chinoises, 1978.

Shen Fu, *Récits d'une vie fugitive: mémoires d'un lettré pauvre*, trans. Jacques Reclus, Paris: Gallimard, 1967.

Shen Fu, *Six récits au fil inconstant des jours*, trans. Pierre Ryckmans, Paris: JC Lattès, 2009.

"Souvenir de Tao'an", Gallimard, 1995. 11. 14, http：//www. gallimard. fr/Catalogue/GALLIMARD/Connaissance-de-l-Orient/chinoise/Souvenirs-reves-de-Tao-an.

"Stéphane Feuillas", Centre de recherche sur les civilisations de l'Asie orientale, 2018. 12. 10, http：//www. crcao. fr/spip. php? article203& lang = fr.

Su Shi, *Les Commémorations de Su Shi*, trans. Stéphane Feuillas, Paris：Les Belles Lettres, 2010.

Su Shi, *Su Dongpo：Sur moi-même*, trans. Jacques Pimpaneau, Arles：Philippe Picquier, 2003.

Su Shi, *Un Ermite reclus dans l'alcool, et autres rhapsodies de Su Dongpo*, trans. Stéphane Feuillas, Paris：Caractères, 2003.

Tu Long, *Propos détachés du pavillon du Sal*, trans. Martine Vallette-Hémery, Paris：Séquences, 2001.

Wilhelm Grube, *Geschichte der Chinesichen literatur*, Munchen：C. H. Beck, 1999.

Xu Xiake, *Randonnées aux sites sublimes*, trans. Jacques Dars, Paris：Gallimard, 1993.

Yuan Hongdao, *Nuages et Pierres, de Yuan Hongdao*, trans. Martine Vallette-Hémery, Paris：Presses Universitaires de France, 1985.

Yves Chevrel, Annie Cointre et Yen-Mai Tran-Gervat, *Histoire des traductions en langue française：XVIIe et XVIIIe siècles 1610 – 1815*, Paris：Verdier, 2014.

Yves Chevrel, Lieven D'Hulst et Christine Lombez, *Histoire des traductions en langue française：XIXe siècle 1815 – 1914*, Paris：Verdier, 2012.

Yves Hervouet, *Un poète de cour sous les Han：Sseu-ma Siang-jou*, Bibliothèque de l'Institut des hautes études chinoises, Vol. XIX, Paris：Presses universitaires de France, 1964.

Zhang Chao, *L'Ombre d'un rêve*, trans. Martine Vallette-Hémery, Paris: Zulma, 1997.

Zhang Dai, *Souvenirs rêvés de Tao'an*, trans. Brigitte Teboul-Wang, Paris: Gallimard, 1995.

索 引

A

艾米丽·加斯帕东（Emile Gaspardone） 6
艾田蒲（René Etiemble） 57，63，151，215

B

白乐桑（Joël Bellassen） 14
班文干（Jacques Pimpaneau） 9，72 – 74，81 – 84，135，136，139 – 142，155，167 – 179，192，193，210，230，231
保罗·戴密微（Paul Demiéville） 58
伯希和（Paul Pelliot） 52，53，87，114，197，198
布丽吉特·德布勒 – 王（Brigitte Teboul-Wang） 66，68，73，74，210，215

C

程艾兰（Anne Cheng） 11，13，163，218，219
出版发行 13，143，216，220，226，229，232，237
辞赋 8，25，27，28，43，44，53 – 55，70，81，83，95，157，162，163，175，188，189，195

D

戴廷杰（Pierre-Henri Durand） 14，31，34，36，70，71，73，74
读者评价 225，226
读者群体 135，148，183，184，217，221，223，225，226，236，237

F

范畴界定 46，49
翻译策略 7，8，12，86，111，124，125，143，148，167，181，209，230，233，236
翻译对象 64，87，88，122，165，230，236

索　引　265

翻译立场　233

菲利普・毕基埃（Philippe Picquier）　152，216

费扬（Stéphane Feuillas）　8，54，78－84，86，135－139，154－184，211，218，219，230，231，233，236

弗朗索瓦兹・萨邦（Françoise Sabban）　6，209，210

G

嘎伯冷兹（Georg von der Gabelentz）　96

葛兰言（Marcel Granet）　11，114

顾彬（Wolfgang Kubin）　55

顾路柏（Wilhelm Grube）　88，96，97

古文　4－6，9，11，13，14，23－27，32－36，40－46，51－55，65，70，72－74，83，87，88，94－101，104，108，110－112，114，115，117，120，136，139，142，147，148，163，167，171，174，181，187，188，190－193，195，201，204，206－211，215，229，230

古文运动　9，32，36，190－193，195

H

汉学　1－4，6－15，28，31，35，51－55，58，59，63，74，75，79，83，84，87，94－97，100，101，110，111，113－115，117，150－152，154，156－160，163，165，182，183，187，189，190，192，194，195，197－199，201，202，206，209－212，214－216，218－220，223，227，229，230，232，234－236

何碧玉（Isabelle Rabut）　31，32，36

赫美丽（Martine Vallette-Hémery）　6，37，38，40，41，43，61－66，68，73－79，82，83，86，101－103，107，108，116－149，152，153，159，167－173，181，182，202－205，230，231，233，236

J

加斯东・伽利玛（Gaston Gallimard）　214

桀溺（Jean-Pierre Diény）　9，66，116－118，182

接受与阐释　86，230

接受学　17，19

K

克罗德・伽利玛（Claude Gallimard）　214

口袋书　81，143，214，216，217，

225-227

跨文化交流 18，233，234，236

L

莱昂·托马（Léon Thomas） 199-202

雷威安（André Lévy） 31，36，182，194-197，213，231

历史语境 14，19，69，81，111，114，150，166，230，236

列维（Sylvain Lévi） 114

罗歇·卡约（Roger Caillois） 151，215

M

马伯乐（Henri Maspéro） 11，114，199

马迪厄（Rémi Mathieu） 155，215

马古烈（Georges Margouliès） 6，9，31，33，35，40-45，51-55，83，86-88，94-115，135，136，139-141，147，159，181，187-192，197-199，207-211，229-231，233

马克·卡利诺斯基（Marc Kalinowski） 163，218，219

马克·里（Marc Lits） 40

玛丽-何塞·杜普（Marie-José d'Hoop） 219

马如丹（François Martin） 31，32，

36

目的语 113，233，236

P

皮埃尔·里克曼（Pierre Ryckmans） 56

骈文 23，24，26，27，32-36，189，190，192，193

Q

清言小品 68，69，75，77，83，117，120，131-135，147，149，152，153，230，231，236

R

儒莲（Stanislas Julien） 114

儒释道 69，94，127，131，132，134，148，231

S

沙畹（Édouard Émmannuel Chavannes） 11，51，90，94，114

山水游记 28，46，61-63，73-75，77，79，82，83，117，120-128，130，131，134，135，147，149，152，229，230，236

市场定位 217，218

史传散文 4，15，51，231

俗赋 197-199，232

T

谭霞客（Jacques Dars） 14，38，63，64，73，74，123，182，183，215

图书馆馆藏 220，222，226，227，232

图书销售 148，224

W

微席叶（Arnold Jaques Vissière） 114

文本选择 63，161

文体 1，6，8，16，17，22-28，30-34，36-40，42-46，48，49，52，54，55，61，62，65，66，70，71，74，79，81，83，86，88，90，92-95，98，99，122，125，126，131-133，135，147，159，160，162，163，165，166，190，193，199，200，203，207，208，210，228-230，232，237

吴德明（Yves Hervouet） 8

X

西奥多·邦纳（Theodor Bonner） 94

系统研究法 17，18

谢和耐（Jacques Gernet） 11，211

选文标准 98-110，122，124，125，159，230

Y

雅克·和克吕（Jacques Reclus） 58

译本功能 86

译介学 17-19

伊塔玛·埃文-佐哈（Itamar Even-Zohar） 17

意译 78，135，139，142，145，147，148，208，233

异语文化 233，234

语录体 65，66，68，131，134

源语 18，113，230，236

阅读期待 236

韵文 23，24，26，190

Z

翟理斯（Herbert Allen Giles） 88，95-97

晁德莅（Angelo Zottoli） 88，95，97

朱利安（François Julien） 13，14，154，155

逐字直译 101，110，111，114，139，147，208

后　　记

有幸获得国家社科基金的资助，我的博士论文得以出版。这些时日我曾多次想象自己着手写后记的情景，本以为会是长途跋涉后的无尽喜悦，可真到了这一天，我的心中却是感慨万千，一时间不知从何说起。这其中有欣慰和满足，也有彷徨和不安，但最多的却是感念和感激，是对这一路走来一直帮助我、鼓励我、安慰我的老师、家人和朋友们的感激之情。

感谢我的导师袁筱一教授。自硕士研究生阶段起，袁老师就是我学术道路上的引路人，是在我对未来的研究方向茫然无措之时，一步步引领我、指导我走上如今对法国汉学、译介学研究之路的恩师。我很感激，在我还是个门外汉的时候能够遇见袁老师并有幸成为她的学生，她对翻译学科的精深理解以及对学科未来的高瞻远瞩，让我在学术研究之初即拥有了良好的学术视野和学术抱负，而她对我的包容和鼓励，也为我创造了极大的探索空间，给我勇气去不断拓宽自己的知识边界和学术视野，同时也教会我去不断地探问、勇敢地表达，坚定地朝着我的学术理想迈进。

感谢我的联合培养导师张寅德教授。在巴黎三大的两年是让我快速成长的两年，通过一次次的授课、讨论、答疑、解惑，张老师不但逐渐帮助我厘清中国古代散文法译的研究逻辑，也在不断的追问中逐步明晰了博士论文的核心问题。此外，在张老师的带领和指导下，我有幸参与了国家社科基金重大项目的研究和撰写工作，在对海量一手资料的梳理中建立起对中国古代文学法译历程的基本框架，这无疑成为我博士研究课题的重要基石。尤其让我钦佩的，是张老师勤勉严谨、精益求精的治学精神，让我每每想偷懒时都觉得惭愧无比。

感谢巴黎三大的 Philippe Daros 教授，巴黎东方语言文化学院的 Isabelle Rabut 教授以及波尔多三大的 Angel Pino 教授，在法国留学期间的数次关于相关概念和论文结构的讨论至今让我受益匪浅。感谢华东师大法语系的王静教授、金桔芳副教授以及南京大学法语系的高方教授，三位老师对博士论文和书稿提出的修改意见极富启发性，给我提供了重新整理思路、重新审视问题的宝贵机会，让我的书稿撰写和修改工作少走了许多弯路。

感谢思勉高研院的老师和同学们。我不曾想过能在学生生涯中进入一个融通人文社科的大家庭，我在这里遇见了许多照耀我的老师和温暖我的同学，这里极其自由的交流氛围和极其广博的学术视野真正让哲学、历史、中文、政治、外语等学科产生交流和碰撞，我如同一块海绵般在这里吸收着营养，我是如此的幸运。

同时，我也想感谢我的丈夫。在无数个卡壳、焦虑、懒惰、崩溃的日子里，是他在完成自身繁重博士研究工作的同时鼓励着我、宽慰着我，成为我最大的依靠。我想这段互相扶持、并肩作战的岁月将会成为我们人生中宝贵的回忆和永久的财富。

我想感谢我的父母。是他们自小对我的言传身教，给了我不畏艰险、迎难而上的勇气，也是他们在我心中种下学术研究的种子，让我在懵懂之时已对这条教书育人之路心向往之。

我想感谢一起打球的朋友们。没想到不善运动也不善言辞的我有一天竟会变成一个热爱运动的人，我在这个小团体中结识了许多志趣相投的朋友，收获了许多的善意和温暖，这些成了我生活中的一抹甜和一束光，带给我很多很多的快乐。

回首往昔，我在老师、家人和朋友们的鼓励和关怀中不断前进，很辛苦却也得以飞速成长。这是一段混合着开心与焦灼，满足与挣扎的岁月，我将永远铭记，并带着其中的理想踏上新的人生旅途。

唐　铎